타리베 마사유키
ayuki Kataribe

스트
사카 아사기
i Tosaka

전생종자의
악정개혁록
블랙 · 크로니클
의

CONTENTS

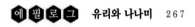

전생종자의 악정개혁록

블랙·크로니클

1

지음

카타리베 마사유키
Masayuki Kataribe

일러스트

토사카 아사기
Asagi Tosaka

표지 · 본문 일러스트
토사카 아사기

"오늘부터 넌 내 마음에 들었어! 앞으로 잘 부탁해!"

학교 일과가 마무리된 어느 날, 아무도 없는 수영장에서.

달빛을 반사해서 젖은 검은 머리칼을 반짝이며 선배가 내게
한 말.

그 말을, 그 순간을, 그 만남을—— 나는 평생 잊을 수 없으리
라.

내가 다니는 긴소쿠 고등학교는 스포츠에 애쓰는 이른바 운동
부 강호 학교였다. 그중에서도 매년 전국대회 출장 선수를 배출
하는 수영부는 실내 수영장을 완비해 사계절 내내 수영할 수 있
었다.

학교 수영장이라 하면 무더운 한여름의 체육 활동으로……
사람에 따라서 즐겁기도 하고, 우울해지기도 하는 시설일 것이
다.

그러나 일부 학생들에게 이곳은 여름 전용 시설이 아니다.

그렇다. 우리 수영부원들에게 수영장은 수련장이자, 지옥이
며—— 전장이다.

실제로 조금 전까지만 해도 이 수영장에는 코치의 성난 고함과 물을 박차는 선수들의 거친 숨소리가 울려 퍼졌다.

　그러나 지금은 수영장 한가운데에 있는 5번 레인에서 여학생 혼자만이 필사적으로 스트로크를 반복하고 있었다. 이 자리에 있는 건 수영을 하는──── 시미즈 나나미 선배와 그 후배인 나, 미즈마치 유리, 이렇게 두 사람뿐이었다.

　군더더기 없이 철저히 단련했으면서도 여성스러운 곡선을 잃지 않은 몸.

　경기용 수영복 차림으로 저녁노을에 물든 수면을 가르는 선배의 모습은, 너무나도 진부해 낯간지러운 표현이지만 한 마리 인어 같아서 나도 모르게 시선을 빼앗기고 만다.

　두 사람만 남은 수영장에서 선배가 일정한 박자로 물살을 가르는 물소리만이 공기를 흔들었다.

　그러나 그저 멍하니 바라만 보고 있을 수는 없었다.

　단순히 넋 놓고 바라보기만 한다면 내가 이곳에 있는 의미가 없다.

　선배를 위해 나만이 할 수 있는 역할을 완수하기 위해 황급히 잡념을 털어낸다.

　선배가 직접 부탁한 것이니 놓칠 수는 없다.

　방과 후의 수영부 연습이 끝나고, 일부러 수영장에 남은 선배는 내게 타임 측정과 함께 모두가 넋을 놓고 바라볼 것만 같은 수영 스타일을 지적해 달라고 부탁했다.

　그러는 사이 200m 자유형을 마친 선배가 수면에서 얼굴을 내밀었다.

"어땠어?"

선배는 거친 숨을 내쉬며 물었다.

물방울 맺힌 채 나를 올려다보는 그 모습이 또 어찌나 아름답던지, 나는 무심코 "최고입니다!"라고 대답하고 싶은 마음을 가까스로 억누르며 선배를 향해 비정하게 말했다.

"……어제보다 2초 느려졌네요. 특히 후반에 속도가 떨어지는 것이 두드러져요."

"크윽!"

선배는 수영모와 고글을 한꺼번에 벗겨 내며 수면을 때렸다.

화를 낼 때 종종 나오는 선배의 버릇이었다.

고글 아래 숨겨져 있던 당당한 눈동자와 흐트러진 젖은 머리카락이 보는 이의 마음을 뒤흔들었다.

학교에도 많은 팬을 거느리고 있고, 특히나 여자 후배들로부터 두터운 지지를 받는 선배는 신성한 부 활동이 이루어지는 수영장에 팬이 들어서는 걸 매우 싫어했다.

그런 연유로 밸런스가 잡힌 선배가 물에 젖어 건강미가 넘치면서 요염한 이 모습은 오로지 수영부 부원들만이 볼 수 있는 귀중한 보물이자 예술품이었다.

그러나 정작 선배는 날카로운 눈빛으로 나를 올려다보았다.

"미즈마치 군, 어디야? 어느 부분이 문제였어?"

말투는 엄격하고 눈빛은 날카롭다. 연습 중인 선배는 평소 모습을 생각하면 이중인격이 의심될 정도로 무섭지만, 결코 내게 화내는 것은 아니었다.

수영을 생각처럼 잘되지 않는다는 사실을 쉽게 받아들이지 않는 것이다.

나는 아직 결과를 낸 적이 없는, 흔한 수영부 부원에 불과했다.

나 같은 사람이 선배와 같은 초일류 선수에게 충고하는 것은 매번 생각해도 참 시건방진 짓이다.

그러나 지금 선배가 원하는 건 누구나 할 수 있는 찬사가 아니다.

비정한 현실—— 결과다.

나는 힘을 꾹 주고 선배를 향해 거듭 사실을 말했다.

"페이스 배분 말인데요. 100m를 지날 시점에서 스트로크가 2회 정도 불필요할 것 같습니다."

"두 번……."

"이번에도 피로 탓에 폼이 망가지는 나쁜 버릇이 드러나고 있어요. 오버워크 아닐까요?"

"폼이……. 그렇구나. 또……."

"네. 지금 이대로라면 아무래도 지구력이 모자랄 것 같은데요. 선배, 요새에 장거리 연습은 하고 계신가요?"

"그러고 보니 요즘 단거리 무산소 운동에만 치우쳐 있었던 걸지도 몰라."

내 지적을 듣고 자신의 부족함을 한탄하듯 중얼거리는 선배.

선배는 연습 동안 수행자를 연상케 할 만큼 자신에게 엄격했다. 다만, 오히려 자신에게 지나치게 엄격한 나머지 가끔 엉뚱한 노력을 할 때가 있다.

"단거리라 하더라도 지구력을 늘리려면 장거리 연습이 필요해요. 당장 내일부터라도 장거리 훈련 일정을 넣어야……."

"하아~ 기본 중의 기본인데도……. 지적을 받기 전까지는 먼저 깨닫는 법이 없다니까."

내 마지막 선고를 들은 선배는 고민에 빠진 얼굴로 입가를 실룩였다.

기본적으로 성실하고 수영에 열중하는 선배지만, 단거리 연습을 정말 좋아하면서 장거리 연습은 달가워하지 않았다.

뜻밖에 변덕스러운 구석이 있는 탓에 페이스 배분을 고려하는 게 싫은 것인지도 모른다.

그래서 연습이 필요한 거겠지만.

"시미즈 선배."

"왜……?"

"올해는 꼭 정상에 서 봐요."

"물론이지……."

내 말을 듣고 작년 전국대회 결승에서 분할 만큼 근소한 차이로 패했던 울분이 생각난 걸까. 선배의 눈에 다시 투지가 깃든다.

"그럼 내일부터 한 달 동안 선배는 장거리 수영에 무게를 두고 연습해 봐요. 우선은 가볍게 1500m씩 다섯 번 정도……."

"알았어. 얼마든지 해 줄게!"

선배는 그렇게 말하고 고개를 홱 돌려 시선을 피하더니, 나지

막이 중얼거렸다.

"심술쟁이."

*

전체 연습이 끝나고 습관으로 정착한 자유 연습까지 마친 나는 교문 근처에서 선배를 기다렸다.

딱히 잠복한 것은 아니다. 오해를 방지하는 차원에서 덧붙이자면 결단코 스토커 같은 게 아니다!

선배가 직접 '같이 가자.' 말해서 기다렸을 뿐이다.

자유 연습은 한 주에 두세 차례 정도 진행되었다. 매일은 아니지만 이따금 선배의 권유로 함께 하교할 때가 있었다.

그야말로 득을 보는, 끝내주게 행복한 시간! 이 시간이 있고 없고에 따라 다음 날의 활력이 달라!

참고로 내가 먼저 선배에게 함께 하교를 권한 적은 없다. 단 한 번도 없었다. 겁쟁이라고 비웃어도 좋다!

수영장에서 헤어진 지 30분 정도가 지날 무렵, 신발장 부근에서 뜻밖의 소동이 벌어졌다.

이렇게 소란스러워진 건 아마 서너 명, 아마도 1, 2학년 여자애들 때문이겠지. 웅성거리는 무리 가운데, 내가 동경해 마지않는 여성인 시미즈 선배가 약간 난감한 미소를 지으며 후배들을 상대하고 있었다.

그 와중에 선배는 교문에 선 나를 보고 손을 흔들었다.

"아, 미즈마치 군 기다렸지! 미안해. 이만 갈게. 오늘은 선약이 있어서……."

"어머나, 그럴 수가." "나나미 언니……."

내가 있는 곳으로 다가오는 선배를 향해 손을 마주 흔들려 주려던 순간, 선배의 뒷모습을 향해 꺅꺅거리던 여학생들이 일제히 내게 날카로운 눈빛을 쏘아 보냈다. 살기가 담긴 여자의 시선이라는 건 오싹한 법이다.

'왜 네가 여기 있어?' '언니와 선약이라고?! 주제를 알아!' '너 따위는 우리 언니와 어울리지 않아…….'

교문 앞의 여학생 무리도 선배와 함께 하교할 계획을 세웠던 것이리라.

입을 열지도 않았는데 흘러나오는 마음의 소리가 들렸다.

선배가 먼저 함께 하교하자고 한 건데……. 내심 그렇게 중얼거렸지만, 이런 말을 입 밖으로 내뱉을 수는 없었다. 그런 짓을 했다간 나는 아마도 살아서 내일 해를 못 볼 공산이 크다. 아니, 틀림없이 밤길에 찔릴 것이다.

긍정적으로 생각하자. 선배를 둘러싼 소녀들의 시선 덕분에 잠깐 들떠 있던 머리를 식힐 수 있었다.

'선배와 어울리지 않아.'

들을 필요도 없이 옳은 사실이다.

성적도 좋고, 선생님들 사이에서도 신뢰가 두텁고, 운동도 잘

한다. 특히 어렸을 때부터 한 수영은 작년에 전국대회 3위 성적을 거두었다. 더불어 수영을 하는데도 높게 올려 묶은 포니테일은 언제나 윤기 있게 빛났고, 늘씬한 몸매는 멀리서도 시선을 끌었다.

용모수려, 팔방미인, 완전무결──. 시미즈 선배는 그런 수식어로 표현할 수 있는 사람이다.

반대로 나는 평범함을 체현하는 사람이다.

수영부에 들어간 것도 내가 다니는 긴소쿠 고등학교에 뭐든 특별 활동을 해야 한다는 규칙이 있기 때문이다. 특별 활동을 해야 한다면 지금 다시 새로운 스포츠를 시작하는 것보다는 어렸을 때부터 한 수영이 편하겠지 하는 타성으로 입부를 정했다.

그러나 우리 학교 수영부는 그런 이유로 계속할 수 있을 만큼 만만하지 않았다.

예상보다 훨씬 힘든 연습은 그야말로 지옥. 나처럼 어중간한 마음으로 들어온 사람들은 한 달도 못 버티고 사라졌다.

나 역시 별일이 없었더라면 서둘러 이 지옥에서 탈출하려 했을 것이다.

하지만 나는 만나고야 말았다.

멋지고, 아름답고, 씩씩하고…… 사랑스러운 선배를.

수영부를 그만두면 나와 선배의 접점이 사라지고 만다.

그래서 그것 하나만 보다가, 결과적으로 나는 지금 여기 있다.

그러나 선배와 나란히 설 만큼 자랑할 부분은 여전히 없다.

그렇다. 어울리지 않는 것이다.

지금의 나로는, 선배의 옆자리가.

"……치 군, 미즈마치 군!"

"아, 네……!"

"무슨 일이니? 이상하게 멍하니 있고. 계속 수영장 밖에서 기록만 재느라 몸이 식었어? 괜찮아?"

나는 걱정하듯 내 얼굴을 살피는 선배를 보고 송구함을 느꼈다.

선배야말로 내내 헤엄치느라 피곤할 텐데, 언제나 배려를 잊지 않는 선배의 모습에 가슴이 벅차올랐다. 적어도 지금 지금 물리적으로 선배의 곁에 있는 사람은 바로 나였으니까.

지금은 당당하게 나란히 서는 것이 어색할지도 모르지만, 언젠가는.

그런 결심과 함께 나는 선배를 향해 "아무것도 아니에요."라고 대답했다.

선배는 이상하다는 얼굴을 하면서도 내 마음을 알아준 듯, 땅거미가 내리기 시작한 논두렁길을 앞서 걷다가, 얼마 지나지 않아 뒤돌아보며 "아, 미즈마치 군에게 상담하고 싶은 일이 있는데……."라는 말을 꺼냈다.

"상담…… 말인가요?"

"응. 그게…… 이건 너 말고 말할 사람이 없어서……."

그렇게 말하는 선배는 눈빛은 진지했다. 노을 때문에 붉게 물든 탓일지도 모르지만, 한눈에 알아볼 만큼…… 얼굴이 빨갰다.

그런 선배의 분위기를 보고, 나는 같이 하교하는 것에 들떠 있었던 머리를 다시 빠르게 냉각시켰다.

얼음이 들어간 것처럼 등이 싸했다.

수줍은 듯 얼굴을 붉히고, 친한 남자에게 상담을 요청하는 여자.

나는 이런 장면을 익히 알고 있었다.

이건 드라마 같은 데서 종종 등장하는 '남자를 자살로 몰아넣는 대사 TOP 10' (개인적 편견)이 도사리고 있다는 신호였다.

「나 말이야, ○○ 군이 좋아. 그렇지만, 이런 말을 할 수 있는 상대는 너밖에 없어서……. 날 도와주지 않을래?」

만약 '좋아하는 사람'에게 이런 말을 듣는다면?

사형 선고나 다름없는 일이지. 적어도 나는 목을 매고 싶어질 게 분명하다.

시미즈 선배는 남녀를 가리지 않고 발이 넓은 사람인데, 성격이 털털하다고 할까 남자 같은 구석이 있어서, 선배를 '여자'로 보는 남자는 솔직히 많지 않을 것이다.

LIKE의 의미로 '좋아하는 선배'에 거론되는 경우는 종종 있지만, 동경하는 선배나 사귀고 싶은 선배로 시미즈 선배의 이름을 거론하는 사람은 거의 없었다.

그래서 나는 한동안 라이벌이 등장할 일이 없을 거라고 지레짐작하고 있었다.

지금의 상황은 바로 나의 그런 방심이 부른 참사일지도……!

냉정하게 생각하면 당연한 일이었다.

설령 씩씩하게 보여도, 남자 앞에서 아무렇지도 않게 책상다리를 하고 앉는 사람이라도, 선배는 인망도 좋고, 웃을 때는 귀엽고, 경기에 임하는 모습은 늠름하고 아름답기까지 했다.

방심할 수가 없다는 사실은 다른 누구보다도 내가 가장 잘 알고 있었을 텐데!

설마…… 그럴 수가!

선배는 최악의 미래를 그리며 마른침을 삼키는 내게 머뭇머뭇 무거운 입을 열었다.

"사실은 말이야……."

내 심장이 역대 최대급 소리를 낸다.

이만하면 선배의 목소리를 채 듣기도 전에 심장 마비로 죽겠다!

나는 사형 선고를 기다리는 심정으로 이어질 선배의 말을 기다렸다.

"진로 때문에 말인데……."

"아, 그렇군요. 진로! 그것참 큰일이네요! 선배도 3학년이니 슬슬 정해야겠네요! 평생을 좌우하는 중대사니 말이에요!"

"왜 갑자기 얼굴이 환해지는 건데."

멋대로 미래를 예상하고 절망에 빠지려고 했던 내가 얼마나 안심했는지 알 도리도 없이, 선배는 내 대답이 거슬린 모양이다.

진로 상담도 참으로 중요한 일이니, 이 반응은 좀 아니지.

"죄송해요. 마음에 담아 두지는 마세요……. 신경 쓸 일도 아니에요……."

나는 허둥지둥 마음을 다잡고 표정 관리에 들어갔다. 하마터면 큰일 날 뻔했네…….

"그나저나 진로 상담이라니……. 정말로 저한테 해도 돼요? 솔직히 저는 후배라서 보탬이 될 것 같진 않은데…….."

부담스럽다는 뜻이 아니다. 오히려 선배가 내게 상담을 청했다는 사실이 영광이지만, 나는 후배이고 남자다.

이런 상담은 부모님이나 선생님에게 하는 게 정석일 터. 내키지 않는다면 우선 동성 친구, 아니면 동갑내기나 연상의 인물에게 하는 것이 맞겠지.

다행히도 선배에게는 남녀를 불문하고 또래 친구가 많으니 일부러 '남자 후배'인 내게 상담을 하지 않아도 될 텐데……. 그런 의문이 떠올랐다.

내 말의 속뜻을 알아차렸는지, 뚱했던 선배가 표정을 풀었다.

"그렇지만 학교에서……. 아니, 내 주변 사람 중 너보다 믿음직한 사람은 없으니까."

"네?"

무심코 되물었다.

그야 그렇지. 선배 주변에는 남녀를 불문하고 다양한 사람들이 있으니까.

그런 사람들이 있는데도, 진짜 좋아하는 사람이 나를 '믿음직한 사람'이라고 말해 주다니 얼마나 명예로운 일인가.

선배는 미소를 띠고, 그러면서도 민망한 듯 이맛살을 찌푸리며 입을 열었다.

"자기 연습도 있을 텐데 항상 상담을 받아 주고. 언제나 내 수영을 봐 주고……. 작년에 내가 전국대회에 나갈 수 있었던 건 미즈마치 군 덕분이기도 하니까."

"아, 아니…… 그런 건……. 그건 모두가 시미즈 선배가 노력한 결과니까요……."

사실이 그렇다.

내가 한 일은 선배의 문제점을 지적하거나 연습 메뉴에 참견하거나 연습을 마친 뒤 선배의 몸을 돌봐 준 정도였다. 실제로 노력해서 전국대회를 나간 건 선배였다.

그러나 선배는 화들짝 놀라 부정하는 나를 바라보며 빙그레 웃었다.

"겸손할 것 없어. 전국대회 출장 선수들은 모두 너한테 신세 많이 졌다면서 고마워하고 있는데?"

"네?"

"부장도, 카지 군도, 안이랑 삿짱도……. 모두 '미즈마치의 관찰안에 많은 도움을 받았다.'고 했어……. 물론 그건 나도 마찬가지야."

"……"

예상하지 못했던 말에 나는 할 말을 잃었다.

진짜냐……. 같은 부에 있어도 하늘나라 사람들 같다고만 생각했는데…….

뭔가 갑자기 낯간지러운 기분이 들었다.

"그런데 내 진로 상담까지 부탁하려 드는 거니까. 못 미더운 선배라 미안해."

그 말과 함께 머리를 긁적이는 선배의 옆모습에 너무나도 아름다운 미소가 걸려 있었다.

아, 이 사람은 정말…… 여전하구나.

언제나 말 한마디로 내게 구원의 손을 내민다.

오만을 떨지 않고, 빛나듯 환한 미소로, 무의식중에…….

나는 마음을 다잡고 "제가 할 수 있다면……."라는 대답으로 선배의 다음 말을 재촉했다.

"고마워! 아, 어렵게 생각하지 말고 가볍게 들어 줘. 상담이라고 했지만, 생각을 정리하고 있다고 해야 할지, 투덜거리는 거라고 해야 할지, 뭐라 해야 하나……. 그저 들어 줬으면 하는 거니까."

선배는 그렇게 말했지만, 다른 사람도 아닌 선배의 상담이다. 자연히 힘이 들어갔다.

"사실은, 지금 진로와 관련해서 구체적으로 보이는 길이 두 가지가 있는데……."

"두 가지요?"

"진학과 취업. 작년 전국대회 성적이 좋은 평가를 받은 모양이라 가고 싶었던 대학에 추천을 받을 수 있을 것 같거든."

"선배는 성적도 좋으니까요."

"후후, 열심히 했으니 다행이다 싶지만…… 그래서 또 하나는 취직해서 실업팀에 들어가는 길이겠지. 본격적으로 올림픽을 목표로 하지 않겠냐고 권해 준 기업도 있어서……."

올림픽이라니! 예상을 뛰어넘는 스케일에 말문이 막혔다.

"대, 대단하잖아요!"

그러나 선배는 대수롭지 않은 일처럼 난처하게 웃을 뿐이다.

"좋은 평가를 받아서 기쁘긴 한데. 부모님은 역시 대학을 갔으면 하는 것 같아."

"역시 그렇겠네요……."

내가 선배의 부모님이라 하더라도 진학을 바랄 것 같다.

그야 가장 빨리 올림픽을 목표로 한다면 실업팀이 맞겠지만, 나중을 생각하면 대학을 가는 것이 좋을 것이다.

솔직한 심정으로는 그저 '대단하네요~.' 밖에 해 줄 말이 없었지만……. 말을 마친 선배의 얼굴은 왠지 고민이 가득해 보였다.

뭘 고민하는지 몰라서 선배의 말을 곱씹어 보고, 나는 '아하.' 하고 생각했다.

'지금 진로와 관련해서 구체적으로 보이는 길이 두 가지 있다.' 라고 선배는 말했다.

하지만 정말로 고민하는 건 그것이 아니다.

선배는 둘 중 무엇을 골라야 할지로 고민하는 게 아니었다.

무엇을 고민하는지 눈치챈 나는 선배의 눈을 똑바로 보고 말했다.

" '구체적으로 보이지 않는 길' 을 골라야 하지 않을까 하고 망설이는 건가요?"

"!"

그 순간, 선배는 깜짝 놀란 듯 눈을 휘둥그레 떴다.

"어, 어떻게 안 거야?! 난 아직 아무 말도……."

"말에 그 정도의 힌트가 있으면 알 수 있어요. 선배는 알기 쉬운 편이고."

쓴웃음이 섞인 내 말을 들은 선배는 감탄했다는 듯 입가에 검지를 가져갔다.

"역시 〈신마안(神魔眼)의 유리〉. 네 관찰안은 역시 대단해."

"그 중2병 냄새가 풀풀 나는 별명은 뭔가요?"

"응? 다 같이 휴식 시간에 생각한 거야. 뛰어난 관찰안을 가진 사람을 위한 별명. 그 외에도 〈음지의 코치〉, 〈물가의 마술사〉 같은 후보도 있었지만……. 결국엔 모든 걸 꿰뚫어 보는 눈으로 올바른 방향을 제시하는 천리안의 남자, 신마안의 유리로 낙찰됐거든?"

"귀중한 휴식 시간에 멋대로 남의 부끄러운 별명을 고민하지 마마세요! 더군다나 신인지 악마인지도 불분명하잖아요!"

별명을 정하는 과정에서 수영부라는 특성을 살려 물고기의 눈이라는 의견도 나왔다는 모양이다. 하지만 그건 좀 뭐하니 멋지게 좀 더 폼 나는 느낌의 신이다 악마다 하는 말을 붙여 봤다고……. 아니, 그런 게 다 무슨 상관이야!

그 말을 끝으로 잠시 말이 없던 선배는 이내 마음을 단단히 먹고 고개를 들었다.

"나 말이야……. 아주 어릴 때부터 꿈이 있었거든."

"꿈…… 말인가요?"

"나, 액션 배우가 되고 싶어!"

처음 듣는 말이었다. 학교 안에서도 선배와 친하게 지내는 편이지만, 생각해 보면 장래와 관련된 이야기는 별로 듣지 못했던 것 같다.

그러나 나로선 딱히 이상하지도 않았다.

"아하. 선배, 변신 히어로를 굉장히 좋아하니까요."

"어떻게 아는 거야?"

선배는 내가 자신의 취미를 안다는 사실에 놀란 듯했다.

멋있다거나 듬직하다는 이미지가 강한 선배는, 일요일 아침마다 녹화를 빼먹지 않는다고 한다나 뭐라나.

"전에 들은 적이 있어서요. 일요일 연습 중 탈의실에서 '예약을 깜빡했어!' 라며 큰 소동을 벌였다나 뭐라나."

"삿짱!"

얼굴을 붉히고 친구의 이름을 외치는 선배. 그것만 듣고 범인을 유추한 모양이다.

"숨기고 싶었다면, 다른 사람은 몰라도 그 사람에게 말해선 안 되죠. 사치코 선배, 의리는 있지만 입은 자동문처럼 잘 열리니까요."

선배는 얼마간 수치심에 몸을 떨었지만 이내 진정이 된 것인지, 아니면 완전히 체념했는지 말을 이어나갔다.

"하아~. 그런데 부모님이고 선생님이고 진학이나 취직을 권하는 거야. 물론 모두 날 걱정해서 현실적인 조언을 해 준다는 건 나도 잘 알고 있지만……."

나는 그렇게 말하고 고개를 떨군 선배를 가만히 바라보았다.

불확실한 꿈을 택하고 싶은 자신과 현실적인 길을 걷길 바라는 주변 사람 사이에 낀 상태.

선배는 두 가지 고민거리를 안고 있었다.

지금 선배의 고민은 크든 작든 간에 언젠가 모든 사람이 맞닥뜨리게 되는 문제였다.

물론, 올림픽을 목표로 한다는 건 일반인에게 충분히 비현실적이겠지만.

진로 고민 하나만 놓고 봐도 선배의 스케일은 나처럼 평범한 인간과는 달라도 너무 달랐다.

내년에 내가 진로를 고민할 때, 나는 과연 지금의 선배처럼 꿈과 현실의 갈림길에 설 만큼 진지하게 고민할 수 있을까.

그건 그렇고, 액션 배우 같은 건 대체 어떻게 되는 거람?

그것도 뭔가 양성소 같은 곳에 들어가서 교육을 받고…… 그렇게 되는 건가?

그런 의문을 떠올리는 동안 곁눈질로 바라본 선배의 얼굴은 매우 불안해 보였다.

평소에는 잘 볼 수 없는 선배의 표정을 바라보던 나는 무언가 말을 붙이려다…… 그만두었다.

'큰일이네요.' 라거나 '고생이 많겠네요.' 같이 현실적인 말을 원한다면 처음부터 부모님이나 선생님에게 상담했을 것이고, 반대로 '대단해요.' 같은 뜬구름 잡는 이야기라면 친구와 잡담을 한다는 선택을 했을 것이다.

내가 믿음직하다고 말해 준 선배를 위해서도 '남자 후배'인 내가 해야 할 말은…….

"어려운 이야기지만……. 결국 선택을 하는 건 선배 자신일 테니 제가 무책임하게 참견할 수는 없어요."

"그렇구나……."

밀쳐내듯이 말하자 선배의 얼굴은 금세 시무룩해졌다.

한순간 죄책감에 꺾일 뻔한 기분을 떨쳐내고, 나는 애써 미소를 지어 보였다.

"하지만…… 전 선배가 어떤 길을 선택하든 모두 보고 싶어요."

"으에?"

선배는 묘한 소리와 함께 눈을 동그랗게 떴다.

후배로서 잘난 듯 말할 수는 없다. 나는 '나 자신의 소망' 밖에 말할 수 없다.

"캠퍼스 생활을 하는 여대생 선배도, 열정적으로 올림픽을 향해 달려가는 선배도, 멋지게 변신하는 선배도……."

"미즈마치 군……."

선배와는 직접 관계가 없는, 나 혼자의 소망에 지나지 않겠지.

그래도 나는 어떤 선배가 되든 보고 싶었다.

그리고…….

"선배가 뭐가 되든 응원할게요."

나 자신의 '가장 큰 소망'을 말하자, 눈을 동그랗게 뜨고 있던 선배의 표정은 어느새 개운한 미소로 변했다.

역시 선배는 이래야지.

"어쩐지 네가 더 욕심을 부리고 있는데? 이건 내 장래인데 말이야."

"어차피 노력하는 건 제가 아니라 선배니까요?"

"아〜〜! 요 녀석!"

내가 농담하듯 말하자 선배는 팔로 내 목을 확 감싸고 조였다.

우와! 잠깐, 선배 이건 좀! 얼굴에 부드러운 게! 얼굴에에에에!

순간적으로 찾아든 낙원을 헤매던 내 귀로 선배의 나지막한 중얼거림이 날아들었다.

"정말 넌 믿음직하구나……."

나와 선배의 하굣길은 중간까지 겹치지만 15분 정도 걸은 시점에서 각자의 집으로 통하는 갈림길이 나타난다. 갈림길의 이정표는 언제 세워졌는지도 알 수 없는 오래된 신사였다.

이곳에는 수정구슬──보주(寶珠)가 신으로 모셔져 있다.

어떤 신인지, 어떤 유래가 있는지 전혀 모르지만, 적어도 우리 할아버지가 태어날 무렵부터 이 신사가 있었다고 한다. 우리 같은 동네 사람들에게는 친근해서, 무언가 빌고 싶은 소원이 있을 때마다 이곳을 찾는 주민도 적지 않았다.

그렇게 말하는 나 또한 그런 사람 중 하나였지만.

그러나 선배와 함께 집으로 돌아가는 길에 마주치는 신사는 내 행복한 시간의 마지막을 알리는 이정표에 불과했다.

이 신사가 좀 더 멀리 있었더라면…… 하는 터무니없는 생각이 매일 들곤 했다.

뭐, 만약에 신사가 지금보다 멀리 있었더라도 나는 같은 생각을 했겠지.

언제나 이곳에서 멀어져 가는 선배의 뒷모습을 바라봤지만 오늘은 조금 달랐다.

선배는 신사 앞에서 멈춰 서서 밝은 얼굴로 날 돌아보며 상냥하게 웃었다.

"저기, 잠깐 신사에 들렀다 가지 않을래?"

"네? 무슨 일로?"

"소원을 빌고 싶어서. 내가 멋지게 변신하는 날이 오도록, 동글동글한 신한테."

나는 보주를 동글동글한 신이라고 부르며 수줍은 미소를 짓는 선배를 바라보면서 확신했다.

한번 마음먹으면 바로 결단을 내리는 점에선 정말이지 선배다웠다.

선배가 길을 정했다면 내가 할 말은 여러 가지 의미를 포함해 하나뿐이다.

"물론이죠. 같이 가요."

그리 길지 않은 계단을 오른 선배는 "오늘은 정성을 다해서."라는 말과 함께 500엔을 꺼내 새전함에 던졌다.

선배를 따라 100엔 동전을 던지고 손뼉을 친 내가 빈 소원은 하나…… 아니, 그건 '욕망'이었다.

'선배의 곁에서, 꿈을 이루는 걸 돕고 싶다.'…….

선배와 내가 동시에 손을 마주친 그 순간, 이변이 벌어졌다.

신사에 모셔져 있는 보주가 갑자기 강렬하게 빛나기 시작한 것이다.

"미즈마치 군?! 이게 무슨 일이야?!"

눈앞의 모든 것들이 하얗게 물들어 가는 가운데 선배의 비통한 비명이 들려왔다.

나는 선배가 처한 상황에 화들짝 놀랐다.

커다란 빛이 선배를 집어삼키려 하고 있었다. 공포로 일그러진 얼굴을 한 선배가 나를 향해 손을 뻗었다.

"선배!!!"

나는 당황해서 힘껏 손을 잡고 선배를 끌어당기려 했다.

그 순간, 현실이 아님이 분명한, 이곳이 아닌 어딘가의 무언가……. 그런 영상이 눈앞을 가득 채웠다.

한 여자가 있었다.

고급스러운 드레스를 잘 차려입고, 호전적인 눈동자를 빛내며, 자신만만하게 웃는다.

주위를 검과 창으로 무장한 수많은 사람이 둘러싸고 있지만, 표정은 흐트러지지 않는다. 누구에게도 결코 굴하지 않는 의연한 아름다움을 두른 모습이었다.

목소리가 들려온다……. 이런 상황에서도 웃음을 안 지우는 여자를 두려워하여 떨리는 목소리가.

「셋째 왕자의 약혼녀이자 희대의 악녀 나미 슈라이엔 공작 영애! 폭정과 착취 속에서 신음하던 우리의 분노와 원한을 알아라! 각오해라!」

그 목소리에 동조해서 노성을 지르는 사람들. 그러나 여자는 아무 말도 하지 않았다.

원망하지도 않고, 저항하지도 않고. 공포도, 애석함도, 얼굴에 하나 드러내지 않고…… 원한이 서린 칼날을 모조리 그 작은 몸으로 받아냈다.

파도처럼 밀어닥치는 무수한 칼날이 몸을 꿰뚫고, 고운 얼굴도 피로 더럽혀졌다. 고통을 호소하며 비명을 질러도 이상하지 않은 상태였다. 그런 최후를 맞이하는데도 그 여자는—— 여전히 웃고 있었다.

그저, 숨이 끊기는 순간 안심했다는 듯 짤막하게 중얼거렸을 뿐이다.

"아…… 드디어 끝낼 수 있어."라는 말을.

"이건…… 뭐지?"

"미즈마치 군?"

내 이름을 부르는 선배의 목소리와 함께 나는 퍼뜩 정신을 차렸다. 백일몽이라도 꾼 걸까.

하지만 선배의 몸은 점점 크기를 더해 가는 빛 속으로 빨려들기 시작했고, 시간이 흐르면서 나까지도 말려들고 있다는 걸 깨달았다. 눈앞의 빛은 마치 살아 있는 것 같았다.

정체를 알 수 없는, 인식의 범위를 뛰어넘은 탓에 인간으로서는 감히 손쓸 수 없는 무언가.

지금 그런 일이 벌어지고 있다는 것만은 분명했다.

나와 자신의 상황을 깨달은 선배는 당황한 얼굴로 다급하게 소리쳤다.

"미즈마치 군, 손을 놔! 뭔지는 잘 모르겠지만 나 때문에 너까지 말려들고 말 거야!"

선배의 얼굴은 좀 전보다도 더 고통에 차 보였다.

마치 자신 때문에 내가 말려드는 것이 죽음보다 괴롭다는 듯이.

언제나 다른 사람을 아끼고, 늠름하고 멋지고, 절대 뜻을 굽히지 않는 선배다운 말일지도 모른다.

그러나 나는 좀 전보다 더 단단히 손을 붙들었다.

"미즈마치 군, 뭘 하는 거야?! 얼른 손을……."

"아무리 선배의 부탁이라도 그건 저한테 너무 실례되는 말이잖아요!"

말려든다고?

무슨 일이 벌어지고 있는지는 모르겠지만 '선배한테 말려든다' 고?

바라던 바잖아!

겨우 잡은 이 손을, 고작 그런 이유로 놓을까 보냐.

고작 그런 걸로 선배와 나란히 서는 걸 포기할 리가 있나.

고작 그런 걸로 소중한 사람을 내버릴까 보냐.

그럴 순 없다. ……할 수 있을 리 없잖아!

내 힘으로는 선배를 끌어낼 수 없겠어……. 그런 판단을 하자마자, 나는 내 발로 빛 속에 뛰어들어 선배를 품에 안았다.

"미, 미즈마치 군?!"

갑작스러운 포옹에 당황한 선배가 깜짝 놀라 내 이름을 불렀다. 그러나 상관없었다.

"누구든 나한테서 이 사람을 떼어내려고 한다면! 설령 그게 신이든 악마든 운명이든 간에 절대 용서하지 않겠어! 상대가 누가 되든 간에 이 사람만큼은 넘겨주지 않아! 두고 보라고!"

누굴 향한 선전포고일까. 나조차도 알 수 없었다.

그저, 한마디……. 쓴웃음이 섞인 누군가의 목소리로 "그래, 그래. 알았다."라는 대답을 들은 듯한 기분이 들었다.

1장 『악역 영애』와 『집사』의 시크릿 미션

"내일, 퇴부서를 내자……."

선배와 만난 것은, 내가 그런 소심한 결정을 내린 고1 봄날이었다.

그 무렵의 나는 수영으로 유명한 학교의 연습을 못 따라가는 자신의 한심함과 가혹한 연습 속에서도 좀처럼 나아지지 않는 기록 탓에 수영부를 그만두어야 하나 진심으로 고민하고 있었다.

그날, 나는 불 꺼진 수영장에 숨어 들어가 결심했다.

'오늘 기록이 조금이라도 나아지지 않으면 수영부는 그만두자.'…….

그렇게 숨어든 수영장에서 측정한 기록에 나는…… 눈물이 나올 뻔했다.

우리 부에는 나는 꿈도 꿀 수 없는 전국대회 출장을 당연한 듯이 목표로 삼는 선배들이 널렸고, 매일같이 고된 연습을 반복하고 있었다.

물론 동기 중에도 그런 선배들을 따라잡을 만한 녀석들이 있었다.

그러나 따라가지 못한 신입들은 부를 그만두었다.

나는 둘 중 어떤 흐름에도 속하지 않는 어중간한 위치에 있었다.

연습을 따라가지도 못하면서 수영부에 있는 애매모호한 녀석.

선배들은 물론, 우수한 동기들에게도 나는 걸림돌이다.

조금이라도 빨리 이곳을, 수영부를 떠나고자 출구로 향했던 그때, 아무도 없었던 어두운 수영장 한쪽에 누군가의 그림자가 보였다 싶었더니 깜짝 놀란 여자 목소리가 들려왔다.

큰일인데. ……고문 선생님한테 걸렸나?

그런 생각을 하며 내가 눈을 돌린 곳에 한 학년 위의 선배…… 시미즈 나나미 선배가 경영 수영복을 입고 서 있었다.

"시미즈…… 선배?"

조명이 사라진 수영장 한구석에서, 나는 창문 사이로 스며드는 달빛에 의지해 선배를 바라보았다.

나라는 예상하지 못한 선객에 놀란 선배의 모습은 달빛 아래에서 특히나 더 요염하고 굉장히 신비로워 보였다. 수영부 안에서도 전국대회 출장 선수인 선배는 특별했다. 특히나 나 같은 인간은 감히 범접할 수 없는 압도적인 존재감이 있다.

"연습 시간은 벌써 끝났을 텐데. 미즈마치 군, 뭘 하고 있니?"

"네?"

"어, 어라? 아니야? 미즈마치 유리 군…… 맞지?"

"아, 네에…… 그건 그런데…….."

"착각한 게 아니라 다행이네. 근성 없는 애들은 금세 그만두는데도 애쓰는 신입이 있어서 기억하고 있었거든."

"네?!"

"신입생이 연습을 소화하지 못하는 건 당연한 일인데도 연습이 끝나고서 또 연습이라니……. 너도 참 대단하구나. 그래도 수영장 이용 시간은 지났는걸?"

나는 순수하게 놀랐다. 수영부 여자 선수 중에서도 전국대회에 가장 가까운 선배는 톱 중에서도 톱이다. 연습조차 제대로 소화하지 못하는 날 선배가 기억하고 있을 줄이야.

구름 위의 존재와도 같은 선배가 날 눈여겨보고 있었다니.

"그, 그렇게 말하는 선배도……. 연습은 벌써 끝났잖아요."

"웃…… 아까 연습 때 만족하지 못한 부분이 있어서……."

뜻밖이었다.

연습하는 동안 그토록 빠르고 아름답게 유영하는 선배라도 만족하지 못하는 부분이 있었다니.

더군다나 아까 선배가 말한 대로, 불이 꺼진 수영장을 사용하는 건 원칙적으로 금지된 일이다.

이유야 어쨌든 지금 여기 있고, 더군다나 물에 들어가는 것은 명백한 교칙 위반인데…….

그런 생각을 하는 동안 선배가 짝 하고 손바닥을 마주쳤다.

"그럼 이렇게 하자! 내 기록을 측정해 줘. 그리고 지금은 공범이란 걸로 하자."

"아…… 아, 네. 뭐……. 크게 상관은 없지만……."

그리하여 나는 선배의 기록을 측정하게 되었다.

아름답지만 어딘가 쿨한 외모와, 나아가 연습 중에는 딱딱한

얼굴로 유영하는 선배를 나는 멋대로 다가가기 어려운 사람이
라고 단정했었다. 그래서 먼발치에서 바라보던 시미즈 선배와
지금 눈앞의 시미즈 선배와의 큰 차이에 압도되었다.

그렇게 다이빙과 함께 물살을 가르기 시작하는 선배는 역시
전국대회 레벨의 선수였다. 수영 레벨의 격이 달랐다.

마치 물 위를 미끄러지듯 헤엄친다.

수영을 마친 선배가 내게 초시계를 받아들더니 불만스러운 얼
굴로 이맛살을 찌푸렸다.

"역시 틀렸어. 뭐가 잘못된 걸까."

중얼중얼 혼잣말하던 선배가 불현듯 나를 돌아봤다.

"미즈마치 군. 넌 내가 연습하는 걸 보고……. 아무 생각도 들
지 않았어?"

갑작스러운 질문에 나는 당황하고 말았다.

애초에 나는 연습도 못 따라가는 어중이떠중이다. 전국대회 레
벨의 실력자인 선배에게 무슨 할 말이 있을지.

"단순히 '빠르다' 라고 생각했는데요……."

"아니……. 그런 게 아니야. 좀 더 이렇게, 뭔가가 이상하다든
가. 그런 거 있잖아!"

"그런 거라고 하셔도……. 아, 저기."

나는 막연하지만, 방금 선배가 헤엄치는 것을 보다가 마음에
걸렸던 부분을 떠올리고 입술을 달싹였다. 그 순간, 선배가 내
게 달려들었다.

"뭔데! 뭐가 이상한 부분이 있었어?! 이젠 뭐든 좋으니까 말

해 주지 않을래?!"

뭐라고 할까. 내가 그런 말을 하면 실례가 아닐까?

그러나 선배는 필사적이었다. 나는 마음을 굳게 먹고 신경이 쓰였던 부분을 털어놓았다.

"후반에 턴한 직후의 움직임하고 스퍼트를 거는 순간 말인데요…… . 미묘하게 폼이 무너지는 느낌이…… . 리듬이 무너져서 스트로크가 잦아지는 듯한…… ."

"후반 폼이?"

"아니요, 죄송해요. 저 같은 사람이 뭘 안다고…… ."

그러나 선배는 내 말을 듣고 표정을 바꾸더니…… 내 어깨를 꽉 붙들었다.

"그, 그거야! 방금 그 말을 듣고 눈치챘지만 돌이켜 생각해 보니 짚이는 구석이 있어!"

그 자리에서 곧장 다시 타임 트라이얼을 했더니…… . 연습 때문에 피곤할 텐데도 본래 기록에서 2초나 단축했다.

"말도 안 돼! 정말로?"

선배는 얼마간 믿기지 않는다는 얼굴로 초시계를 들여다보았다.

나도 솔직히 믿을 수 없었다.

내 적당한 충고 하나에 단번에 2초를 단축하다니. 전국 레벨의 실력은 달라도 달랐다.

내가 그런 생각에 잠겨 있는 동안 선배는 멍하니 중얼거렸다.

"대단해…… . 정말 대단해!"

마침내 폭발하듯 기쁨에 찬 목소리를 수영장에 퍼뜨린다.

"대단해, 미즈마치 군! 네 한마디로 2초야, 2초! 어떻게 이런 일이 있을 수가 있지?!"

"전 그저 폼을 지적했을 뿐인걸요. 이 기록은 선배의 실력인 거죠."

그것은 엄연한 사실이다. 나는 조금 참견했을 뿐, 오늘 2초를 단축한 결과는 선배가 평소 노력한 성과였다.

그러나 선배는 흥분해서 내게 바싹 다가왔다. 저기요…… 너무 가까운데요?!

"그걸 지적할 수 있으니까 대단하다는 거야! 내 일인데도 난 지금까지 전혀 몰랐으니까!"

"그……그런 건…….."

허둥지둥하며 말을 고르는 사이에 선배는 내 양손을 붙들고 웃었다.

"다음에 또 내 연습을 봐 주지 않을래? 이런 사람이 바로 내 곁에 있었다니! 이대로 내 전속 코치를 부탁하고 싶을 정도야!"

"아니요. 저기…….."

"오늘부터 넌 내 마음에 들었어! 앞으로 잘 부탁해!"

그날 선배는 나라는 존재를 인식해 주었다.

나 따위가 수영부에 있어도 괜찮다고 말해 주었다.

그게 없었다면 나는 필시 수영부를 그만두었을 것이다.

나 자신도 참 단순하다 싶지만, 그날 이후로 나는 급속도로 선배에게 끌렸다.

선배, 당신은 모르겠지요……. 내가 당신의 말에 얼마나 구원을 받았는지.

내가 당신에게 얼마나 감사하는지.

그리고 모르겠지요……. 내가 당신을 얼마나 좋아하는지.

혹독한 훈련을 반복하는 진지한 눈빛.

노력의 결실로 기록이 단축된 걸 확인하는 순간에 참지 못하고 흘러나오는 미소.

정말로 마음을 허락한 사람에게 보이는, 순수하면서도 조금은 어린애 같은 표정.

선배의 모든 표정이 내게는 무엇과도 바꿀 수 없을 만큼 소중한 기억이다.

선배의 곁에 나란히 설 수 있는 '무언가'.

그걸 손에 넣었을 때야말로, 그때가 온다면…….

*

"꿈……인가."

굉장히 그립고, 그리고 길고 소중한 추억. 선배의 미소에 구원받았던 날의 풍경이었다.

'초심을 잊지 않는다'는 말은 얼마나 중요한가.

"……자, 그럼."

올해야말로 전국대회에 출장해서 선배에게……. 그렇게 다

짐하며 자리에서 몸을 일으키는 순간, 나는 묘한 위화감에 휩싸였다.

"어라? 내 눈높이가 이렇게…… 높았었나?"

선배보다 근소하게 작은 키에 콤플렉스를 느끼던 나는 묘하게 높아진 시선과 함께 기묘한 감각에 빠져들었다.

생각해 보면 이상한 건 눈높이만이 아니었다. 분명히 바닥에 요를 깔고 이불을 덮고 잤는데 내가 일어난 잠자리는 아무리 봐도 나무 침대였다.

그제야 나는 깨달았다. 이곳은 내 방이 아니다.

"여긴 어디지?"

서양풍의 방이었다. 가구를 살펴봐도 역시 서양식 책상이었고 장롱에도 일본의 냄새는 찾을 수 없었다. '서양 저택', 자연히 그런 단어가 머리에 떠올랐다.

하나밖에 없는 창으로 밖을 살펴보자, 여기는 2층인 듯 벽돌로 지은 건물이 늘어선 거리 풍경과 돌로 포장한 바닥이 아래로 펼쳐졌다.

행인들의 머리는 갈색과 금색이라서 흑발인 사람은 보이지도 않는다. 게다가 저 멀리서 마차를 타고 건초를 나르는 농민의 모습도 보이는 것이, 왠지 유럽 풍경 같다고 할까…….

"내가 해외 원정을 왔던가?"

문득, 선발에서 떨어졌는데도 선배와 고문 선생님에게 끌려갔던 작년 해외 원정 합숙 훈련이 떠올랐다. 그러나 지금은 한창 1학기 중이다. 그건 겨울 방학이라서 간 것임을 깨달은 나는 합숙의 가능성을 지웠다.

의문이 머릿속을 상황에서, 문득 방에 있는 전신 거울을 본 순간에 모든 것이 확 날아갔다.

"이게…… 누구야……?"

내 입으로 말하는 것도 좀 그렇지만 나는 짧은 머리에, 키는 물론 얼굴도 평균치에 불과한…… 평범한 남자였다. 그러니 거울에는 그런 평균남이 비쳐야 했다.

이렇게 훤칠하고 아이돌 소리를 들어도 이해할 만큼 눈이 맑은 미남이 거울에 보일 리가 없다.

그러나 내가 팔을 움직이면 거울 속 미남이 똑같이 팔을 움직였다. 눈을 깜빡이려 하자 깜빡였다. 빙그레 웃자 TV에 출연해도 될 법한 미소가 떠올랐다.

그리고…… 결론에 이른 거울 속 미남의 얼굴은 곧장…… 새파랗게 질렸다.

아무리 생각해 봐도…… 이 남자는 나였다.

난데없이, 정말로 일어나 보니 이렇게 된 것이다…….

도무지 이해할 수가 없었다. 영문을 모르겠네!

"이, 이! 이게 무슨 일이야아아아아아아!!"

이른 아침 저택을 뒤흔드는 절규. 그 비명이 쓸데없이 널리 울려 퍼진 덕에 아침부터 저택 이곳저곳에서 연달아 놀란 듯 "뭐야?" 하는 말소리가 들려왔다.

이윽고 가장 가까운 방에서 우당탕탕 허겁지겁 달려온 듯, 웬 소녀가 노크도 없이 벌컥 문을 열었다.

"오라버니, 무슨 일이에요?! 갑자기 소리를 다 지르시고……."

은발 소녀였다. 어딘가 앳된 구석이 남아 있지만 미소녀로 불러도 과언이 아니겠지.

그보다 선배가 이 애를 발견한다면 위험하겠는걸. 그 사람은 '귀여워.' 라며 폭주할 테니까.

그런 소녀가 이쪽을 걱정스러운 듯 보고 있다.

당연한 일이지만 나는 이런 미소녀를 모른다. 처음 보는 사람일 터였다.

그런데도 내 입에서는 이 소녀를 오라버니로서 알고 있다는 듯한 말이 튀어나왔다.

"미, 미안해. 메……멜티. 뭐라 해야 할지……. 그게, 꿈자리가 뒤숭숭해서 말이야."

"꿈 말인가요?"

여동생, 멜티는 별일 아니라는 사실에 안심한 표정을 지었다.

"오라버니의 비명에 깜짝 놀랐지 뭐예요. 언제나 냉정하고 침착한 오라버니가 그렇게 목소리를 높이시다니……."

"이 몸도 인간이잖니? 당연히 공포도 느끼지……."

"이 몸?"

멜티는 고개를 갸웃했다.

그 반응을 보고 평소 내 일인칭이 '나' 라는 사실을 떠올리고 '아뿔싸' 했다.

그러나 뭐든 변명하자고 했을 때, 멜티가 얼굴을 붉히고 중얼거렸다.

"와일드한 오라버니…… 멋져요."

"응……?"

"아! 아니, 아무것도 아니에요! 어머니께서 이제 곧 아침 식사를 할 거라고 하셨어요. 슬슬 거실로 내려와 주세요."

"아, 으, 응……. 고맙다……."

왠지 허둥지둥 방을 나선 멜티가 뒤돌아서 문을 탁 닫은 순간…… 나는 침대에 걸터앉아 머리를 감쌌다.

말도 안 되지만, 방금 일로 몇 가지 깨달았다.

지금의 상황은 내가 이 몸에 '깃들어' 있는 것으로, 다시 말해 이 몸에는 엄연히 본래 '주인'이 있는 것이다.

혼란스러운 머리를 억지로 돌려가며 '머릿속 내용물'을 검토해 보았다.

그러자 신기하게도 내 기억이 아닌, 또 다른 누군가의 기억이 있었다.

조금 전 동생의 이름을 순간적으로 부를 수 있었던 것도 이 기억 덕분이겠지.

다만, 이 기억에는 본인의 감정―― 인격이 없다.

자세한 원리는 알 길이 없지만…… 이건 육체와 영혼이 서로 다른 현상일까?

이 '유리우스의 기억'은 말하자면 기록, 혹은 일기인 걸까?

이 몸의 주인은 '유리우스 슈피겔'.

왕립 살바도르 학원의 3학년……. 이럴 수가, 나보다 한 살 더 많았다.

이 나라, 마도왕국 살바도르를 지탱하는 귀족, 슈피겔 남작 가문의 장남이라는 듯했다.

살바도르 왕국……? 그런 나라가 있었나? 그리고 마도왕국이라는 건 또 뭐람?

불행 중 다행이라고 해야 할지, 아니면 그냥 불행인지. 이 기억으로는 감정이나 인격과 관련된 정보를 알 수 없었다.

예를 들어, 유리우스가 아까 멜티를 어떻게 생각했는지는 알 방법이 없었다.

거기까지 생각이 미치자…… 나는 온몸에서 식은땀이 흐르는 걸 느꼈다.

떨리는 몸을 억눌러 가며…… 검지를 세우고 중얼거려 보았다.

"등화(燈火)……."

그 순간, 손가락 끝에 라이터 불꽃 정도 크기의 불덩어리가 깃들었다.

미리 말해두겠지만 나는 라이터를 갖고 다니지 않는다.

손가락 끝에 맺힌 불꽃을 바라보며 나는 감동하기 보다는 무섭다고 생각했다.

"위험한데……. 여긴…… 일본은커녕…… 지구조차도 아니야……."

단순히 인격이 뒤바뀐 정도가 아니었다.

나는 세계의 벽을 넘어 '마법이 존재하는 세계의 남자' 안에 들어와 버린 듯했다.

동생아, 미안하구……나. 이 오라버니는 한 번 더 사고를 쳐야겠다.

"이, 이! 이게 무슨 일이야아아아아아아!!"

내가 거실로 내려갔을 때 식탁에 자리를 잡고 앉은 부모님과 아까 방에 들어왔던 여동생의 모습이 보였다.

그들은 하나같이 걱정스러운 눈을 하고 있었다. 염려를 끼쳐 죄송합니다.

"유리우스, 대체 무슨 일이냐? 혹시 몸이 아프다거나…….."

금발 벽안의 댄디 아저씨가 딱딱한 표정으로 그렇게 말했다. 슈피겔 남작 가문의 당주이자 유리우스의 아버지였다.

그 곁에서 훌륭한 은발을 치렁치렁 늘어뜨린 인물이 남작 부인이자 어머니.

그렇구나……. 유리우스는 이 두 사람 사이의 자녀구나, 라고 절로 고개가 끄덕여질 정도로 두 사람 모두 잘생겼다.

"아니, 아무것도 아닙니다, 아버님. 잠시 이상한 꿈을 꾸었는지라……."

"이상한 꿈 정도로 그런 비명을? 네가 그럴 때도 있구나……."

동생도 그랬지만 아버지까지도 그런 말을 할 줄이야……. 평소 이 녀석은 주변에서 냉정하고 침착한 사람이라는 평가를 받아 온 것이다.

"당신! 아무리 유리우스가 평소에 냉정한 아이라 해도 그게 다가 아니잖아요?"

어머니의 타박을 들은 아버지는 겸연쩍은 얼굴로 머리를 긁적이며 쓴웃음을 지었다.

"그렇군……. 미안하다."

아무래도 가족 관계는 지극히 양호한 모양이었다.

일단은 작위가 있는 귀족이지만, 슈피겔 가문은 지위로 따지면 하급에 속하는 남작 가문이었다.

냉정히 말하면 재산도 크게 넉넉하지 않고, 저택에서 고용한 메이드도 숙련된 베테랑 두 명뿐.

다만 그 덕분인지, 아니면 그런 탓인지……. 아버지와 어머니 모두 귀족 특유의 선민 의식은 조금도 없이 온화한 성품의 소유자였다. 특히 어머니는 메이드와 함께 집안일을 할 정도였다.

오늘 아침도 어머니가 메이드와 함께 만들었다는 듯했다.

두 사람의 자녀들 역시 비슷한 느낌으로, 동생인 멜티는 얌전한 성품에 학업 성적도 좋아서 어린 나이에도 벌써부터 장래가 기대될 정도였다.

그런데도 멜티는 그런 사실을 뽐내지 않고 오라버니인 유리우스를 잘 따른다고……. 올바른 동생의 표본이라 할만했다.

원래 세계의 내 동생도 멜티를 본받았으면 하고 진심으로 생각할 정도였다.

그런 느낌의, 상류 계급 특유의 질척질척한 골육상쟁과는 연이 없는 슈피겔가에는 오늘도 평온하고 따스한 시간이 흘렀다.

매일 아침 흰쌀밥과 된장국을 먹는 나는 빵과 커피가 있는 아침상을 보고 위화감을 느꼈지만 빵을 잘라 입에 넣은 순간 그 맛에 깜짝 놀랐다.

가정에서 직접 만든 소박한 빵 하나로 슈피겔가의 주방 레벨을 엿볼 수 있었다.

그러나 평화로운 아침 식사가 끝나자 아버지가 갑자기 딱딱한 얼굴로 입을 열었다.

"유리우스, 준비를 마치는 대로 공작가로 출발할 테니 그리 알고 있어라."

"네……."

그 한마디로 집안의 공기가 얼어붙는 기분이 들었다.

걱정스러운 얼굴의 어머니, 불만을 드러내는 멜티. 아버지는 민망한 얼굴로 말을 이었다.

"슈피겔가 사람이라는 이유로 네가 고생이 많구나……."

"아버님!"

그 순간, 인내심의 한계를 맞이한 멜티가 목소리를 높였다.

"무슨 연유로 오라버니가 가야만 하는 건가요?! '그분'을 모시는 게 반드시 오라버니여야 할 필요는 없잖아요! 그분에게 묶여 버리면 오라버니는……."

"경솔한 말은 삼가거라, 멜티!"

멜티의 말을 들은 아버지는 엄한 얼굴로 그녀를 나무랐다.

"그분은 우리 슈피겔 가문이 모시는 공작가의 영애이시다. 대대로 집사로서 섬겼던 슈피겔가의 사람이 그분을 험담하는 건 내가 용서치 않겠다!"

단호한 아버지의 한마디에, 멜티는 분을 참지 못하는 얼굴로 입술을 깨물고 있다가…… 자리에 앉았다.

멜티가 그런 말을 하는 건 어디까지나 나, 유리우스를 위해서였다. 동생으로서 오라버니가 괴로운 일을 해야만 하는 상황을 두고 보기 힘들었던 모양이다.

불만에 가득한 멜티의 머리를 쓰다듬어 주자 그녀는 놀란 듯 눈을 동그랗게 뜨고 고개를 푹 숙였다.

나는 분위기를 전환해 보려는 의미를 담아 아버지에게 말을 붙였다.

"아버님, 금일 당주님께서 변경백 영지로 시찰을 떠난다 하시던데."

"그래. 국경 부근의 백작령이다만……. 이번 시찰은 약간 사정이 있어서 말이다."

"단순한 시찰……이 아니라는 말씀이십니까? 요새 이웃 나라의 정세가 심상치 않다는 소문도 있으니 말입니다."

아버지의 얼굴은 조금 전과는 다른 의미로 우울하게 흐려졌다.

"그렇지. 오늘 약속이 잡힌 변경백은 민중뿐만 아니라 왕궁에서도 풍문이 별로 좋지 않단다. 이번 시찰이 단순한 시찰로 마끝나면 좋겠다만……."

오가는 말을 듣고 있던 멜티가 고개를 들고 진지하게 눈을 빛내며 입을 열었다.

"아버님…… 설마 그 변경백이 이웃 나라와 내통을 하고 있을 가능성이 있다고 보시나요?"

"멜티……. 총명한 것도 좋지만 억측을 함부로 입에 담아서는 안 될 일이다. 특히 다른 사람들 앞에서는 모쪼록 주의하거라."

아까와 다르게 다정하게 달래는 소리를 듣자 멜티는 표정을 흐리지 않고 "명심하겠습니다."라는 대답과 함께 미소를 지어보였다.

"변경백은 분명히 마력 지상주의파. 군이 어느 쪽인가를 따지자면 당주님 쪽 파벌이 아니었나요?"

"마력 지상주의도 모두 하나가 아니라는 게지."

"아, 그런 거군요……."

현재, 이 왕국은 꽤 위태로운 처지였다.

현대인인 내가 보면 '그럴 수가!' 소리가 절로 나오는 이유가 있는데…… 이런 위기에 다다른 배경에는 마도왕국 살바도르 내의 특수한 사정이 얽혀 있었다.

이 나라는 100년 전에 건국되었다.

당시 이 땅에 만연했던 마수를 물리치고, 지금도 왕국 주변에 펼쳐진 밀크로스 숲으로 몰아낸 건국 영웅이자 초대 국왕이 유능한 마도사였다는 사실이 문제의 발단이다.

당시 큰 마력이 필요한 마법을 자유자재로 다룰 수 있는 건 깊고 깊은 숲에 산다고 전해지는 엘프나 용족 정도로, 마법을 다룰 수 있는 인간은 매우 적었다고 한다.

그런 배경 탓에 이 나라에서는 마법을 다룬다는 건 곧 대단한 사람이라는 극단적인 사상이 탄생했고, 시간이 흐름에 따라 '왕족, 귀족을 하나로 모으는 고귀한 역할은 마도사여야만 한다'는 '마력 지상주의'를 낳게 되었다.

특히 선왕의 시대는 너무 노골적이라서 마력이 적으면 무능하고 저속하다는 딱지가 붙었고 왕국 내의 공공 기관이나 재무, 금융, 끝내는 농업이나 군대까지도 마법을 사용할 수 없다면 출세할 수 없다는 말이 번져 나갔다.

이렇게 극단적인 '마력 지상주의'는 일찍부터 주변 나라들에 비웃음을 샀다. 당연히 '마법을 쓸 수 없지만 재능이 있는' 사람들의 대우가 좋을 리 없으니 인재 유출 또한 심각했던 모양이다.

당연하게도 국내에서 온갖 부정과 악정이 만연해, 한때는 정말로 나라가 붕괴 직전이었다고 한다

그렇게 최악의 상황에서 왕위를 이어받은 현 국왕은 즉위하자마자 곧장 '마력으로 모든 걸 판단하는 관행'에 철퇴를 내리고, 각자의 일에 걸맞은 우수한 인재를 육성하고 확보하는 데에 힘쓰도록 하는 개혁을 단행했다.

당연하지만 자신들의 특권을 지키고 싶었던 바보들은 '우리의 자랑스러운 혈통을 외면하려 하는가!' 라며 제멋대로 지껄였다고 하는데, 그래도 최악의 전개만은 피할 수 있었다.

그러나 현 국왕의 영단은 나라 안에서 대립하는 두 파벌을 만들었다.

즉, 기존 귀족들을 중심으로 한 '마력 지상주의자'와 마력이 적은 하급 귀족이나 평민들에게 많은 지지를 받는 '반(反) 마력 지상주의자'의 대립.

살바도르 왕국 안에서 마력 지상주의자의 최대 파벌로 손꼽히는 일족은 바로……. 무엇을 숨기랴, 우리 슈피겔가가 모시는 슈라이엔 공작가였다.

 슈피겔 가문의 남자는 대대로 슈라이엔가를 모시면서 남작의 지위를 얻어 왔다. 그리고 당대 슈라이엔가 당주를 집사로서 모시는 사람이 바로 유리우스의 아버지인 것이다.

 '같은 파벌을 시찰하는 게 아닌가?' 하는 게 내 의문이었지만 아버지의 반응을 보면 변경백은 다른 듯했다.

 식후 커피를 음미하고 있던 어머니가 갑자기 멜티에게 말을 건넸다.

 "학원 안에서도 대립이 심화되고 있다는 말을 들었어요, 멜티, 당신 학급은 어떤 상황인가요?"

 "여전해요, 어머님. 마법을 쓸 줄 아는 귀족이 상대를 업신여기고, 이를 불쾌하게 느낀 평민들이 단결한다……. 국내 사정과 전혀 다를 바 없어요."

 "그래……. 유감이군요."

 "네, 정말로……."

 본래 마도사의 역할은 '약한 자를 돕는 것'이었다. 지금의 국왕도 그런 의식을 바탕으로 '마력 지상주의'로 국력에 손실을 입은 살바도르 왕국의 교육을 바로잡고자 했다. 덕분에 이 나라에서는 몇 년 전부터 의무적으로 귀족과 평민이 같은 학교에서 교육을 받게 되었다.

 물론 귀족들은 반발했지만, 왕이 '미끼'를 마련해 잠시 관심을 돌려놓고 실현한 곳이 바로 왕립 살바도르 학원이다.

그러나 국왕의 의도와는 정반대로, 학원은 이 나라의 축소판 되고 말았다.

멜티의 말대로 귀족은 평민을 다른 생물로 보았다. 정말이지 차별 없는 세상과는 거리가 먼 상황이었다.

오히려 악화하지 않을까?

"그런데 유리우스. 네 학원 생활은 어떠냐?"

아버지의 한마디에 멜티의 얼굴에는 곧장 숨길 수 없는 불쾌함이 번져나갔다.

아버지, 쓸데없는 소리는 그만하라고!

유리우스의 학원 생활에 특별한 문제는 없었다.

학원에서도 어떤 하나의 수업을 제외하면 우수한 성적과 흠잡을 데 없는 생활 태도로 좋은 평가를 얻은 유리우스(나?)는 교사들 사이에서도 평판이 좋았다.

다만, 한 가지 문제가 있었다. 한 학년 아래에 재적 중인 아가씨다.

아버지가 모시는 당주의 외동딸, 나미 슈라이엔 공녀. 내가 학원을 졸업하는 동시에 정식으로 집사가 되어 모시게 될 인물이었다.

이 정도까지만 털어놓아도 유리우스를 잘 따르는 여동생이 왜 그렇게 화를 내는지, 그의 아버지가 염려하는 구석이 무엇인지 손쉽게 상상할 수 있을 것이다.

까놓고 말하자……. 이 공작 영애는 성격이 최악이다.

마력은 왕국 역대 최대급으로 추앙받을 만큼 방대한 양을 보유하고 있는데, 그 마력과 공작 영애의 신분을 등에 업고 콧대가 하늘 높은 줄 모르고 높아서……. 말하자면 전형적인 안하무인 아가씨였다.

기분에 따라 소리를 지르고, 사소한 일로도 짜증을 내기 일쑤. 다른 사람을 깔보고 욕을 퍼붓기도 했다.

당연히 그 대상에는 당연히 유리우스도 포함되어서, 직접 피해를 본 건 물론이거니와 뒤처리를 위해 뛰어다니는 일도 허다했다.

특히 학원 안에서 보이는 태도는 입이 떡 벌어질 정도였다. 마치 여왕처럼 구는 상태다.

주로 하는 말은 '날 누구라고 생각하는 거야? 공작 영애이자 국내 최대의 마력을 보유한 천재 마도사 나미 슈라이엔이라고!' 이다.

이건 그거다. 불행한 소녀가 주인공으로 나오는 이야기 속의 전형적인 악역. 등장만 해도 한 대 때리고 싶어지는…… 이른바 '악역 영애' 그 자체였다.

"요 며칠은…… 아무 일도 없었습니다…….."

"그러냐. 요 며칠은…….."

"네……. 요 며칠은…….."

미묘하기 짝이 없는 부자지간의 대화. 말끝을 흐리는 것만으로도 서로의 마음을 읽어내는 멋진 부자 관계.

성난 도깨비 같은 얼굴로 앉아 있던 동생도 부자의 대화를 통해 의미를 깨달았는지, 컵에서 '빠직' 소리가 났다. 어머니는 곧장 "안 돼요, 멜티."라며 부드럽게 나무란다.

그랬다. 화제에 오른 영애는 어쩐 일인지 요 며칠 동안 얌전했다. 하지만 그 전에는 참 지독했다.

방약무인한 태도에는 사실 이유가 있었다. 바로 그게 전에 언급했던 '미끼' 다.

상급 귀족들이 학원의 설치를 용인한 이유, 그것은 '왕족도 교육 기관에 다닌다' 는 사실이었다.

본래 귀족들이 자신의 자녀를 알릴 기회는 한정되어 있었다.

연회나 티 파티에 꼬박꼬박 참가해도 왕족과 '친밀한' 사이가 될 수 있을 거라는 보장은 없었다.

그러나 같은 학교에 다닌다면 이야기가 달랐다.

왕족에 편입되고 싶은 귀족들은 '마력 지상주의' 를 보류하고서라도 남몰래 왕족에게 자신의 아들이나 딸을 선보이고자 혈안이 되어 있었다.

물론 슈라이엔 공작의 영애인 나미도 그런 사람으로, 유리우스의 동기인 셋째 왕자에게 집요하다 싶을 정도로 들이대고 있었다.

왕자 전하 앞에서만큼은 조금 겸손한 태도를 보였지만 공공연히 '전하의 약혼자로 어울리는 사람은 나밖에 없지.' 라고 말하는 인물에게 호감이 갈 리는 없는지라……. 아무리 봐도 왕자는 공작 영애를 피하고 있다.

당연히 각 방면에 사죄하러 돌아다니는 사람은 임시 집사의 처지인 유리우스.

　요새는 사과하러 다니는 유리우스가 동정마저 받아…… 가장 큰 피해를 보는 왕자 전하까지도 '너도 참 고생이 많구나.' 라며 신경을 써 줄 정도가 되었다.

　"그 여자만…… 그 여자만 없다면…… 오라버니는……."

　멜티, 저주를 내뱉는 건 그 정도로 해두렴……. 아무리 그래도 좀 무섭구나.

　이 동생, 만약 내가 진짜 오라버니가 아니라는 걸 알면 어떻게 될까? 상상만 해도 오한이 든다.

　애초에 여기까지는 거의 분위기에 휩쓸려 왔지만…… 나는 이 상황을 하나도 이해하지 못하고 있다. 왜 이 세계에 내가 있는가, 왜 유리우스의 몸 안에 있는가. 그리고 지금 이 몸에 존재하지 않는 유리우스의 혼과 인격은 어디에 가 버렸는가?

　과연…… 나는 견딜 수 있을까? 이 세계의 상식을…….

　제발 아무나…… 나에게 이 상황을 설명해 줘.

＊

　마차가 멈추고, 나는 눈앞에 펼쳐진 광경에 조금 질겁했다.

　남작가보다 공작가가 급이 높다는 건 알고 있었지만, 그 차이를 보여 주듯 공작가는 부지의 넓이부터 저택의 크기까지 모든 게 광대했다.

　서양의 성 정도는 아니지만 신전이라 불러도 어색하지 않을 정도로 하얀 외벽을 가진 건축물.

정문만 봐도 튼튼해서, 사람이 혼자서는 다 열 수 없어 보인다.

곳곳에서 분주하게 돌아다니는 위병과 메이드도 많다. 메이드가 두 사람밖에 없고, 게다가 고용주인 남작 부인이 같이 집 안일을 하는 슈피겔가와는 완전 딴판이다.

"쓸데없이…… 넓어."

무심코 흘러나온 마음의 소리를 옆에서 들은 아버지 시리우스가 가볍게 헛기침을 했다.

"유리우스, 오늘은 마음이 풀어져 있는 게 아니냐? 설령 진실이라 하더라도 속으로만 담아 두는 것이 얼마나 중요한지 정도는 너도 잘 알 텐데."

"죄송합니다, 아버님."

즉, 당신께서도 그렇게 생각하신다 이거군요.

본디 슈라이엔 공작가에 들어가려면 이런저런 수속이 필요했지만 슈피겔가는 가신인 집사 일족이다. 간소한 절차를 밟고 위병들의 안내를 받아 가며 현관 홀로 들어섰다.

"그럼 유리우스, 모쪼록 아가씨께는 실례가 없도록……."

유리우스의 아버지가 쓰디쓴 얼굴로 내게 말했다.

오늘 공작가의 당주님은 시찰을 떠났다. 다시 말해 집에 없다는 의미였다.

그 사실을 곱씹은 나는 다시 진절머리를 쳤다.

문제의 악역 영애님은 부모님 앞에서만큼은 내숭을 떨어 착한 아이로 통하는 듯했다.

다시 말해, 저택에 그녀의 부모님이 있을 때와 없을 때의 행동은 전혀 다르다는 것이다.

그런 생각을 했을 때, 나는 저택 분위기가 왠지 이상하다는 사실을 깨달았다.

조금 전부터 지나치는 메이드들은 어딘가 허둥대는 듯했다.

사실 유리우스는 슈라이엔가의 메이드들과 사이가 좋았다.

이유는 단순했다. 악역 영애의 최대 피해자가 유리우스와 메이드였던 탓이다.

'나미의 시중을 드는 메이드는 한 달을 채 못 버틴다.' 라는 말은 슈라이엔가 메이드들 사이에서 상식처럼 통했다. 로테이션으로 짜인 3주는 메이드들 사이에서 '다운 쓰리 위크'로 불릴 정도다.

그런 사연 탓에 기적적으로 그 로테이션을 오랜 세월에 걸쳐 인내한 인물, 유리우스의 전우라고 할 만한 메이드장이 어딘가 서두르는 태도로 그 앞을 지나쳐갔다.

"무슨 일이라도 있나요? 오늘은 모두 묘하게 바쁘신 것 같은데."

내가 말을 건네자 메이드장이 놀란 얼굴로 뒤돌아보았다.

"유리우스 님?! 어? 벌써 시간이 그렇게 됐나요?!"

대체 무슨 일이 있었던 걸까? 이 사람은 오랜 세월 악역 영애를 모셔 온 수완가, 웬만한 일에는 눈 하나 깜짝하지 않는 사람인데……. 지금은 크게 동요하고 있었다.

"크, 큰일…… 큰일이에요! 아, 아가씨가…… 아가씨가!"

"아가씨…… 나미 님에게 무슨 일이 생겼나요?!"

다쳤다거나, 병에 걸렸다거나. 설마 유괴? 공작가의 아가씨에게 그런 일이 벌어진다면 뭐가 되든 큰일임이 분명했다.

그러나 메이드장이 한 말은 내 상상을 뛰어넘는 커다란 사건이었다.

"아가씨가…… 이른 아침부터…… 일어나셨어요……."

"뭐……라고?"

이마에서 한 줄기 땀이 흘러내렸다.

나는 고개를 세차게 저으며 메이드장을 따지고 물었다.

"마, 말도 안 되는! 아가씨가 일찍 일어나셨다고요?! 무슨 착각을 하신 게 아닌가요?!"

"더, 더군다나 오늘만이 아니라…… 어제도…… 그제도……."

"어제도 그제도?"

"그것만이 아니에요. 세상에……. 다른 사람의 손을 빌리지 않고 벗어 둔 옷을 그분께서 직접 정리하시고. 아침 식사 중에도 좋다, 싫다는 말은 한마디도 하지 않고 그릇을 비우시고…… 끝내는……."

"끝, 끝내는?"

"자, 잘 먹었습니다……라고……."

나는 경악에 잠긴 나머지 숨이 막힐 지경이었다.

"마…… 말도 안 돼. ……대체 무슨 일이 벌어진 거야?!"

"모, 모두 동요하고 있어요! 그게 메이드 전체에 영향이 번지면서 근래 다들 실수가 잦아지고 있답니다!"

"그렇군요……. 이해합니다 ……."

그건 당연한 일 아니냐고 생각하지 말길. 이 당연한 일에 '공녀인 내가 왜 그런 걸?'이라며 콧방귀를 끼는 사람이 바로 나미 아까씨니까.

그러나 이미 새파랗게 질린 내 얼굴을 다시 파랗게 만드는 말이 이어졌다.

"심지어 실수를 저지른 메이드를 조금도 타박하지 않으시고…… '조심하렴.'이라며 다정하게……."

"어머, 유리우스 씨 어서 와요. 오늘은 참 빨리 왔네요."

"히익!"

등 뒤에서 들려온 목소리에 놀란 메이드장이 비명과 함께 손에 들고 있던 수건을 떨어뜨리고 말았다.

메이드답지 않은 행동이지만 목소리의 주인공은 아무렇지도 않게 바닥에 떨어진 수건을 주워 메이드장에게 건넨다.

"자, 모쪼록 조심해. 항상 수고가 많아."

"에…… 에, 예……."

메이드장의 얼굴에 떠오른 감정은 당혹과 경악, 그리고 정체를 알 수 없는 공포였다.

흘러내리는 긴 금발, 속눈썹 사이로 드러난 초록색 눈동자가 살짝 치켜 올라간 눈매와 어우러져 콧대 높은 성격을 드러낸다.

새빨간 드레스는 과시욕의 상징. 나이로 따지면 연하임에도 차마 다 숨길 수 없는 가슴을 강조한 붉은 드레스가 섬뜩한 요염한 분위기를 한층 끌어올렸다.

미인이지만 온몸에서 드러나는 오만함을 굳이 숨기려 들지 않는, 그야말로 '악역 영애'의 견본이라 할 모습.

나미 슈라이엔 공녀가…… 오만한 자세가 기본인, 평소라면 상대를 업신여기는 표정을 거둘 줄 모르는 자가…… 지극히 다정한 미소를 띠고 서 있었다.

그렇군……. 요 며칠 상태가 이상하다는 건 정말인 듯하다.

이걸로 오늘 슈라이엔가 메이드들은 온종일 아무것도 손에 잡히지 않게 될지도 모른다.

자신이 모시는 아가씨에게 정체를 알 수 없는 공포를 느끼는 건 불경한 일이지만, 그런 감정을 느끼는 것도 어쩔 수 없겠지.

대놓고 욕을 먹는 것보다 이 미소가 더 무섭다!

아니, 다른 것보다도 이 아가씨가 나를 '유리우스 씨'라는 식으로 얌전히 부를 리가 없잖아!

"그럼…… 방으로 가시죠, 유리우스 씨."

"아…… 네에…….."

갑자기 품행이 좋아진 영애의 행동에 메이드들은 모두 '가짜가 아닐까' 하는 의심을 품기 시작한 듯했다……. 아무리 그래도 그건 너무 동요한 거잖아.

그러나 메이드 여러분……. 나와 비교한다면 당신들의 동요는 별로 대단치 않을걸요?

그만큼, 나는 터무니없는 광경을 목도하고 있다.

평소에 볼 때는 객실에 들어서면 일부러 차를 흘리고 '이거

봐, 더럽잖아! 눈치도 없는 집사라니까.' 등등 어처구니없는 명령이 날아들 상황이건만…….

　방으로 들어와 단둘이 남은 순간 아가씨가 바닥에 무릎을 꿇고 앉았다.

　그것만으로도 놀랄 일인데, 살바도르 왕국의 최상위층 공작 영애가.

　집사인 나에게…… 바닥에 머리를 대고 절한 것이다.

　"……엥?"

　아름답다는 생각이 들 만큼 예의 바른 자세를 목격한 나는 한순간 눈앞에서 벌어진 일을 이해할 수 없었다.

　"어린 시절부터 헤아려 10여 년 동안…… 당신에게는 이루 말로 다 못할 무례와 악행을 저질렀습니다. 이제 와서 사과해도 너무 늦겠지요. 그래도 꼭 사과하게 해 주세요!"

　"네……네에?"

　"그뿐만이 아니라 학원에서의 제 행동, 악행을 감싸 주시고 뒤처리하러 뛰어다니신 일은……. 진심으로 감사합니다. 정말 죄송해요!!"

　"자……잠깐만요?"

　"원하신다면 저처럼 천박한 인물의 집사를 그만두셔도 상관없습니다. 물론 마땅히 다른 일도 소개하겠어요! 바라신다면 왕가의 집사 일을 알선해 놓아 드릴 수도……."

"그, 그만두세요. 아가씨! 이게 대체 무슨 일입니까!"

겨우 이해한 나는…… 아니, 아직 이해는 못 하겠지만 적어도 이 상황…… 주인인 공작 영애가 집사에게 절을 올리는 상황이 위험하다는 정도는 이해할 수 있었다.

아가씨도 그런 위험을 알고 지금처럼 단둘이 남게 될 때를 노렸겠지만…….

당황한 나는 바닥에 절하는 아가씨를 억지로 일으켜 세웠다.

"그만두세요. 집사라면 주인의 명을 받드는 게 당연한 일입니다. 저는 그저 소임을 다했을 뿐이지, 사과받을 일은 없습니다!"

"하지만, 유리우스 씨! 지금껏 제가 저지른 행태나 악행을 생각하면 사과 한마디로 끝낼 수 없어요!"

아가씨는 눈물을 머금은 눈으로 나를 올려다보며 사과를 거듭했다.

어이! 유리우스 씨! 이 귀여운 아가씨는 대체 누구야!! 정말로 당신 기억 속 악역 영애가 맞긴 해?

내게 혼란에 빠진 사이, 아가씨가 뭔가를 꺼내나 싶어서 보니 그것은 승마용 채찍…… 아니, 엥, 설마!

"헤아릴 수 없는 악행, 무례를 씻을 만한 다른 수단이 떠오르지 않네요. 마음이 풀릴 때까지 이걸로 제게 벌을 내려 주세요!"

"대, 대, 대, 대체 무슨 소리를 하시는 겁니까?! 그, 그, 그, 그런 짓을 할 수 있을 리가…….."

주인과 집사라는 관계에서 그런 짓을 했다간 불경죄를 묻는 정도로는 넘어갈 수 없다.

게다가 유리우스는 어떨지 모르지만 나는 아가씨에게 손톱만큼의 원한도 없었다. 여자에게 폭력을 휘두르는 취미는 더더욱 없다고!

그러나 아가씨는 머뭇거리는 나를 향해 진지한 얼굴로 채찍을 내밀었다.

"괜찮습니다. 지금이라면 아무도 볼 수 없을 거예요. 피부가 드러나지 않는 부분을 노리신다면 문제 될 일은 없습니다. 부디 제게 벌을……."

그런 문제가 아니야!

나는 더 못 참고 채찍을 빼앗아 방구석에 내던졌다.

"알겠습니다! 아가씨의 사과를 받아들이겠습니다! 용서할 테니 고개를 드세요!"

그 뒤로도 아가씨의 기행(?)은 계속되었다.

평소라면 유리우스를 뒤에 세워 놓고 자신은 의자에 앉아 쓸데없는 명령만 했겠지만.

"이토록 오랜 시간을 함께했지만 저는 여전히 당신을 잘 몰라요. 괜찮으시다면 오늘은 이런저런 이야기를 듣고 싶네요."라며 동석을 권했다.

물론 평범한 주인 아가씨와 집사의 관계라면 있을 수 없는 일이다. 그러나 끝내 "저만 앉아 있으면 마음이 불편해요!"라는 등 아가씨답지 않은 말들을 해대는 통에…… 결국 아가씨와 얼굴을 마주 보는 형태로 자리에 앉게 되었다.

그렇게 시작한 대화는 좋아하는 것, 장소, 먹을거리는 뭔지, 요즘의 화제나 학원 안에서 있었던 일들, 메이드 사이에서 도는 소문 등 잡다한 내용이 대부분이었다.

그러나 그런 말 한마디, 한마디에 "어머나, 대단해!"라거나 "그건 미처 몰랐어요!"라는 식으로 반응하는 나미 아가씨…… 확실히 말해, 정말 귀엽다!

사소한 몸동작에서 빚어지는 버릇이나 맞장구를 치는 반응에 어쩐지 마음이 끌렸다.

표정도, 반응도 하나부터 열까지 또래 여자아이 같았다.

그 시점에서 나는 오히려 육체 안에 남아 있는 '유리우스의 기억'을 의심하기 시작했다.

눈앞의 여성은 정말로 악역 영애였던 걸까?

이런 마음이 든 여자는 그 사람밖에 없었는데…….

그렇게 생각하자 약간 꺼림칙한 느낌과 함께 그 사람의 모습이 떠올랐다.

멋있고, 아름답고, 다정한 마음 씀씀이 덕에 학교 안에서는 여장부로 통했지만…… 함께 있으면 생각 외로 어린아이 같고 귀여운 구석이 많았지…….

몸이 자본인 운동선수……인데도 과자나 밤늦게까지 노는 걸 좋아하고, 대회 전인데 내가 관리하지 않으면 감자칩 한 봉지를 통째로 먹어 치우기도…….

"어머나, 이 쿠키 참 맛있네. 좀 더 먹을 수 있을까?"

메이드장에게 그런 부탁을 하는 아가씨……. 그것도 모자라 빈 찻잔에 스스로 홍차를 따라 단숨에 삼키…… 어라?

공작 영애와는 어울리지 않는 소박한 행동. 그러나 행동 하나하나, 몸짓과 표정이…… 내 마음을 흔들었다.

어째서지?

왜 내 눈앞에 있는 이세계의 공작 영애의 몸짓 하나하나가 그 사람과 겹쳐지는 거지?

그리고 아가씨가 갑자기 생각에 잠긴 채 시선을 위로 올려 검지를 턱에 대고 "음~." 하는 낮은 소리를 내는 순간…… 나는 무심코 중얼거리고 말았다.

"선배……."

"어……?"

아가씨의 반응에 나는 내가 무심코 마음속의 말을 입 밖으로 중얼거렸다는 사실을 깨닫고 화들짝 놀랐다.

대체 무슨 소리를 하는 거야, 나는.

"죄, 죄송합니다. 아가씨! 아무것도 아닙니다. 잠깐…… 아가씨의 몸짓이…… 그게, 제가 아는 어떤 분과 닮아 보여서……."

아무리 행동이 비슷하게 보인다 하더라도 이곳은 다른 세계, 그것도 눈앞에 있는 아가씨는 롱헤어 블론드, 게다가 연하였다. 흑발 포니테일, 스포츠 소녀인 선배와는 닮으려야 닮을 수가 없지 않은가.

"아는 사람…… 말인가요? 학원에 계신 분인가요?"

"네, 한 학년 선배에 해당하는 분이라……."

나는 크게 동요하고 있었다. 순식간에 내가 실언했다는 사실을 미처 깨닫지 못할 정도였다.

"유리우스 씨, 3학년이시죠. 학원의 최고 학년인 당신께 선배인가요?"

"아……."

바보냐! 학원이라는 말을 듣고 가장 먼저 '본래 세계의 학교'를 떠올린 것이다.

"아, 아니…… 그건…… 그렇네요. 생각해…… 보니까, …… 벌써 졸업을…… 졸업을 하신 분이라……. 하하하……."

훗날 생각해 보면 그렇게까지 동요할 필요는 없는 일이었다. "잠시 착각했습니다."라고 대답했다면 좋았을 텐데. 나는 횡설수설 둘러대기 시작했다.

당시의 나는 횡설수설하는 내 손짓에 시선을 집중하고 있던 아가씨의 눈이 경악으로 커지는 사실도 눈치채지 못했다.

"당황했을 때…… 양손 주먹을 맞대는 버릇?"

"네……?"

아가씨가 중얼거리는 소리에 내 손을 살펴보니, 무의식중에 눈앞에서 양쪽 주먹을 마주 대고 있었다.

이게 내 버릇, 이라는 모양이다.

이 버릇 때문에 선배가 종종 "후후, 당황했구나, 당황했어."라며 놀리기도 했다만.

그 순간, 아가씨는 마음을 다잡은 얼굴로 말했다.

"후반에 자세가 망가지는 내게 필요한 건…… 뭐지?"

어……?

"200m, 누적된 피로 때문에 자세가 무너지는 내게 가장 필요한 연습은?"

200m, 후반에 무너진 자세…… 그녀의 질문을 들은 나는 반사적으로 대답을 입에 올렸다.

"장거리 수영……."

그날, 그때 그 사람만이 알고 있는 대답…….

그러나 내 대답과 동시에 아가씨의 고집 있어 보이던 눈동자가 경악으로 커지고, 눈물이 어리기 시작했다.

"심술쟁이……."

그 말은 그 자리에 있었던 그 사람만이 알고 있는 반응이었다.

알 리가 없었다. 그 대답은 그 사람이 아니라면. 다시 말해 눈앞의 사람은…….

"설마…… 선배? 시미즈 선배……인가요?"

확증 따위는 없었다.

그러나 확신과 희망이 뒤섞인 나의 물음에 아가씨의 눈동자가 흔들렸다.

"미즈……마치 ……군?"

틀림없었다.

아가씨=선배의 눈동자는 시간이 흐를수록 눈물 속에서 일렁였고, 마침내 한계를 벗어난 눈물이 밖으로 흘러나오는 순간 나를 끌어안았다.

"서, 선배!!"

"미즈마치 군, 미즈마치 군…… 만나고 싶었어. 만나고 싶었어!"

"아, 아가…… 아니, 선배?"

"갑자기 낯선 세계에서 금발에 못된 아가씨가 되어 있고, 그 때문에 친구는 한 명도 없고, 자유롭게 움직일 수도 없고, 그렇다고 해서 마음을 놓을 수 있는 사람은 아무도 없고……."

나를 끌어안고 서럽게 우는, 아가씨의 모습을 한 선배.

아무래도 나와 같은 상황에 놓여 있는 듯했다.

"괘, 괜찮아요! 좀 늦어지긴 했지만 이제 제가 있잖아요."

"우으…… 흑……."

음! ……뭐라 할까. 귀여운 구석이 있으면서도 어딘가 믿음직스러웠던 선배와는 동떨어진 모습이지만……. 그만큼 긴장했다는 거겠지.

나는 우선 '선배에게 안겨 있다'라는 행복한 생각을 억지로 떨쳐내며 선배의 등을 가볍게 두드려서 달랬다.

내 이런 행동이 틀렸다는 생각은 하지 않는다. 누군가가 본다면 사귀는 사이로 오해할 법한 행동이지만 진정시키기 위해 내가 할 수 있는 최선이었다고 생각해 주길 바란다.

솔직히 선배를 끌어안고 싶은 마음은 굴뚝같았지만…….

"그럼 현재 상황을 확인해 볼까요?"

"네, 선생님!"

지금은 꽤 진정된 모양이다. 선배는 내 말에 가볍게 농담했다.

서로의 존재를 인식하게 된 우리는 가장 먼저 지금 상황을 파악하기 위해 정보를 교환하고자 했다. 지금껏 우리에게는 서로의 상황을 털어놓을 상대가 없었으니 말이다.

그 때문에 우리는 지금 사람들의 눈이 닿지 않는 걸 이용해 귀족으로서도, 영애와 집사 관계에서도 절대로 있을 수 없는 모습으로 마주하고 있었다.

테이블과 의자를 사용하지 않고, 쿠키 그릇과 홍차 포트, 컵까지 융단 위에 직접 얹어 놓은 채 두 사람 모두 바닥에 앉았다.

그것만으로도 이미 예의에 벗어난 행동이건만, 나는 한쪽 무릎을 세워 앉았고 선배는 놀랍게도 책상다리하고 앉았다.

"그럼 선배는 3일 전부터 이 세계에 계셨던 건가요?"

"응. 그동안 내가 아무것도 저지르지 않은 탓인지 다른 학년인 유리우스 씨와 만난 적은 없었지만……."

요 며칠 동안 어떤 관계가 발생하지 않은 데에는 그런 배경이 있었던 모양이다.

문제가 생기지 않으면 학원에서 차기 집사가 나설 자리가 없다니, 이 무슨 각박한 이야기인가.

선배가 악역 영애 나미 슈라이엔이 된 지금의 상황은 내가 유리우스 슈피겔이 되었던 상황과 거의 비슷했다. 자기 자신의 것이 아닌 '나미의 기억'이 육체에 남아 있는 듯했다.

덕분에 나미가 되어 생활하는 데 필요한 정보는 충분했지만 선배가 나미가 되어 생활하는 것 자체가 고통스러우리라는 건 불 보듯 뻔했다……. 그 덕분에 근래 사흘 동안 그 누구에게도 털어놓을 수 없었던 푸념이 꼬리에 꼬리를 물고 이어졌다…….

　"'오호호' 하고 웃거나 옛날 아가씨 같은 말투를 쓰거나 부채를 한 손에 들고 기분 나쁘게 웃으면서 하급 귀족이나 서민들에 대한 험담을 늘어놓거나……. 하나부터 열까지 나랑은 달라도 너무 달랐다고!"

　"행동이나 태도도 그렇지만, 선배…… 예의범절 같은 것도 힘들었을 듯한……."

　내 말이 끝나기가 무섭게 선배는 바닥을 짚고 상체를 쑥 내밀었다.

　"바로 그거야. 공작 영애가 뭔데! 빵을 입에 대고 먹는 게 뭐가 그렇게 나빠?! 컴백, 과자! 컴백, 편의점 빵!"

　점심때마다 앞다투어 빵을 사 오던 선배에게는 귀족의 예의범절이 그저 고통의 연속일 뿐이겠지.

　조금 전 쿠키를 보아하니 얌전을 떠는 것도 한계에 부딪힌 모양이었다.

　"일단은 선배, 선배는 지금 상황을 얼마나 이해하고 계신가요? 저는 오늘 아침에 와서 잘 모르겠는데……."

　이대로 가다간 푸념을 듣는 동안에 해가 저물어 버릴 것 같다. 나는 억지로 화제를 바꾸기로 했다.

　그러나 선배는 곤란하다는 듯 미간을 찌푸렸다.

"미안해. 요새는 충격이 너무 커서…… 내가 악역 영애가 되었다는 사실 말고는……."

그야 어쩔 수 없겠지…….

나와 유리우스는 타인이라 하더라도 상식적인 관점이 크게 차이가 없었다.

슈피겔 가문이 하급 귀족이라는 점도 크게 작용했다.

그에 비해서 선배는 선민의식의 집대성 같은 공작 영애가 되어 버렸으니 본래의 '시미즈 나나미'와는 정반대라고 해도 좋았다. 그런 만큼 정신적인 충격도 상당했을 터.

그러나 주변의 혼란은 더욱 컸고, 지금도 이어지고 있다.

선배에게 상식적인 행동, 세상 사람들이 당연하다고 여기는 행동은 악역 영애의 기행이 되고, 한편으로는 말투나 예절이 이상해지는 악순환이다.

"일부 메이드 사이에서는 가짜가 아니냐는 의혹이 돌고 있어요. 대체 뭘 하신 거예요?"

"이번 달부터 들어온 신입한테 나미가 저지른 악행을 사과했는데?"

'사과'라는 말과 함께 떠오르는 조금 전 일.

"설마…… 엎드려 빌었던 건……."

"한 번은 진심으로 영매사를 부르려고 했어……."

가짜를 뛰어넘어 악령 취급……. 선배와 영애의 상성은 그야말로 최악이로구나.

"아무리 그래도 엎드려 비는 건 그만두세요! 공작 영애에게 그런 사과를 받으면 오히려 상대가 곤란해질 거예요."

선배는 내 말을 듣더니 눈을 동그랗게 뜨고 소리쳤다.

"그렇지만, 이 바보가! 컵을 떨어뜨려서 치마가 좀 더러워진 정도로 심하게 굴었단 말이야! 그 탓에 내가 보는 것만으로도 무서워해서……."

"아무리 그래도 이건 지나쳐요! 오히려 더 무서워할 걸요?"

정말이지, 이 사람은 어떤 상황에 있든 간에……. 나는 한숨과 함께 홍차를 마셨다.

"그럼 선배. 우리가 여기에 이르게 되기까지, 원래 세계에 있을 당시의 기억 중에 뭔가 짚이는 구석은 있나요?"

"원래 세계의 기억……."

잠시 입가에 검지를 대고 위를 바라보던 선배가 뭔가가 생각난 듯한 얼굴을 했다.

"하교 중에 들렀던 신사……에 있던 보주겠지……. 아마도."

사실 내 생각도 거의 비슷했지만 선배의 말로 확신을 얻었다.

현재의 비상식적인 상황은 초자연적인 무언가가 관련된 게 분명했다.

우리가 소원을 빌었던 그날, 내 기억은 강렬한 빛에 둘러싸인 부분에서 끊겼다.

그리고 또 하나의 단서는 '유리우스의 기억' 이었다.

이전에 열린 마도왕국 살바도르의 건국 100년 기념식. 공작 영애인 나미와 그 집사 예정자인 유리우스도 기념식에 참가했다.

건국 100주년을 기념해서 특별 공개된 왕국의 보물 중, 보주 하나가 받침대 위에 곱게 모셔져 있었다.

"미즈마치 군! 건국 기념 행사에 있던 그 보주가…….."

나와 마찬가지로 선배 역시 '나미의 기억'을 통해 단서를 잡은 듯했다.

""소원의 보주!""

국보로 불리는 보주와 같았다.

기념식에서 특별히 공개된 보주는 '소원을 들어준다'는 흔한 미신과 함께 왕가에 전해 내려오는 물건이라는 듯했다.

그날, 공개된 보주에 많은 사람이 소원을 빌었다.

그리고 그때 민중들 사이에 섞여……. 자존심 탓에 기도하지 않고 마음속으로만 보주에 소원을 빌었던 공작 영애와 이를 모신 집사가 있었다.

다시 말해 차원의 벽을 사이에 두고 똑같은 물건이 동시에 둘 존재했던 것이다.

"인격 교환이 그 보주에 소원을 빈 결과라는 뜻인가요? 저는 이세계 집사가 되고 싶다는 소원은 빈 적이 없는데요?"

"나도 그래. 왜 액션 배우가 되고 싶다는 내 꿈이 악역 영애로 이루어진 거야."

액션 배우와 악역 영애…… 어감이 좀 비슷한 것 같기도 하지만, 굳이 말하지는 말자.

그러나 본래 세계로 돌아가려면 왕가의 보물, '소원의 보주' 가 키 아이템이라 생각해도 좋을 듯했다.

"그럼, 그 보주에 다시 소원을 빌면 일본으로 돌아갈 수 있는 거야?!"

선배는 기대가 넘치는 눈으로 되물었다. 나 역시 그런 가능성에 생각이 미쳤다.

그러나 이 사람은 지금의 가설을 실험해 보려면 거쳐야 할 난관이 있다는 사실을 떠올리지 못했다.

"선배……. 찬물을 끼얹는 것 같지만, 그 보주, 왕국 건국 100주년 기념으로 특별히 공개되었던 국보예요."

"응?"

"아무리 그래도 왕국의 국보를 특별히 보여 달라는 건……. 왕국에 공헌한 적이 없는 '공작 영애와 집사' 상태로는 무리가 아닐까요?"

"……."

그렇다. 우리는 학생 신분. 왕국의 요직에 앉은 것도 아니다.

아무리 지금의 선배가 공작가의 여식이어도 어디까지나 높으신 인물의 딸일 뿐이다.

애초에 쉽게 왕궁에 출입하고 보물 창고에 들어갈 수 있다면, 이 나라의 경비 체제에 문제가 있는 거겠지.

"그럼…… 어떡하게?"

불만스러운 듯 볼을 부풀리는 선배……. 하지만 방법이 쉽게 떠오를 리가 없다.

"왕궁에 들어갈 수 있으면서 국보를 개인적으로 볼 수 있는 지위는……. 그러려면 대신이나 재상이 되거나……. 아니면 그만한 지위를 가진 인물의 허가를 받아야 하는 게……."

"다음 특별 공개를 기다리는 건?"

"건국 100년 기념으로 특별히 공개했는걸요? 100년을 기다릴 생각이신가요, 선배……."

"우……."

내가 눈을 흘기면서 말하자 선배가 멋쩍은 듯 홍차를 홀짝였다.

"이렇게 된 김에, 왕자하고 약혼하는 걸 노려야 할까?"

"푸후웁?!"

나는 대수롭지 않게 그런 소리를 하는 선배에게 홍차를 뿜었다.

"무, 무, 무, 무슨 말도 안 되는 소리를 하세요?! 야, 야, 야, 약혼이라고요?!"

선배가 약혼?! 웃기지 마!!

그러나 선배가 "다른 방법이 없잖아."라는 말을 덧붙이는 통에 나는 점점 더 당황하고 말았다.

"왜 그렇게 가볍게 말하는 거예요?! 약혼이라고요, 약혼! 결혼을 전제로 해서 한평생을 좌우하는 일이라고요?!"

"그렇지만 나미 자신은 왕자와 약혼을 바라고 있었고, 약혼해도 원래 세계로 돌아가면 상관없잖아."

그런 소리를 술술 하는 선배……. 위기감이 없어!

만약에 이대로 못 돌아가면 어쩌려고, 이 사람은!

세계가 다르더라도 상대가 왕족이라도…… 성인이든 마왕이든 간에, 설령 신이라 하더라도…… 그게 아니면 세계가 멸망한다 한들 인정할 수 있을까 보냐! 선배는, 선배의 곁은…….

거기까지 흘러가던 내 머릿속에 하나의 영상이 떠올랐다.

원래 세계에서 빛에 둘러싸이기 전, 순간적으로 영화의 한 장면처럼 보였던 하나의 영상.

「셋째 왕자의 약혼녀이자 희대의 악녀 나미 슈라이엔 공작 영애! 폭정과 착취 속에서 신음하던 우리의 분노와 원한을 알아라! 각오해라!」

단숨에 온몸에서 싸늘한 식은땀이 솟구쳤다.

그 영상은 대체 뭐였을까. 꿈? 환상?

아니면 마법 세계의 무언가가 보여준 미래일까?

아니, 이제는 아무래도 좋다. 설령 미래를 봤다 하더라도 그것이 악역 영애 나미 슈라이엔의 최후라면 상관없다. 그런 자신이 비정하고 냉혈하다는 자각은 있지만…….

그러나…… 왜지? 왜 죽음을 목전에 둔 악역 영애가 '검지를 입가에 대는' 모습을 보인 거지?

마치 내가 잘 아는 선배처럼?!

"미즈마치 군, 왜 그래? 갑자기 아무 말도 없이……."

걱정스러운 얼굴로 내게 말을 건네는 사람은 악역 영애가 아니다. 내 가장 소중한, 가장 사랑하는 사람이었다.

왕자의 약혼자가 되어 죽는 나미 슈라이엔의 모습……. 그 장면이 만약 미래의 모습, 예지라면…….

'이대로 약혼자가 되면…… 선배가 쿠데타로 죽어?!'

그런 결론에, 온몸에서 식은땀이 멈출 줄을 모르고, 입안은 순식간에 텁텁하게 말라갔다.

"어째서…… 어째서 선배가 이런 나라에, 이런 여자한테?!"

"미, 미즈마치 군? 괜찮아?! 얼굴이 창백해…….'"

결국, 의논해 봤지만 묘안은 떠오르지 않았다. 아무래도 '약혼하면 죽는다'는 말은 할 수 없었다. 그러나 내가 너무나도 완고하게 '약혼 말고 다른 방법으로'를 강조해서, 약혼 이야기는 취소하기로 했다.

그 뒤로 얼마 지나지 않아 선배는 당주님, 다시 말해 나미 아가씨의 아버지로부터 부름을 받게 되었다.

"아버님, 찾으셨습니까. 나미입니다."

"들어오너라."

다른 방과는 달리 중후한 문 너머로 차분한 목소리가 들려왔다.

선배와 만난 뒤로 어느새 시간이 꽤 흘렀는지 당주님이 벌써 시찰을 마치고 돌아온 듯했다.

오늘은 분명히 변경까지 먼 길을 나설 예정이라 돌아오는 건 밤이 될 거라고 했는데, 어쩐 일일까.

선배를 모시는 자격으로 나란히 방에 들어가자 매우 중후한 인상의 금발 턱수염 아저씨가 책상에 앉아 있었다.

슈라이엔 공작가 당주, 게리온 슈라이엔, 서양풍의 고집 센 아저씨가 날카로운 눈빛으로 나를 바라보았다. 곁에는 유리우스의 아버지가 대기하고 있었다.

집에서와는 달리 감정을 드러내지 않는 포커페이스를 유지하는 유리우스의 아버지는 역시 베테랑 집사였다.

"아버님, 오늘은 지방 귀족령에 시찰을 나가신다 들었습니다만……. 일찍 돌아오셨네요?"

"그럴 예정이었다만 사정이 변했다. 시찰 예정이었던 영주 일족이 도망쳤다는구나."

"네? 도망을……말인가요?"

"우리는 정기 시찰로 간 건데, 대체 얼마나 떳떳하지 못한 일이 있었는지."

슈라이엔 공작은 풍문으로만 국정을 운영하지 않아 때때로 오늘처럼 예고 없는 지방 시찰에 나설 때가 있었다. 다만, 이번 일은 지방 영주가 공작이 자신의 영지에 진입했다는 소식만 듣고 헐레벌떡 도망친 듯, 시찰을 포기했다고 한다.

그 대신 빈집이 된 지방 귀족의 저택에는 국군이 출동했다나 뭐라나.

"아마도 차마 숨기지 못할 부정이나 악행이 있었겠지……. 나중에 국군이 찾아올 악행의 증거를 검토할 걸 생각하니……."

한숨을 푹 쉬는 당주님…… 처음 마주한 '내' 눈에는 뭐랄까 고생에 찌든 사람처럼 보인다.

"그런데 나미. 학원에서는…… 잘 지내고 있느냐? 민중에게 슈라이엔 공작가의 영애로서 부끄럽지 않은 태도와 행동을 보여야 한다."

"네! 네에?"

그 순간, 선배의 얼굴을 따라 땀이 철철 흘렀다.

악역 영애 나미라면 남이 뭐라 한들 창피한 줄도 모르고 근거도 없이 이 자리에서 '문제없답니다. 아버님.' 이라고 대답할 텐데…… 솔직한 선배는 거짓말이 서툴렀다.

학원에서 나쁜 짓만 하는 나미의 행동은 되짚어 봐도 문제밖에 없다.

「완전 불량 채권을 떠맡은 상황이네요.」

「채무 처리까지 떠맡으면 어떻게 해야 좋을지…….」

조용히 말하는데도 딱딱 대꾸하는 선배.

다행히도 당주님은 눈치채지 못한 듯 본론으로 넘어갔다.

"어떠냐? 전하와는 좋은 관계가 될 것 같더냐."

3일 전의 나미였다면 '그럼요. 문제없어요. 전하와는 양호하게 지낸답니다.' 등등 근거 없는 소리를 했겠지만.

"지금 이대로라면 친구가 되는 것도 어려울지…… 모릅니다."

"뭐라고?"

노려보는 당주에 서슬에 선배가 뒷걸음질 쳤다.

역시 상식적인 선배도 나미가 왕자에게 미운털이 박힌 것을 아는 듯, 땀을 뻘뻘 흘리고 있다.

더 할 말을 찾지 못한 듯했다……. 거참, 솔직한 사람이다.

"송구하옵지만 주인님, 잠시 보고드리고 싶은 사안이…… 괜찮으시겠습니까?"

"말해 보아라, 유리우스."

"전하는 아무래도 왕가의 일원이면서 '반 마력 지상주의' 사상을 갖고 계십니다. 명가의 자녀인 아가씨와는 사상이 달라 '정적(政敵)'으로 여기고 계실 가능성이 있습니다. 지금 이대로라면……."

"흠……."

지금의 말은 절반 정도 사실이다. 실제로 왕자 전하는 현 국왕의 아들이니까.

왕자 전하는 학원에서 귀족 계급의 극심한 차별 의식을 바로잡고자 솔선해서 매일 분주히 뛰어다녔다. 그런 그가 뼛속까지 마력 지상주의자인 악역 영애를 거들떠보지 않는 건 당연한 일.

내 보고를 들은 당주님도 조금은 화가 가셨는지 "그쪽도 참 곤란하기 짝이 없군."이라며 중얼거렸다.

"너와 왕자가 약혼한다면 국내의 반감도 조금은 줄어들고 돈을 풀지 않고도 저항 세력을 잠재울 수 있을 거라 생각했다만……."

지금 공작의 말은 아무리 보아도 정책을 위해 딸을 이용하겠다는 의도가 엿보였다.

공작가 당주에게는 지극히 당연한 일이겠지.

다만…… 내게는 그런 정책 따위는 아무래도 좋았다.

선배가 약혼하는 사실조차도 받아들일 수 없었지만 좀 더 문제가 되는 건 '약혼해서 선배가 죽는' 영상이었다.

만약, 만약 그때의 영상이 앞으로 일어날 미래라고 한다면.

생각에 잠겨 있던 나는 끝내…… 결심했다.

"주인님, 청하고 싶은 게 있습니다만……."

내가 그 자리에서 선언한 말에 아버지도 차마 포커페이스를 지키지 못한 듯, 경악해서 입을 딱 벌리고 말았다.

＊

"졸업하기도 전인데 정식으로 집사가 되겠다고?!"

"저택에 기거하면서 아가씨를 모시겠다고?!"

그날 밤, 슈피겔의 저택으로 돌아온 나는 저녁 식사를 하는 자리에서 가족에게 아까 당주님에게 청해 허가를 받아낸 내용을 전했지만…… 가족들은 내가 예상보다 훨씬 놀랐다.

그러나 앞으로의 일을 생각하면 어떻게든 그러는 편이 좋다.

눈앞에 닥친 문제는 우선 아가씨—— 선배를 돕는 것이다.

아무리 선배라 하더라도 본래의 영애 '나미의 기억'만 있다면 어떻게든 대처할 수 있으리라……는 허술한 생각은 하지 않는다.

학교 안에서 '멋진 여자'로 통하던 선배는 하지만 솔직히 말해서 멍청하게 솔직히고, 게다가 조금 순진한 감이 있다. 그래서 벌써 저택 안의 메이드를 포함한 고용인들 사이에서 가짜가 아닌가 하는 의혹까지 일고 있었다. 까놓고 말해 어떻게든 뒷바라지할 거리에 있지 않으면 내가 다 불안할 지경이다.

두 번째 이유는 '국내외 정보 수집'을 위해서.

아무리 생각해도 신사와 기념식에서 보았던 '보주'가 지금의 '이세계 인격 교환' 현상을 불러일으킨 원인으로 보였다. 어쨌든 이곳은 마법이 상식인 세계이니 다른 방법으로 돌아갈 방법을 찾을 수 있을지도 모른다.

그리고 가장 중요한 것, 내가 보았던 그 영상이 만약 미래의 일일 경우 선배를 지키기 위해 모든 정보가 필요했다. 그 때문에 두 사람 모두 국내에서 비교적 정보가 모이기 쉽고, 나아가 분석까지도 해 볼 수 있는 공작가에 머무는 게 여러모로 편할 터.

그러나 공작가에서 살면서 집사가 되겠다는 내 주장을 들은 가족들은 여러모로 당혹스러운 얼굴을 했다.

특히 동생인 멜티는 딱 봐도 반대하는 눈치다.

"오라버니, 진심이세요? 아직 졸업까지 시간도 남아 있는데 왜 자기 발로!"

진심으로 혈육을 염려하는 얼굴이었다. 유리우스…… 역시 네 여동생은 사람이 됐다.

"멜티, 걱정해 주는 건 고맙지만 조금 진정해. 이건 공작가의 정식 의뢰이기도 해. 앞으로 더욱 아가씨를 보필해 달라고 말이지."

"오, 오라버니는 그걸 승낙……하신 건가요?"

"승낙……이라고 할지, 내가 먼저 당주님께 제안했으니까."

그게 사실이냐고 힐난당한 사람은 그 자리에 동석했던 아버지.

"아버님! 왜 막지 않으신 거예요! 이대로라면 오라버니가 불행의 구렁텅이로……."

"멜티, 나도 아직 이르다고 말렸지만…… 유리우스가 워낙 단단히 결심했더구나."

"그, 그럴 수가……."

분노한 얼굴에서 울상이 된 멜티의 얼굴이 순식간에 창백해졌
다.

"오라버니…… 설마, 그 여자의 행패 때문에…… 열어서는
안 되는 문을……."

"어?"

여동생의 엉뚱한 말에 아버지와 어머니까지도 화들짝 놀랐다.

"그런! 유리우스! 정신을 차려라!"

"유리우스, 안 된다! 언제나 바른길을 걸어야 할 슈피겔가를
벗어나는 길이다!"

"아니에요! 이상한 착각은 하지 마세요!"

온 가족이 엉뚱한 해석을 쏟아내고 있었다. 지금까지 본 공작
영애의 행각을 생각하면 이해하지 못할 일도 아니다만.

한바탕 논쟁이 벌어졌지만, 결국 내가 내일부터 슈라이엔가
의 공작 영애 전속 집사로서 기거하는 것으로 매듭을 지었다.

나 자신도, 선배에게도 여러모로 타산이 있었지만…… 설마 이
일이 커다란 사건의 서막이 될 줄은 그 누구도 생각지 못했다.

마도왕국 살바도르가 건국 100주년을 맞이한 올해 역사적인
대이변의 불씨가 태동하기 시작했다는 사실을……. 이 당시의
나는 꿈에도 생각할 수 없었다.

막간1 ✦ 공작 영애였던 나

'그녀'는 수영부입니다.

그런 탓에 매일같이 과할 정도로 연습이 이어지고, 저는 몇 번이나 '왜 내가 이런 걸!'이라는 생각을 합니다.

저는 역사 깊은 슈라이엔 공작가의 영애, 나미 슈라이엔인걸요?

몸을 움직이면서 자신을 단련하는 식의 야만적인 운동은 고귀한 가문에서 태어난 제가 할 만한 일은 아니지요.

그러나 그런 생각을 할 때마다 몸에 깃들어 있는 기억이 욱신거리고는 합니다.

저를 재촉하기라도 하는 것처럼, 혹은 협박이라도 하는 것처럼…… 이 몸은 정말 성가시기 짝이 없어요.

그리고 뼈저리게 실감하게 됩니다.

제가 그토록 자랑스럽게 생각했던 마력도 권력도…… 저를 형성하고 있던 모든 것들이 더는 존재하지 않는다는 사실을 말이에요.

낯선 세계에 있다는 것을 자각했을 때 제가 느낀 건 말로 다 못할 상실감이었습니다. 어제까지 흘러넘쳤던 마력이 흔적도 없이 사라졌으니까요.

그게 다가 아니었어요. 육체에 깃든 '다른 사람의 기억'이 이 나라의 계급 제도를 알려 주어서……. 귀족의 지위도 권력도 모두 잃었다는 사실을 알고 절망에 빠지고 말았답니다.

"제, 제가 평민이 되어 버렸다는 건가요?!"

저는 공작가의 영애였습니다.

다른 사람과는 다른 고가의 옷을 입고 고가의 장식품으로 치장하고 나가 콧대 높은 미소와 함께 천민들을 비웃고 헐뜯었지요.

선망보다는 증오를, 상찬보다는 원망의 한마디를—— 그렇지 않고서야 공작 영애라고 할 수 없는 걸요.

아니요. 그렇지 않고서는 그 나라에서 공작 영애가 될 수 없었던 거예요.

하지만 지금은 저를 공작 영애로 만들어 주었던 것들이 무엇 하나 남아 있지 않아요.

그걸 깨닫기까지 며칠은 저에게 있어 끊임없는 혼란의 나날이었어요.

마침내 저는 망연자실, 자포자기에 빠졌답니다.

이런 저는…… 공작 영애가 아닌 나미 슈라이엔을 돌아보는 사람은 아무도 없겠지요. 모든 걸 잃어버린 저 같은 건, 가족도, 고용인도, 귀족들도……. 그리고 학원 사람들도……. 평민조차도 제게 눈길조차 주지 않겠지요…….

저는 두려웠답니다. ……다른 무엇보다도 저 자신이 제가 아니라는 이 상황이 말이에요.

세계는 물론 몸까지, 모든 게 다른 이 세계에서 평범한 나미가 되어 버렸다는 사실이 말이에요.

그런데.

"괜찮아? 오늘은 어쩐지 기운이 없네." "안녕하세요, 선배……. 무슨 일이세요?!" "……얼굴빛이 안 좋아. 오늘은 쉬어도 좋으니 집에 가서 자!"

집에서도 학교에서도 부에서도…… 마력도 권력도 없는 그녀. 제가 갖고 있던 그 어떤 힘도 없는데…… 모두가 그녀를 바라보고, 신경을 써 주었어요.

'나미 슈라이엔' 따위는 발끝에도 미치지 못할 만큼 밝은 얼굴로…….

그건 모두 이 몸의 주인 '시미즈 나나미'를 향한 웃음.

얼마나 많은 사람이 그녀를 따르고, 또 사랑했는지를 실감하게 되었답니다.

고압적이고 오만하고, 권력을 휘두르며 주변 사람들을 무시하고…… 그런 사람이 사랑받을 수 있을 리 없지요.

저도 그런 사실쯤은 알고 있었어요.

그래도 저는 공작 영애라는 자리를 화려하게 장식하기 위해서, 오로지 그것만을 위해 지금껏 분주했답니다.

콧대 높은 행동, 권력으로 상대를 굴복시키고, 제가 우위에 서려고 다른 사람을 모욕하고, 자신을 과시하기 위한 상징으로 왕자에게 약혼을 강요하는…… 미움을 받는 공작 영애를.

그게 제 역할이었으니까요.

그래서 저는 소망했답니다.

100주년 기념식 자리에 특별 공개된 '소원의 보주'에.

미움받지 않는 공작 영애가 되고 싶다고.

그리고 지금…… 저는 '시미즈 나나미'가 되어 생각해 봅니다.

그 보주는 제 '진정한 소망'을 이루어 준 게 아닐까.

제게는 공작 영애로 있는 것이 필요한 게 아니었던 걸까.

"선배, 무슨 일이세요?"

한창 생각에 잠겨 있는 동안 나나미 씨의 후배인 미즈마치 씨가 걱정스러운 얼굴로 제게 물었습니다.

"아, 아무것도 아닌 걸요…… 아닌데? 미즈마치 씨…… 아니, 군?!"

"에…… 네, 그러시군요……?"

나나미 씨의 말투로 꾸며 보려다가 실패하고 말았습니다…….

이래서야 큰일이네요.

 2장 악역 영애 육체 개조 계획

슈라이엔 공작가에서 마차가 출발하고 몇 분 후.

내 옆에는 창백한 얼굴을 한 선배가 앉아 있었다.

지금 와서야 나는 선배의 약점을 잊고 있었다는 사실을 깨닫고 깊게 후회했다.

선배는 극도로 멀미를 느끼기 쉬운 체질이었다. 그런 선배에게 장시간 흔들리는 마차에 앉아있는 건 지옥이나 다름없는 일이었다.

"우…… 우윽……."

아니나 다를까, 서스펜도 없는 마차를 선배가 견딜 수 있을 리가 없었다.

"선배……. 지하철이나 버스는 괜찮으면서……."

"큰 교통수단은 흔들림이 덜하니까…… 아, 안 돼……. 우윽……."

긴장을 늦추는 순간 쓰러질 것만 같았다.

하는 수 없으니 일단 등을 쓰다듬어 준다. 다른 사람의 몸이라도 멀미만큼은 여전한 걸까. 아니면 나미도 멀미를 느끼기 쉬운 체질이었던 걸까. 알 수 없는 일이지만.

"우~~~~ 역시 안 되겠어. ……잠깐 괜찮아?"

"네? 무슨…… 으헉?!"

새파랗게 질린 얼굴로 양해를 구한 선배가 갑자기 옆자리에 앉아 있던 내 무릎 위에 머리를 툭 댔다.

이른바 '무릎베개'……. 아니, 잠깐, 잠깐만?!

"저, 저, 저기, 선…… 아가씨?!"

화들짝 놀라 튀어나왔던 '선배'를 꿀꺽 삼키고 '아가씨'라고 고쳐 불렀지만 선배의 반응은 둔하기만 했다. 속이 좋지 않은 모양이었다.

"조금만 제발…… 아우~~~~."

진정해라……. 진정해라! 냉정해지는 거다!

선배는 그저 속이 울렁거려서 조금이라도 흔들림을 줄여 보고자 쿠션 대신 내 무릎을 선택했을 뿐이다. 결코 특별한 감정이 있다거나 그런 건 아니야!

들뜨지 마라! 무념무상! 흥분하지 말라고!

그러나 얼마 지나지 않아 이 정도는 서막에 지나지 않았다는 걸 실감하게 되었다.

"역시 이걸로는 안 되겠어……."

"네……?"

"잠깐…… 미안."

"에, 엥?!"

어쩔 줄을 모르는 나를 내버려 두고 불쑥 고개를 든 선배는 다시 내 무릎 위에 걸터앉았다……. 어이, 어이, 어이, 어이, 어이!!

필연적으로 내 가슴부터 무릎 위, 상반신과 하반신 일부로 여자 특유의 부드럽고 따스한 감촉이 전해졌다. 덤으로 좋은 향기까지…… 아니지, 안 돼, 안 돼!

"아, 아가씨?! 아무리 그래도 이건 좀……."

"아…… 아까보단 좀 나을지도. 덜 흔들리는 느낌이……."

그거야 그렇겠지요! 지금의 나는 솟구쳐 오르는 온갖 것들을 필사적으로 봉인하고 평상심을 유지하기 위해 온몸을 딱딱하게 굳히고 있으니까!

위험해……. 내구력이 팍팍 깎여나가고 있어…….

이상한데? 워낙 스스럼없는 성격 탓에 선배와 가벼운 스킨십은 일상이었다.

그래도 지금까지 이렇게 밀착한 적은 없었는데…….

그러나 선배는 내 갈등을 아는지, 모르는지, 한층 더 과격한 폭탄을 투척해 댔다.

"그래도 아직 약간 흔들리는 거 같아……. 그래! 이렇게 된 거 그걸 해 달라고 할까……."

"그……그거요?"

그 뒤에 어떻게 되었는가 하면.

"그래……. 역시 이게 제일 편안해."

"그것참……다행이네요……."

내 평상심은 붕괴를 앞두고 있었다.

끊임없이 '이건 선배가 아니라 나미의 몸'이라고 복창하지 않으면 이성이 송두리째 날아갈 듯 위험한 상태였다.

조금 전부터 마부가 애써 뒤돌아보지 않고, 귓불을 붉게 물들이고 연신 손으로 부채질하는 모습에 나는 더 안절부절못하게 되었다.

나는 지금, 선배를 '공주님 안기' 자세로 잡고 앉아 있었다.

표정을 바꿀 수 없다……. 양팔로 전해지는 감촉과 너무나 가까운 선배의 얼굴이 나를 강렬하게 유혹했다.

우오오오오오!! 위험해!! 몸은 공작 영애 나미라는 걸 알고 있는데도 내용물이 선배라는 걸 생각하면 끝내주게 위험해!

긴장을 풀면 선배를 꼭 끌어안아 버릴 것 같아!!

멀미 탓에 좀처럼 정신을 차릴 수 없었던 아까보다 한결 편안한 얼굴을 한 선배를 보고, 나는 진짜 악역 영애가 누구인지…… 확신했다.

그러나 다음 순간, 사랑스럽고 또 애처로운 선배의 모습을 덮어씌우듯 내 눈에 뭔가 들어왔다.

「꺄아아아아아아!」

「선배에에에!」

우리는 굉음과 함께 옆으로 넘어가 버린 통학용 마차에서 하늘 높이 내동댕이쳐졌다.

주변 풍경이 느린 재생 화면처럼 천천히 흘러갔다. 낯익은 통학로의 풍경이 위아래가 뒤바뀌자 낯선 광경처럼 느껴졌다.

그 안의 선배—— 공작 영애 나미의 몸은 인형처럼 힘없이 하늘에 떠올랐다.

어떻게든 손을 뻗어서 그녀의 몸을 받아 보려 했지만 손끝조차 닿지 않았다.

큰일이다. 이대로라면 선배가 바닥에 떨어질 텐데!

다급하게 아래를 살펴보자 광기로 붉게 물든 눈으로 맹렬하게 날뛰는 운송용 미노타우로스가 옆으로 넘어간 마차에 흉악해 보이는 뿔로 연달아 충격을 더하는 참이었다.

"미안해……. 무섭지 않아?"

"네?"

선배의 태평한 한마디와 함께 나는 의식을 되찾았다. 등줄기를 따라 싸늘한 식은땀이 흘러내렸다.

"바, 방금 그 영상은 대체?"

"영상? 무슨 말이야?"

아무래도 그 영상은 선배에게 안 보였던 것 같다.

그렇다면 그건 꿈이었던 걸까? 너무나 선명한 백일몽이었을까?

그렇게 생각하려 했지만, 불길한 느낌이 가시지 않는다.

"정말로 단순한 꿈일까?"

통학용 마차. 반드시 지나쳐야 하는 통학로. 그리고 그 미노타우로스는 학교로 가는 길 중간에 있는 목장에서 기르는 동물이 아닐까?

꿈치고는 너무 자세하고 선명했다.

마치, 꼭 누군가가 '영상을 통해서 하나도 빠짐없이 정보를 얻어라.' 라고 말하는 것만 같았다.

그리고 그 감각은, 이 세계로 건너왔던 날 보았던 영상과 똑같았다.

"에이, 설마……."

나는 딱히 예지몽 같은 미신을 믿는 성격은 아니었다. 그러나 이곳은 마법이 상식처럼 존재하는 세계였다.

만약 그 영상이 '마법적인 무언가'라고 한다면……. 그런 불안을 떨칠 수가 없었다. 솔직히 불길한 예감이 들었다.

나는 내 직감을 믿고 마부에게 등교 경로를 바꿔 달라고 전했다.

굳이 자세한 사정은 말하지 않았지만, 마부는 어딘가 즐거운 듯한 얼굴로 "그럽지요~."라고 대답했다.

"무슨 일 있어?"

"아니요……. 아무것도…… 앗?!"

나는 그제야 커다란 문제를 깨달았다.

경로를 바꾼 탓에 평소보다 등교 거리가 길어지게 되었다.

다시 말해 이 부드럽고, 사랑스럽고, 안락하고, 좋은 향기가 나는 몸을 춤에 안고 있을 시간이 늘어났다는 뜻인데…….

설마하니 마부 씨는 내가 '그런 목적'으로 빙 돌아가자고 부탁했다고 오해하는 건 아닐까? 아니, 아니, 아니!

"저기! 이건 그런 게……."

"음……. 웬만하면 움직이지 말아 줘……."

"아, 네……."

그 시간 이후로 나는 이성과의 갈등, 정신력의 내구를 시험받게 되었다.

천국과 지옥……. 진짜 그럴싸하네.

*

"우~~~~웅! 지금껏 멀미가 이 정도로 끝난 적은 없었어."

"그것참…… 다행이네요……."

무사히 도착해서 다행이다……. 여러 가지 의미로.

학교에 도착한 순간 선배는 언제 멀미했었느냐는 듯 평소의 쾌활한 표정을 되찾았다. 반대로 피로에 찌들고, 필사적으로 지금껏 손에 남은 온기가 불러오는 번뇌를 떨쳐내려 애썼다. 무념무상, 무념무상…….

"앞으로 마차에 타게 될 때마다 이렇게 해 줄래?"

"제발 참아 주세요!!"

그랬다간 내 평상심은 금방 불타 재가 될 것이 뻔하다! 머지않아 확실히 사고를 칠 자신이 있다!

제발 부탁드립니다. 조금이라도 좋으니……. 위기 의식을 느껴 주세요.

그런 대화가 오가는 동안 조금 전까지 우리가 타고 있던 과하게 화려한 공작가의 마차 곁에 한층 더 화려한 마차가 멈춰 섰다.

그리고 수많은 호위 속에서 잘생긴 은발 남자가 내려섰다. 그가 바로…… 살바도르 왕국의 셋째 왕자 아스루 D 살바도르다.

평범한 학생이라면 이른 아침부터 왕자의 얼굴을 볼 수 있었다는 사실에 환호하며 그 행운을 신께 감사드렸겠지만……. 나와 선배의 심정은 그저 '올 것이 왔구나!' 였다.

"좋은 아침이에요, 전하."

선배가 환한 미소와 함께 아침 인사를 건넸다.

그러나 왕자는 힐끗 시선을 던지더니 "흥." 하는 콧소리와 함께 대놓고 언짢은 표정을 짓더니 아무 일도 없었다는 양 시종을 대동하고 학원 교사로 걸음을 옮겼다.

주위 호위와 시종들은 왕자의 태도에 깜짝 놀란 공작 영애…… 선배에게 머리를 숙였다. 그러나 선배가 미소와 함께 "신경 쓰지 마세요."라고 말한 순간, 그중 몇 명이 졸도했다.

무사한 자들도 기이한 생물을 보듯 선배를 보고 있다.

"이거, 왕자보다도 이 반응이 더 실례가 아닌가요?"

"공작 영애 나미가 다른 사람을 배려하는 일 자체가 있을 수 없는 행동일 테니까……."

솔직히 본래의 나미를 크게 벗어나는 행동은 불필요한 갈등을 낳게 될지도 모른다.

어제 슈라이엔가에서 벌어진 소동이 좋은 예다.

그러나 우리의 목적은 '영주'가 아니라 어디까지나 '귀환'.

원래 세계로 돌아가기 위해 왕자와 '특별히 소원의 보주를 보여줄 만한 친구' 정도의 인간관계를 쌓고 싶지만…….

"이번에도…… 대놓고 미움받고 있네요."

"알기는 했어. 약혼한 것도 아닌데 공작의 지위를 등에 업고 '오로지 나만이 당신과 어울려요.'라고 말하는 아가씨를…… 누가 좋아하겠어."

흠. 실제로 그런 사람이 있다면 정말 징그러울 테고, 완전 스 토커다.

그때 학원 교사로 가던 왕자 앞에 한 아가씨가 나타났다.

그 아가씨는 지금까지 학원에서 재앙으로 백안시당하던 나미 와는 다르다. 품행 방정, 학업 우수, 뛰어난 마법 실력에 더해 하급 귀족이나 평민들도 홀대하지 않는 성품을 갖춘, 길고 긴 짙은 감색 머리카락이 은하수처럼 아름답기로 유명한 절세의 미녀였다.

그야말로 공작 영애의 모범이라 할 인물, 에델슈타인 공작 영 애 엘누아르 에델슈타인이었다.

"좋은 아침이에요, 전하."

공손한 인사를 올리는 소녀의 태도는 지극히 미려했다. 그 모 습을 보는 주변 사람들 사이로 감탄이 절로 나올 정도였다.

"아, 좋은 아침이야, 엘. 오늘은 햇살이 좋은걸."

왕자도 선배의 인사를 받았을 때와는 달리 인사를 받아주었 다. 그뿐만 아니라 애칭까지……. 같은 공작 가문 영애인데도 이 차이는 대체 뭘까.

살바도르 왕국의 대표적인 공작 가문은 둘, 슈라이엔 가문과 에델슈타인 가문이 있다. 가문의 격을 따지자면 동격, 양쪽 모 두 마력 지상주의자다. 그러나 지금 학원에서 도는 나미와 엘누 아르에 대한 왕자, 학생, 교사 사이의 평판은 그야말로 하늘과 땅이었다. 약혼이니 뭐니 하는 게 아니더라도 왕자와 엘누아르 아가씨 사이에는 신뢰 관계가 있는 듯했다.

"하아~~ 예쁜 사람이네. 저런 게 바로 '고귀' 하다는 거겠지."

자기 평가를 잘 아는 선배도 엘누아르 아가씨가 얼마나 대단한지 알아보는 모양이다.

다만, 나는 왕자와 주고받는 대화를 듣고 매우 놀랐다.

"목장에서 탈출한 미노타우로스가 시가지로 침입했다고 들었는데, 괜찮았어?"

"네. 저는 오늘 미노타우로스가 탈출하는 시간보다 먼저 학원에 와 있었거든요. 평소 시간에 왔으면 위험했을지도 모르지만……."

시가지? 미노타우로스? 평소 시간이었으면 위험했다?

"그래서 말인데, 미즈마치 군은 어떻게 할 셈이야? 내가 말하기도 뭐하지만……. 나는 엄청 미운털이 박혔는걸."

"아, 그리고 보니 선배는 저보다 먼저 '이쪽' 에 와 계셨죠? 저번주부터 학원에 다니고 계셨던 건가요?"

"그렇긴 한데……."

어딘가 풀이 죽은 선배와 나란히 학교를 향해 걷는 동안 몇몇 학생들과 스쳐 지나갔다.

평민 학생들은 대놓고 고개를 돌리며 모르는 척하고, 내가 고개를 돌리면 노골적으로 시선을 피했다.

엮이기 싫다는 속내가 훤히 보였다.

귀족으로 보이는 자들은 한결같이 어떻게든 노여움을 사지 않도록 지극히 조심스러운 태도와 송구한 얼굴로 "아, 안녕하세요, 나미 님……."이라며 머리를 숙였다.

그것만으로도 지금까지 나미가 저지른 악행과 요 며칠 동안 혼자서 이런 분위기를 감내해야 했던 선배의 마음고생이 눈에 선했다.

귀여운 인형처럼 앳되게 생긴 여자 후배가 선배를 본 순간 공포로 질려 도망치는 모습을 보고…… 나는 손수건을 꺼내 들었다.

"귀여운 아이네요……. 그래도 울 것까지는 없지 않겠어요."

"울지 않았다, 뭐."

말없이 손수건을 받아들고 눈에 대면서 무슨 말씀을…….

원래 다른 사람을 잘 챙기고 수많은 여자 후배가 따랐던 선배에게 지금의 상황은 미지의 고행 그 자체이리라. 하물며 이 사람은 본래부터 귀여운 걸 좋아했으니까.

"정말 이 바보 나미는 무슨 짓을 한 거람! 천사 같은, 새끼고양이 같은, 인형 같은 귀여운 아이들이 눈앞에 왕창 있는데……."

"범죄 냄새가 좀 나는 발언은 제가 드린 손수건을 입에 물고 해 주세요."

그 모습은 분해서 어쩔 줄 모르는 악역 영애 그 자체로 보이겠다만.

어쨌든 우리는 일단 교실로 향했다. 선배는 3층, 나는 4층을 향해 계단을 올랐다.

다만…… 이 시점에서 나는, 아니 우리는 강렬한 위화감이 들었다. 정확히 말하자면 분명히 알고 있었지만 잊어버린 감각…… 일 테지만.

이상하리만큼 몸이 무거운 것이다.

"이상해……. 계단을 오르는 게…… 이렇게…… 힘들었나?"

선배는 평소라면 한달음에 올라가고도 남을 2층 부근에서부터 숨을 몰아쉬었다. 솔직히 말하자면, 그건 나도 마찬가지였다.

어디가 아픈 것도 아닌데 몸이 무겁고 숨이 차올랐다. 고작 계단을 오른 정도인데. 그 사실을 인정하지 않을 수 없다는 것에 두려워하며 가까스로 3층에 도달했을 때 창밖에서 정체를 알 수 없는 비명이 들려왔다.

"놔주세요."

다소 멀리서 들려오고 있지만, 여성의 목소리가 분명했다.

나와 선배는 나란히 목소리가 들린 방향인 3층 복도의 창문을 통해 밖을 내다보았다.

창밖으로 학교 건물 뒤편으로 이어진 길에 남자 두 명과 여자 세 명이 보였다. 대체로 귀족인 듯싶었지만, 그들 중에는 평민 여자아이가 한 명 섞여 있었다.

"아! 저건!"

선배가 한발 먼저 끌려가는 여자아이의 정체가 무엇인지, 어떤 상황에 놓여 있는지를 눈치채고 곧장 내달리기 시작했다. 나는 몇 개의 계단을 한꺼번에 뛰어 내려가는 선배를 헐레벌떡 뒤쫓았다.

"선배! 어떻게 하시려고요!"

"뻔하잖아! 저 애를 구할 거야!"

이미 결정된 모양이다.

그렇지만, 선배, 당신은 그 일로 인해 또 하나의 문제가 생길지도 모른다는 걸 눈치는 채셨는지?

"저 아이가 누구인지 아세요?"

"라이라잖아?! 성 아랫마을의 도구점 딸!"

정확했다.

그걸 알고도 도와주러 뛰는 거라면 내가 더 할 말은 없었다.

학원에 입학하고 얼마 지나지 않아 교내에서 셋째 왕자와 말을 튼 도구점의 평민 여자아이…… 라이라 스펠런카였다.

셋째 왕자가 어떤 목적으로 접촉했는지, 그 이유를 아는 사람은 아무도 없었다.

그러나 왕자와 대화하는 평민 라이라의 모습은 특히 작위를 가진 귀족들 사이에서 적잖은 질투를 불러일으켰다.

당연하지만, 셋째 왕자 주변의 여자아이들을 물리치고, 자신이 선택되는 게 당연하다고 생각했던 악역 영애가 가만히 있었을 리도 없어서…… 가장 많이 피해를 준 사람은 바로 나미였다.

다시 말해 지금의 선배라는 의미.

*

"그만두세요, 전 아무것도…….."

여러 명, 더군다나 귀족 계급의 사람들에게 포위된 라이라 스펠런카는 어쩔 줄을 몰랐다.

그러나 이를 한층 가학적인 미소를 띠고 보는 귀족들.

그중 한 귀족 아가씨가 라이라를 떠밀었다.

"꺄악!"

버티지 못하고, 라이라는 바닥에 무릎을 찧었다.

"평민 주제에……. 아스루 전하에게 빌붙으려고 하다니. 네 주제를 알아!"

"네? 무슨 말씀이죠?"

실제로 라이라가 먼저 왕자에게 말을 건 적은 한 번도 없었다.

대화 역시 귀족에게 괜한 오해를 부를 것도 없었지만…….

그러나 그 사실을 알 리가 없는, 설령 알고 있어도 개의치 않을 귀족 자녀들은 더욱 독한 표정을 지었다.

"말대꾸를 해? 역시 못 배우고 자란 평민이야!!"

"우리 손으로 직접 교육해 줄까…….."

말이 떨어지기가 무섭게 그들의 손바닥에 일제히 붉고 파란빛이 감돌기 시작했다.

"꺄악!"

눈앞으로 다가온 폭력 앞에서 라이라는 비명을 내질렀다. 그들의 손에 깃든 빛은 마법의 빛, 그것도 공격 마법이었다. 말하자면 눈앞에 무기를 들이댄 거나 다름없었다.

라이라는 정말로 뭔가 한 적이 없다.

그저 이 나라에서 의무 교육의 일환으로 학원에 입학한 평민이다.

그런데도 귀족들은 왕자 전하와 말을 섞었다는…… 결국 라이라가 눈에 거슬린다는 이유로 자신들의 신분을 이용해 폭력을 쓰려고 했다.

지금의 왕은 마력에 의한 차별을 없애고자 이 학원을 세웠다.

그러나 마력과 권력을 가진 귀족들의 횡포는 계속되고 있다.

학원이라는 좁은 세상에서, 나이도 별로 먹지 않은 자들도 이러한 지경이다. 나라 전체의 의식을 바꾸려면 앞으로도 넘어야 할 산이 많다.

마력의 빛에 겁먹은 라이라에게 손을 뻗는 귀족 도련님. 그리고 이 상황을 웃으면서 구경하는 귀족 아가씨들……이것이야말로 국가적 부패의 근간이다.

"결국 아스루 전하에게 꼬리를 쳐서 다음 왕비의 자리를 노렸던 거겠지. 너처럼 마력도 제대로 없는 평민이 왕족이 되겠다는 꿈을 꾸다니. 분수도 모르는 꿈을 꾸었구나!"

"그런! 저는 그저 전하와……."

"닥쳐! 뼈저리게 깨닫도록 해라……. 평민에게는 분에 넘치는 힘……. 고귀한 마법의 힘을……."

그렇게 말한 남자들이 마법을 날리려던 그때.

""잠……잠까아아아아안!!""

데굴데굴데굴…… 풍덩!

""""…….""""

그때, 눈앞에서 벌어진 일을 제대로 파악한 사람은 한 명도 없었다.

마법을 사용하려던 남자는 물론 비웃으며 구경하려고 하던 아가씨들도, 이유 없는 폭력 앞에 떨고 있던 라이라도…….

뭔가 이상한 목소리(?) 같은 게 들렸나 싶더니, 두 덩어리 비슷한 무언가가 자신들 사이를 굴러 통과하더니 이내 잡목림 너머의 호수에 떨어진 것이다.

"뭐……뭐였지?"

너무나도 갑작스러운 일에 손바닥에 깃들어 있던 마력이 흩어지는 귀족 도련님들.

그리고 모두가 잡목림으로 시선을 돌리고 있을 때, 그것이 모습을 드러냈다.

""하아…… 하아…… 하아…….""

거칠 숨결은 흥분한 마수와도 같았다.

더러운 물 덕분에 갈색으로 머리카락이 앞으로 흘러내리고, 그 틈새로 핏발이 선 눈이 번뜩이는 무언가와 온몸이 잡초투성이가 된 거대한 무언가…….

갑자기 출현한 두 이형……. 그것과 눈이 마주치자, 아까만해도 천박한 가학심에 웃고 있었던 귀족들은 모두 공포를 느끼고 전율했다.

"하아…… 하아…… 하아아악! 너희……너희이이이이이!"

"히이이이이이익!!"

"으아아아아아악! 이 녀석은 뭐야! 괴물이다!"

"어째서 학교 안에 마물이!"

"기다려! 나도 데려가!"

이제는 영문 모를 공포밖에 없었다.

그 생물은 '그저 숨을 고르고 입을 뗀' 것에 불과했건만 귀족들은 순식간에 줄행랑을 치고 말았다.

이형의 두 덩어리가 정신을 차렸을 때 그곳에는 평민 라이라의 모습도 찾아볼 수 없었다고 한다…….

*

"그건 그렇고……. 진짜 끔찍……하네요. ……이건…….."

숨이 차서 말이 제대로 나오지 않았다.

라이라 씨를 구해 보겠다고 3층에서 헐레벌떡 내달린 우리는……. 어렴풋하게 느끼던, 부정하고 싶던 사실을 인정할 수밖에 없었다.

고작 몇 미터를 뛰었다고 숨이 흐트러지고, 움직이는 다리가 꼬여 그대로 넘어졌다. 구르고 굴러서 목적지에 도착했는데도, 숨이 막혀 제대로 말도 못한 채 그래도 연못에 빠져 홀딱 젖었다.

그 덕분에 사람이 아니라는 오해를 사고 구하려고 했던 아가씨까지도 도망치게 한 공작 영애와 그 집사.

이 상황은 대체 뭐란 말인가…….

젖은 앞머리가 얼굴을 가리는 통에 유령으로 오해를 사기 딱 좋은 꼴을 한 선배는 아직도 숨이 차올라 땅에 손을 짚고 있었다.

"위험해……. 미즈마치 군……. 우리…… 완전 운동 부족……

이야……."

"인정하고 싶지는 않지만…… 역시 그런 건가요……."

운동 부족, 그것은 스포츠맨에게 끔찍한 말이다.

계단에서 몸이 무겁게 느껴진 시점에서 어렴풋하게 깨달았지만 막상 운동 부족이라는 평가를 실제로 들었을 때의 중압감은 대단했다.

원래 세계에서는 운동 선수였다. 일반인보다 신체 능력이 좋았었는데, 평균보다 훨씬 떨어지는 신체는 너무 격차가 심했다.

애초에 이 나라 귀족들, 다시 말해서 '마력 지상주의자'들은 마법을 너무 중시하는 탓에 몸을 쓰는 일은 야만적이라고 생각하는 경향이 강했다.

현재 나와 선배에게는 그것이 이 나라의 가장 큰 악습으로 보이지만……. 가장 끔찍한 일은 마력이 많은 나미뿐만 아니라 유리우스마저도 그런 감각을 갖고 있다는 점이다. 이건 위험하다.

이때, 우리는 완전히 목적을 잊고 있었다.

그만큼 우리에게 운동 부족이라는 단어가 준 충격은 컸다.

"이대로 두면 위험해! 전국대회가 코앞인데!!"

"맞아요! 전 올해야말로 출장할 거라고요!!"

함께 몸을 단련해야겠다는 투지를 불태우는 우리……. 그러나 안타깝게도 이 세계에 전국대회가 존재하지 않는다는 사실을 지적해 줄 사람은 없었다.

"그리하여 마법은 주로 공격, 회복, 보조. 이렇게 셋으로 나뉘고……."

선배와 몸을 단련해야겠다는 결의를 다진 뒤 나는 3학년 교실로 올라와 학생의 본분을 다하고 있었다.

내게는 이세계에서의 첫 마법 수업이었지만 초로의 교사는 숨 쉬듯 당연하고 담담한 태도로 오른손으로 불덩이, 왼손으로 물방울을 발현하며 수업을 진행했다.

이러니 저러니 해도, 내가 마법에 흥분한 것은 사실이다.

심심해서 눈앞의 교과서를 훑어 읽어 보자 '역시 이세계' 하고 감동했다.

마법의 속성은 공격, 회복, 보조, 세 가지이다. 그 세 가지 속성 중 개인이 습득할 수 있는 속성은 고작해야 한 가지나 두 가지, 세 가지 속성을 다룰 수 있다면 천재라 불리는 세계였다.

그런 세계에서 유리우스, 현재의 내가 구사할 수 있는 마법은……. 놀라지 말지어다. 셋이나 되었다.

다시 말해 모든 속성의 마법을 사용할 수 있다는 의미.

여기까지만 들으면 '완전 사기캐!' 라고 생각하겠지만 세상살이가 그렇게 만만한 게 아니었다.

유리우스에게는 결함이 있었다.

극단적으로 마력이 부족하다는 치명적인 결함이. 예를 들어 RPG에서 최강의 마법을 배웠는데 내 마력은 레벨 1……. 뭐, 그런 느낌이었다.

그 주인이며 역대 최대 마력을 자랑하는 나미는 틈만 나면 그린 유리우스를 무시했다.

"이 정도 마력으로 내 집사를 자처하다니…… 부끄러운 줄을 알아야지."라며.

유리우스는 어지간히도 분했을 것이다. 교과서에는 메모가 빼곡했고 몇 번이나 읽은 책을 다시 읽었다는 걸 알 수 있을 만큼 종이가 흐물흐물했다.

그렇게 교과서를 읽어 내려가던 내 시선은 한 문장 앞에서 못 박혔다.

「환몽 마법, 예지, 미래시로도 분류되는 마법」

다른 속성의 마법과는 일선을 긋는 특수 마법의 한 종류.

일설에 따르면 건국 대마도사가 사용했다고 전해진다. 자신이나 다른 자의 미래를 보는 마법.

특수한 마법인 탓에 사용자가 적고 사용 조건이 분명하지 않지만 과거에 사용했던 특수한 예시는 다음과 같다.

1. 술사 자신이 모든 속성의 마법을 사용할 수 있을 정도로 뛰어난 '마법 기술'을 가진 경우.

2. 관찰력과 대상에 대한 강렬한 집착을 가진 경우.

상세한 조건은 아직 밝혀지지 않았지만 과거 이 마법을 사용했던 술사들은 '자신의 미래'에 대한 강렬한 공포를 갖고 있었다는 기록이 전해진다.

교과서를 읽으면서 나는 크게 부끄러워졌다.

유리우스는 '모든 속성의 마법을 사용할 수 있다'는 조건 1을 만족한다. 설령 그의 마력이 부족하다 해도 사용할 수 있다는 사실에는 변함이 없었다.

그렇다면 조건 2 '관찰력과 강렬한 집착'이라는 부분이 문제였다. 만약 내가 이 미법을 쓸 수 있다면…… 유리우스와 내 몸이 바뀌면서 사용할 수 있게 되었다고 한다면……. 이건, 선배에 대한 내 마음이 그 조건을 충족시켰다는 뜻 아닌가!

참 뭐랄까……. 이 세계의 교과서를 통해 내 마음이 증명되어 버렸다는 사실이 죽을 만큼 부끄러운데! 내 입으로 말하기도 뭐하지만 이건 아무리 봐도 스토커 아니냐!

그러나 동시에 그 영상이 환몽 마법이라면 사태는 더욱더 까다로워진다.

슬그머니 왼쪽 앞에 앉은 셋째 왕자, 아스루 전하를 곁눈질한 나는 이 세계로 넘어올 당시 보았던 영상을 떠올렸다.

나미는 아스루 전하의 약혼녀 신분으로 민중에게 살해당했다……. 다시 말해, '약혼'은 확실한 사망 조건이다.

그렇다면 미래에…… 선배가 약혼하게 된다는 것인데…….

무의식중에 '빠각'하는 소리가 들린다 싶더니 어느 틈엔가 내가 손에 쥐고 있던 연필을 부러뜨리고 있었다.

서, 선배가 다른 남자와 약혼을 하는 미래……라고?

그러나 내 시선은 다시 환몽 마법 해설 끝자락에 못 박혔다.

환몽 마법을 사용했던 역대 술사들은 일어날 사건이나 곤란한 미래를 바꾸고자 노력했다. 어떤 술사는 실패하고 어떤 술사는 성공을 거두었다고 한다.

그러나 그러한 시도의 성공 여부는 환몽 마법을 직접 시연한 사람만이 확인할 수 있는바, 미래가 바뀌었는지를 타인이 확인할 수 있는 확실한 방법은 없다. 그런고로 미래를 바꾸려는 시도가 성공했는가는 여전히 불분명하다.

……다시 말해, 내가 본 미래를 바꿀 수 있다?

가장 먼저 떠오른 건 오늘 아침의 일.

같은 학급 사람들도 미노타우로스 탈출 사건 이야기를 했다. 목장에서 운송용으로 기르던 미노타우로스가 탈주해서 시가지에 침입해 날뛴 탓에 끝내는 살처분 되었다고 한다.

만약…… 그때 재빨리 평소 통학로를 변경하지 않았다면?

나와 선배는 그 영상대로……. 역시 그건 환몽 마법이 보여준 미래였을까?

만약 그렇다면 이 환몽 마법의 발동 조건은 대체 뭐지.

지금까지 그 백일몽과도 같은 영상을 본 건 두 번이었다. 공통되는 조건은……. 고민을 하던 나는 두 영상의 공통점과 함께 손의 감촉을 떠올렸다.

첫 번째는 손을 잡고, 두 번째는 온몸을 안고, 모두 내가 '강렬한 집착'을 가진 사람인 선배와 '육체적인 접촉'을 했다……. 그건가?

"유리우스…… 유리우스 슈피겔. 정신을 어디 팔고 있나."

"네?!"

갑작스럽게 날아든 부름에 퍼뜩 정신을 차렸을 때 초로의 남자 교사가 정면에서 나를 응시하고 있었다. 이거 위험한데.

"필기 수석인 자네에게는 내 수업이 지루한가?"

"아, 아닙니다. 전혀 그렇지 않습니다!"

야유가 섞인 선생의 뼈아픈 말을 듣고 내가 벌떡 서는 나를 보고, 교실 이곳저곳에서 숨죽여 웃는 소리가 들려온다.

이건 전 세계, 아니 전 차원 공통인 걸까?

"그럼 유리우스 슈피겔. 마법 발동 조건과 정의를 말해 보려무나."

마법과 관련된 질문이 날아들었다. 이 세계 사람이 아닌 내가 알 리가 없지만, 마력 부족에 대한 열등감 때문일까. 유리우스의 마법 지식은 대단했다. 앞서 선생이 말한 대로 수석을 따낼 정도였다.

덕분에 대답이 술술 나왔다.

"마법 발동의 조건은 사출 후의 착탄, 물리적 접촉이라 여겨집니다. 그러나 화염이나 물의 방출 등, 술사로부터 방출되는 타입의 마법은 내보내진 순간부터 발동하기 때문에 모든 마법의 발동 조건이 위와 같다고 단정할 수는 없습니다."

"마법을 발현하기 위한 마력은 어디에 있다고들 하나?"

"분명히 밝혀진 바는 없습니다만 일반적으로는 몸 전체라고 파악합니다. 체내를 순환하는 마력이 술사의 의지에 따라 손바닥이나 마력 부스터에 집중됨으로써 마법으로 발현됩니다."

"그럼 마력 부스터가 되는 마석에 대해서는?"

"일반적으로 마석은 마도사의 증폭기나 몸을 보호하기 위한 호부로 사용됩니다. 때에 따라서는 마력이 적은 술사라도 상급 마법을 행사할 수 있도록 해 주는 물건도 있습니다. 그리고 그 마석을 제작하는 기술을 가진 자를 '마도구 세공사'라고 부릅니다."

마도구 세공사는 마력이 적은 평민이라도 이 나라에서 큰 성공을 거둘 수 있는 희귀한 직업 중 하나다.

그러나 마도구 세공사의 길은 좁았다. 이유는 단순했다. 압도적으로 치밀한 기술이 필요했으니까.

막힘없는 대답을 들은 노선생은 재미가 없는지 미간을 찌푸렸다.

"흐음……. 안 듣는 줄 알았는데 이렇게까지 정확하게 답하니 재미가 없구먼."

"죄송합니다."

"뭐, 됐네. 다음부터는 한눈파는 일이 없도록 하게나."

교사가 다시 강의를 시작하는 걸 확인하고 나는 남몰래 마음을 굳혔다.

선배에게 닥칠 위기는 모두 막아내겠다.

'약혼'이든 '마력 지상주의'든. 이 나라가 돌아가는 방식 자체부터 선배에게 해를 끼칠 가능성이 있다면……. 모조리 깨부수겠어.

*

　사실 유리우스는 마력이 적은 탓에 여차할 때를 위해 몸을 사용하는 무술을 잠깐 배운 적이 있었다.

　그런데 나미에게 '당신은 마력이 하찮기 그지없어서 야만스럽게도 몸을 쓸 수밖에 없는 거로군요.' 라는 식의 철없는 말 한마디를 들은 탓에 어떻게든 마법으로 싸워 보려는 미련을 강하게 품은 모양이라……. 결국 신체 단련을 무시하게 된 경향이 있다.

　"첫 번째 목표는, 둔해 빠진 이 몸의 체력을 끌어올리는 것!"

　"화이팅~~!"

　힘차게 팔을 번쩍 드는 선배가 입은 옷은……. 물론 이 집에 체육복 같은 편리한 물건이 있을 리가 없으니까…… 아니, 집만이 아니라 이 세계에 있을 리가 없는 탓에 소박한 천으로 만든 옷이었다.

　긴 머리는 한 다발로 모아 포니테일로 묶어 올렸다.

　머리색은 다르지만 그 모습은 원래 세계에서 봤던 선배 같아서 살짝 기쁘기도 했다.

　학교에서 집으로 돌아온 우리는 곧장 체력 단련을 시작했다.

　슈라이엔가는 왕국에서 손꼽히는 명가였다. 단련을 위한 방부터가 일반 가정과는 차원이 다르다.

　더군다나 구석구석 빈틈없이 마력이 듬뿍 투자된 이 방을 보고, 나와 선배는 모두 어떤 의미로는 이 세계에 와서 가장 놀라고, 한껏 흥분했다.

슈라이엔가의 동쪽 건물에는 '수련장'이라 불리는 방이 있다.

간단히 말하자면 특수한 결계가 세워진 이차원 공간이다. 덕분에 수련장은 건물 평면도만으로는 해명되지 않는 넓이를 자랑했다.

기본적으로는 돌로 지은 체육관 혹은 경기장…… 아니, 콜로세움과 비슷했다. 채워 넣으려고 한다면 100명 단위의 관객을 수용할 수 있을 것이다.

또한 이곳은 훈련 내용에 따라 내부 양식을 바꿀 수 있다. 기본인 콜로세움부터 사막이나 던전, 공성전도 가능했다.

추가로 적을 상정해서 스톤 골렘을 생성할 수도 있었다.

그리고 이 방안에서 아무리 파괴 행동을 일으켜도 한 발자국만 벗어나면 모든 게 원래대로 되돌아가는 편리한 기능까지. 스포츠맨에게는 자기 집에 피트니스 클럽과 체육관이 들어와 있는 듯한…… 꿈같은 환경이었다.

"어째서 나미는 이런 멋진 설비를 활용하지 않았던 걸까요? 아깝다, 아까워."

"결국 그 아가씨도 실내파에 문과였다는 거겠지."

실제로 선배, 나미 공작 영애가 이 방을 사용하겠다는 말을 들은 메이드 사이에서 다시금 커다란 소동이 벌어졌지만……. 뭐, 내버려 두기로 하자.

따지고 보면 나미와 유리우스, 더 나아가 이 나라의 귀족들은 근본적으로 실내파였다. 좀 더 거칠게 말하자면 마도사는 문과, 전사는 운동부로 분류할 수 있겠다.

내가 하려는 말이 무엇인가 하면, 두 사람도 그런 사고방식에 딱 맞아서…… 내가 상상했던 것보다 운동을 못하는 몸이었다.

특수한 결계의 효과로 이 방이 넓기는 하지만, 트랙을 반바퀴 뛰었다고 산소 결핍으로 무릎을 꿇게 될 줄이야…….

"하아, 하아, 하아……. 커흑! 내, 내장부터 썩어 있어……."

흐르는 땀도 거칠어진 호흡도 잦아들 줄을 몰랐다. 오히려 이만큼 체력이 부족하다는 사실에 감탄이 나올 지경이었다. 체감상 고작 500m를 가볍게 달린 정도로 이 지경이었다.

내가 어깨를 들썩이며 숨을 고를 때 옆에서 철썩 소리가 들려왔다……. 선배가 바닥에 짜부라진 개구리가 되어 있었다.

"히익…… 흐윽…… 하아……. 말도 안 돼……. 이 고연비, 저출력은…… 대체……."

친환경과 정면으로 대적하는 성능이지만, 유리우스는 그나마 나은 축이다.

움직이지 않고도 적을 처치해야 비로소 마도사, 운동은 야만이라는 편견에 사로잡힌 공작 영애의 성능은 장난 아니었다.

"이제야 하는 말이지만……. 본래 세계에서의 우리 몸은 성능이 좋았던 거네요……."

"후~ ……1, 2km 정도는…… 육상부랑…… 떠들면서도…… 뛰었는데."

"어린애들 운동회에서 '옛날엔 빨랐던' 아빠가 달리다가 넘어지는 것도 이런 느낌일까요.”

“끔찍한 소리 하지 마. 나도 엄마가 ‘이제 철봉에 거꾸로 매달릴 수가 없어.’ 라고 한탄했던 게 떠오르잖아…….”

그렇게 수준 낮은 운동회가 계속되고…….

근육 트레이닝을 시험해 보자, 윗몸일으키기는 채 열 번도 못하고 고개가 올라가지 않았다.

팔굽혀펴기는 팔을 굽힌 순간 다시 일어나지 못했고, 한술 더 떠서 선배는 땅에 팔을 대고 버티는 시점에서 벌써 바닥에 키스했다.

가슴 젖히기를 하려고 했지만 몸이 따라주지 않아 턱만 움찔움찔 오르내릴 뿐.

“그래도 선배는 아직 괜찮겠죠? 강력한 마법이라는 스킬이 있잖아요……. 제 몸은 마력 부족 덕에 실전에서 할 수 있는 공격 마법은 거의 전혀 없다시피 하니까요…….”

“뭐……뭐, 그렇지.”

어째서인지 선배는 요령 좋게 바닥에 엎드려 떨떠름하게 중얼거렸다.

잠깐 그 자세를 유지하던 선배는 조금씩 허리를 천천히 올렸다가 풀썩 넘어지는 자벌레 같은 동작을 거듭하다가 더는 움직이지 않게 되었다.

뭘 하려던 걸까?

그런 의문을 품는 참에 때마침 울먹임에 가까운 선배의 목소리가 들려왔다.

"미즈마치 군…… 미안한데~ 일으켜 줘…… 설 수가 없어."

"그리고 보니 연습이 끝난 야구부가 그렇게 움직이는 걸 본 적이 있는데요."

"웃을 수가 없네."

쓴웃음과 함께 손을 내밀자 선배가 뚱한 얼굴로 내 손을 붙들었다.

그러나 그때 나는 문득 환몽 마법 생각이 났다. 그리고 어쩌면 선배와의 신체 접촉이 발동 조건일지도 모른다는 생각에 반사적으로 손을 치우고 말았다.

"앗! 자, 잠깐!"

"앗, 이런!"

상체를 일으켜 내 손을 붙잡으려 했던 선배는 균형을 잃고 휘청거렸다. 나는 순간적으로 그 몸을 '두 팔'로 받쳤다.

"선배, 죄, 죄송해요!"

"너도 참……위험하잖니."

안심한 듯한 선배의 몸을 품에 안고 있다. 그런 상황인데도 환몽 마법은 발동하지 않았다.

접촉했을 때 마법이 발동할 거라는 내 가설이 빗나간 걸까?

아니…… 문득 새로운 가설이 떠오르고, 양팔에 힘을 줬다.

"저, 저기…… 미즈마치 군?"

만약 환몽 마법이 발동해 보이는 미래가 '목숨이 걸린 중대 사건'으로 한정된다면, 지금 마법이 발동되지 않는 건 가까운 미래에 위험한 일이 일어나지 않음을 의미한다.

"자, 잠깐? 미즈마치…… 윽!"

"응?"

나는 선배의 신음을 듣고 겨우 깨달았다.

내가 지금 엄청난 일을 저지르고 있다는 걸!

내 가설에 몰두한 나머지 가슴으로 받아냈던 선배의 몸을 있는 힘껏 끌어안았던 것이다.

팔을 통해 운동으로 달아올라 땀에 젖은 선배의 감촉이 전해지는 걸 의식한 나는 화들짝 놀라 몸을 떼어냈다.

"으아아아! 죄, 죄, 죄, 죄송해요! 죄송합니다!! 잠시 생각에 빠져 있느라!!!"

선배는 붉게 달아오른 얼굴로 설명은커녕 변명조차 못 되는 말을 더듬거리는 나를 힐끗 바라보았다. 아무리 스킨십에 너그러운 선배라고 해도 방금 그건 부끄러웠던 모양이다.

"너도 참, 이런 건 상대를 잘 보고 해야지……."

"아니, 정말, 뭐라 말해야 할지……. 죄송합니다……."

상대를 잘 보면 되나요? 내가 볼 사람은 당신밖에 없는데요.

그리고 다음 날. 슬프고 딱한 일이지만 예상대로…… 아니, 예상을 뛰어넘는 격통이 온몸을 덮쳤다.

"으악! 으, 아아……."

몸을 약간 움직이기만 해도 우드득우드득 불길한 소리가 들려왔다. 이렇게까지 심한 근육통은 오랜만이다.

심지어 어제 운동은 이게 운동인가 싶을 만큼 가벼운 수준이었는데.

일단은 근육통을 호소하는 이 몸을 억지로 잡아 일으켜 빙글빙글 돌렸다. 그럴 때마다 우득, 뽀득 하는 불길한 소리와 격통이 온몸을 내달렸다.

그 와중에 문득 누군가가 문밖에서 조심스럽게 문을 두드렸다.

정식으로 슈라이엔가에서 나미 아가씨의 집사로 일하게 된 나는 종업원용 별채에 방을 하나 얻었다. 유리우스와 나미의 상황을 알 도리가 없는 메이드들은 '그 아가씨를 모시는' 나를 몹시 동정하고 염려하는 분위기였다. 덕분에 이곳에 머무는 것도 제법 마음이 편했다.

"안~녕하세…… 아야야."

"유리우스 님, 좋은 아침입니다. 이제 일어나신 건가요."

메이드장의 목소리가 들려왔다.

창밖은 아직 어둑했다. 아침이라고 부르기에는 다소 이른 시간이다만…….

"저기, 이렇게 이른 아침부터 죄송하네요."

"아니요. 저도 마침 일어난 참이라……. 무슨 일이라도 있나요?"

"아, 네……. 아가씨께서 부르시는지라…….."

"선…… 아니, 아가씨가?"

나는 무심코 입 밖으로 튀어나올 뻔한 '선배'를 꿀꺽 삼키고 고쳐 말했다.

"네. 눈을 뜨자마자 곧장 온몸이 아프다고 하시면서 '그를 불러와! 이럴 때는 유리우스밖에 없어!' 라고 말씀하셔서…….."

"아~~~."

"오르, 오른쪼오오옥! 아야아아아……."

"천천히……. 천천히 갈게요———."

"으아으으으읏!"

지금 집사는 딱히 평소 악역 영애에게 품고 있던 원한을 풀고 있는 게 아닙니다.

선배가 온몸의 근육통을 호소하면서 침대에서 손가락 하나 까딱할 수 없게 된 탓에 내가 가볍게 스트레칭하는 걸 도왔다.

두 사람이 한 조가 되어 팔과 다리를 당기거나 앉은 자세로 등을 누르는 동작이었다.

"이런 상태로 무리하면 되레 좋지 않으니 지금은 이 정도로 해두죠."

내 말이 떨어지자마자 선배는 고개를 들고 팔을 이리저리 돌렸다. 그럴 때마다 뼈가 어긋나는 유쾌한 소리가 연달아 들려오는 통에 곧장 얼굴을 찌푸렸다.

"고마워……. 조금은…… 움직일 수 있게 됐네."

자리에서 일어나 허리를 뻗으려던 나는 이맛살을 찌푸리며 다시 몸을 굽혔다……. 으으, 아프다.

"이렇게까지 심한 근육통은 처음이야……. 다른 세계까지 와서도 근육통에 시달리게 될 줄은 상상도 못 했네."

"근육통 정도는 있겠죠……. 몸 자체는 원래 세계 사람하고 다르지 않은 모양이고."

과도한 운동으로 파괴된 근섬유를 회복하는 단계……. 그런 과정에서 근육통이 발생하는 법이지만…… 유리우스도 나미도 원래부터 근력이 없다시피 한 탓에 파괴된 근섬유가 상당히 많았다. 덕분에 온몸이 아팠다.

"정말이지……. 모처럼 이세계인데도 근육 트레이닝 과정은 다른 게 없다니……."

선배는 불만스럽게 말했다.

그 말대로 이곳은 이세계다. 우리가 본래 있던 세계와는 많은 부분이 다를 것이다.

그런데도 나는 원래 세계의 지식과 기술만 가져다 쓸 수밖에 없었다.

하다못해 이 근육통만이라도 어떻게 할 수 있다면…….

"아……."

그 순간, 나는 회복 마법의 존재를 떠올렸다. 그러나 안타깝게도 나는 마력이 적은 탓에 상처조차 회복할 수 없었다. 고작해야 '상처가 빨리 낫는' 정도가 최선이었다.

상처=부상이라는 이미지 때문에 잊고 있었지만 근육통도 역시 '찢어진 근섬유를 회복하는 중'인 상태……. 부상의 일종으로도 볼 수 있다.

만약 그렇다면…….

나는 시험 삼아 '근육'을 의식하면서 작은 마력으로 효능이 낮은 회복 마법을 걸어 보았다.

희미하다……. 희미하고 미약한 빛줄기가 온몸을 감싸고……

곧장 자취를 감추었다.

미덥지 못한 회복 마법……. 그러나 효과는 극적이었다.

"대단해…… 근육통이 사라졌어……!"

"응?"

이것이 회복 마법이 가진 뜻밖의 맹점이었다.

생명에 지장이 없는 근육통에 굳이 회복 마법을 걸 사람은 없겠지.

그저 나는 근육통의 원리를 과학적으로 알고, 그 지식을 바탕으로 근육통에 회복 마법을 사용한다는 발상에 이르게 되었다.

오호라……. 나는 자신이 흥분하기 시작했다는 걸 깨달았다.

이건…… 이 발견은…… 엄청날지도 몰라!

"대단해! 대단해, 이건!! 하루 만에 근육통이 사라지다니!"

"미즈마치 군, 나도, 나도 해 줘."

"예? 선배도 스스로 회복 마법을 걸면……."

내가 별생각 없이 말하자, 선배는 어째서인지 고개를 홱 돌렸다……. 뭐지?

"그, 그냥 하는 김에 해 줘도 되잖아……."

"하아……. 뭐, 상관은 없지만요."

회복 마법을 건 순간 당연히 선배의 근육통이 사라지고 "오, 대단해!"라며 힘차게 양팔을 흔들어 보였다.

근육통에 회복 마법……. 이 발견은 이 정도로 끝난 게 아니었다.

근육통 상태로 운동을 계속하면 떨어진 근력이 더 떨어질 테니 충분한 휴식이 필요했다. 하지만 근육통을 치료할 수 있다면 상황은 달랐다.

우리는 신나서 어제와 같은 상태, 나는 네 발로 기고 선배는 바닥에 짜부라진 개구리가 될 때까지 달려 보았다. 그러자 놀랍게도 어제는 절반밖에 못 달렸던 트랙을 오늘은 세 번이나 달릴 수 있었다.

어제는 10회를 채우지 못하고 우는소리를 했던 근육 트레이닝도 오늘은 열 번도 넘게 해낼 수 있었다.

"이, 이건…… 어쩌면…….."

나는 이 사실에 원래 세계에 있을 적 망상을 떠올렸다.

"선배. 이건……. 우리는 엄청난 곳에 온 걸지도 몰라요…….."

"뭘 ……이제 와서…….."

이세계에 왔으니까 당연하잖니 하고 말하는 듯, 건조한 시선으로 나를 바라보는 짜부 개구리…… 아니, 선배.

"아니……. 제가 하고 싶은 말은 그게 아니라요…….."

"그럼 뭐?"

"선배, 혹시 초과회복이라는 거 아세요?"

바닥에 드러누운 선배가 눈을 동그랗게 떴다.

"운동으로 망가진 근육이 나으면서 조금씩 커진다는, 그거?"

"바로 그거예요."

나는 팔뚝을 뻗었다. 가느다란 유리우스의 팔은 알통 하나 제대로 자리 잡지 못했지만…….

"아시겠어요? 우리는 어제 트랙도 반밖에 못 뛰었어요. 그래도 오늘은 세 번을 뛰었죠. 이유가 뭐라고 생각해요?"

"두 번째니까 그렇겠지. 아무리 이런 몸이라 해도 익숙해지면서 요령이 생길 거고……."

대답하던 선배가 무언가를 깨달은 듯했다.

"설마…… 회복 마법 덕분에?"

"단순하게 근육통이 사라졌다는 사실에 기뻐했지만……. 선배, 이건 근육통을 회복 마법으로 낫게 하면서 근육에 초회복이 일어났다……. 그런 원리가 아닐까요?"

"뭐? 잠깐만?! 그건 피로를 회복하는데 따로 시간을 들일 필요가 없다는 뜻이지?"

역시 전국대회 출장 선수, 거기까지 생각이 닿은 듯했다.

거창한 이름이기는 하지만 이 초과회복은 운동을 하는 사람이라면 누구나 경험하는 현상이다.

운동하고, 피로한 근육이 나으면서 성장하고, 다시 운동한다……. 기록을 단축하는 일도 시합에서 이기는 것도 모두 마찬가지였다.

그러나 모든 사람이 올림픽에 나갈 수 있는 것도 아니고, 프로가 될 수 있는 것도 아니다.

조건은 두 가지였다. 고된 훈련을 받아들일 수 있는 의지 또는 체력이 있는가.

전자는 단순했다. 근성이 없는 사람은 운동을 계속할 수 없다. 그러나 후자는 몸이 힘든 훈련을 받아들이지 못하고 탈이 생기는 경우다.

극단적인 예를 들어 보자. 스포츠계에서 일인자로 군림할 수 있는 사람들이 가진 가장 큰 재능은 '하드 트레이닝을 자산으로 삼을 수 있는 튼튼함'이었다.

그런 천성을 가진 일인자들 역시 끝내 부상에 울상을 짓는 경우가 많았다. 때문에 트레이닝보다도 '휴식'을 중시하는 것이다.

그러나 만약 이 휴식을 무시할 수 있다면?

"선배…… 만약 회복 마법을 병용해서 근육이나 관절의 마모 없이, 한계까지 운동하면서 무한히 초과회복을 일으킬 수 있다면……. 어쩌시겠어요?"

내 말을 들은 선배의 눈동자는…… 진짜 악역 영애답게 날카롭게 변했다.

"미즈마치 군. 내일부터…… 더 한계까지 가 볼까?"

스포츠맨……. 그건 몸을 단련하면서 쾌감을 느끼는 인종이었다.

알기 쉽게 말하면 레벨업 중독, 게임 본편은 끝나고도 끊임없이 레벨을 올리는 감각……. 다시 말해 지금은 '경험치를 무한으로 획득할 수 있는데, 어떻게 할래?'라는 상태였다.

그럴 위해서라면 근육통도 찔끔한 수준, 아주 사소한 일에 지나지 않았다. 오히려 환영해야 할 상황이었다.

이 '자신의 육체에 대한 마법적 간섭'이라는 발상은 후일 더 터무니없는 발견으로 이어졌다.

근육을 단련하다 한숨을 돌리는 참에 우연히 선배가 자신의 마력으로 만든 물방울로 공기 놀이를 시작했고, 그 모습을 바라보며 오가던 대화가 원인이 되었다.

"뭔가 신기한 기분이야. 몸 안의 마력을 모아서 손바닥으로 사출…… . 옛날이라면 감도 안 잡혔을 텐데."

"정말 그렇네요. 마법을 사용할 때의 집중 작업이라는 건 대체 정체가 뭘까요."

마력이 부족한 유리우스는 궁금하지 않았을까? 이 마력이라는 것은 대관절 어디서 생겨나 몸 안을 순환하는 걸까?

뇌일까? 아니면 심장? 뼈? 어쩌면 근육? 아니, 혼 같은 거? 이 런저런 고민을 해 봤자 유리우스는 어차피 마력 자체가 낮으니 소용없을지도 모르지만.

"그래도 마법이라는 건 생각보다 귀찮아."

갑작스러운 중얼거림과 함께 선배가 물방울을 내던졌다. 그 녀의 손에서 벗어난 물방울은 가벼운 파열음과 함께 사라졌다.

"어떤 부분이 말인가요?"

"마법은 말이야. 몸 안에서 '집중' 해서 손바닥에 '고정' 을 시키고 이어서 '사출' 하는 세 가지 작업이 필요하잖아. 실전 전투에서 그런 게 정말 도움이 될까?"

"감각으로 쓸 수 있어야 비로소 일류인 거겠죠. 선배도 시합 중에 스트로크 자세에 하나하나 신경 쓰지는 않잖아요?"

선배는 내 견해를 듣고 이해했다는 얼굴로 탄식했다.

"흠…… . 몸이 기억할 때까지 반복연습…… 이란 말이지. 나 로서는 주문 하나로 한 번에 쾅! 하는 걸 기대했는데."

"하하하……그건 저도 그래요."

영화나 게임처럼 주문 하나로 불이나 번개를 일으키는 그런 걸 기대했던 건 사실이다. 그러나 실제로 마법을 사용할 때는 선배의 말대로 '집중', '고정', '사출'이라는 세 단계가 필요했다. 또한, 개별 단계마다 마력이 필요하고 상위 마법을 구사하려면 필요한 마력도 급격히 증가했다.

생각해 보면 마법이라는 건 마력 소모가 크고 연비가 좋지 않은 사용법으로 보였다.

"만화처럼 기합 하나로 온몸에서 불꽃이 일어난다거나……. 그렇게 할 수 있다면 좋았을 텐데."

"하하……. 그건 무슨 배틀 만화…… 아니?"

기대와는 다른 현실을 한탄하며 흘러나온 선배의 가벼운 한마디에 나는 하늘의 계시를 들은 기분이 되었다.

"확실히 마력을 마법으로 사용하니 연비가……. 마력이 어떻게 성장하는지 원리는 알 수 없지만 몸속을 순환하는 것은 분명하니까……."

"미즈마치 군, 왜 그래?"

나는 걱정스러운 얼굴로 묻는 선배를 내버려 두고 자리에서 일어나 내 가설을 시험해 보았다.

제자리에서 가볍게 통통 점프를 거듭하면서 양다리로 있는 힘껏 점프를 했다.

있는 힘을 다해 뛰어도 고작 50센티 정도……. 체력 단련은 아직도 갈 길이 멀다고 해야 할지.

다시 나는 몸을 웅크리고 양다리, 정확하게는 양다리의 근육에 '마력이 퍼져 나가는' 이미지를 그려 보았다.

그러자 양다리가 단숨에 해방되는 느낌이 전해졌다.

"하나, 둘!"

"꺄악!"

그 순간, 있는 힘껏 뛰어오른 내 몸은 콜로세움의 천장 부근까지 도달했다.

아득히 멀리, 토끼처럼 눈을 동그랗게 뜬 선배의 얼굴이 보였다.

……아니, 그것보다 생각보다 너무 높잖아!

"으아아아아아악! 높아, 높아, 너무 높잖아!"

콜로세움의 천장 부근에 매달린 나는 한참 동안 어쩔 줄을 모르다가 끝내 훈련용 스톤 골렘에 구조를 받을 때까지 한심한 꼴을 내보이게 되었다.

얼마 지나지 않아 구출된 나를 맞이한 건 선배의 잔소리, 악역 영애 나미의 날카로운 눈매는 한층 날카롭게 솟구쳐 올라 내 공포심을 자극했다.

"정말! 갑자기 그런 일을 벌이다니. 다치기라도 하면 어쩔 뻔했어!"

"아니 그게……. 저도 미처 예상하지 못했던 일이라."

사실 이 정도의 효과는 생각지도 못했다. 사람 하나가 제자리 뛰기를 했을 뿐인데 가볍게 10층 정도의 높이로 뛰어오를 거라고 누가 상상이나 할 수 있겠는가.

머리끝까지 화가 치솟은 선배를 겨우 달랜 나는 조금 전과 같은 요령으로 위가 아니라 옆, 멀리뛰기를 해 보았다. 그러자 이번에는 콜로세움의 벽부터 반대쪽 벽에 도달했다.

넉넉잡아도 100m는 될 거리였다. 메달을 따겠다 정도의 이야기가 아니었다.

"대단해……. 올림픽 금메달을 싹쓸이하겠네."

"만약 이게 되어도 반칙이겠죠……. 도핑을 증명하기는 불가능하겠지만. 아니지, 그렇다면 할 수 있으려나?"

"역시 부정 행위는 생각하지 말자. 전국대회 선수로서 모른 척할 수도 없는 일이고."

키득 웃은 선배가 내게 타박타박 달려왔다.

"그래서 미즈마치 군, 너는 대체 뭘 한 거야?"

어쩐지 즐거워 보이는 얼굴, 마지막까지 남아 연습하던 선배와 함께했을 때처럼 장난스럽고 짓궂은 미소였다.

역시 이 사람은 시미즈 선배구나.

"선배가 말했던 대로 기합을 넣으면 마법이 터지는 걸 실현해 볼 수 없을까 싶어 시험 삼아 한번 본 거예요. 그런데 예상외로 잘된 것 같은데요."

"뭐? 그렇지만, 딱히 불꽃 같은 게 솟구치지는 않았는데."

"그거야 정말로 몸에서 불이 나면 큰일이잖아요. 제가 태운 건 칼로리인걸요."

선배는 다시 눈을 동그랗게 떴다.

"칼로리?"

"네. 운동 에너지는 칼로리를 연소해서 만드는 법이잖아요?"

"으, 으응. 그야 그렇지만……."

"그리고 마력은 온몸을 순화한다고 하니까. 일부러 집중, 고정, 사출로 막대한 마력을 소비하지 않아도 처음부터 체내에 있는 마력을 사용한다면 연비가 좋아질 거라는 생각이 들었던 거죠."

"뭐, 뭐어?! 체내의 마력 소비?"

"근육에서 칼로리를 연소시키는 이미지로 불 마법을…… 어, 선배?"

선배는 놀란 얼굴을 하고 그대로 굳어 버렸지만 이윽고 복잡한 표정으로 중얼거렸다. 어쩐지 분함이 느껴지는 음색이었다.

"회복 마법도 그렇고 초과회복도 그렇고, 이 근육에 직접 마력을 사용하는 방법도 그렇고……. 너란 녀석은 정말."

그렇게 말하고 선배는 내 목에 팔을 감고 조였다. 이번에는 기뻐하는 눈치로.

"원래 세계에서도 그렇고 이세계에서도 그렇고……. 믿음직스러운 녀석이야!"

"으갸아아아아?!"

선배, 그런 게 문제가 아니라! 또 부드러운 무언가가 내 얼굴에! 얼굴에에에에에!

이건 아마도 살바도르 왕국뿐만이 아니라 세계 최초의 발견일 것이다.

애초에 마법을 기본 이념으로 삼는 이 세계에서는 근육을 과학적으로 해석하지 않는다.

그렇기에 우리가 마력 운용을 어렵게 느끼듯, 이 세계 사람들은 과학적 사고를 할 수가 없다.

예를 들어 조금 전 불 마법을 응용하고 칼로리를 연소해서 근력으로 변환하는 발상 말인데, 이건 어디까지나 배경 지식이 있기 때문이다. 근육을 의식할 수 있는 스포츠맨인 나와 선배이기 때문에 가능한 일이었다.

근력에 작용하는 마력 운용법은 마법 사용의 대원칙인 3단계 변환을 거치지 않기 때문에 마력이 부족한 유리우스도 손쉽게 사용할 수 있었다.

그렇다. 마력은 적지만 거의 모든 마법을 사용할 수 있는 유리우스가 말이다.

단언컨대, 스포츠맨인 나에게 유리우스는 입이 떡 벌어질 만한 사기 캐릭터였던 것이다.

"제길~~~! 나한테 이 녀석이 가진 재능이 하나라도 있었으면 얼마나 좋아!"

"투정 금지. 너한테 재능이 더 있었으면 오히려 내가 곤란했을걸."

내가 화풀이 삼아 한창 훈련용 스톤 골렘의 머리를 주먹으로 깨는 동안 콜로세움의 '벽과 천장'을 뛰어다니던 선배가 착지했다.

이만큼이나 종횡무진 뛰어다니고도 숨이 차는 기색은 없었다.

"지구력은 물론이고 민첩성도 대단하네요. 마력을 이용한 근력 강화에도 개인차가 있는 걸까요?"

훈련 결과, 굳이 말하자면 나는 일격필살의 순발력이 뛰어났고 선배는 빠른 움직임을 유지하는 지구력에 강점을 보였다.

이 부분은 개개인의 체질인 걸까?

"원래 선배를 생각하면 지구력 강화는 바라던 바잖아요?"

내가 농담조로 말하자 선배는 조금 불만스러운 표정을 지어 보였다.

"꼭 그렇지만도 않아. 나도 너처럼 멋있게 골렘을 파괴할 수 있는 힘을 원했는데 말이야."

"저기……. 그렇게 말하지만 선배는 원래 파괴력이 장점인 마법이 있잖아요? 이제 와서 공격력 강화가 필요할까요?"

"그, 그렇네. 나한테는 마법이 있었지……."

훈련을 시작하고 대략 2주가 지나는 시점이었다.

*

왕립 살바도르 학원—— 왕국의 이름을 딴 이 학원은 몇 년 전 지금의 국왕이 즉위하고 만들어진 의무 교육 기관이다.

차별 철폐를 목표로 귀족부터 평민에 이르기까지 약 12년 동안의 취학이 의무화되어 있다.

학원 설립에서 가장 문제가 되었던 건 '신분이 낮은 사람들과 같은 학사에 있기를 꺼리는 귀족들'이었다. 하지만 왕족을 보내면서 일단은 학원으로 기능하게 되었다.

다만, 오랫동안 계속된 차별 의식의 뿌리는 깊다.

귀족 자녀는 신분을 등에 업고 제 세상을 만난 듯 활보했다. 한편, 작위를 가지지 못한 평민들은 원만한 학교 생활을 위해 귀족의 안색을 살피는 데에 급급한 실정이었다.

그런 학원에서 현재 그 누구보다 큰 피해를 입고 있던 라이라 스펠런카는 근래 적잖이 당황하고 있었다.

요새 2주 동안에도 사소한 괴롭힘은 여전했다. 그러나 언제나 자신을 향해 손가락질을 일삼던 공작 영애, 나미 슈라이엔은 좀처럼 나타나지 않았다.

어떤 이유로 아스루 셋째 왕자와 말을 튼 라이라는 왕족과 친분을 쌓으려 혈안이 된 귀족들에게 찍혔다. 그중에서도 특히 나미는 원수를 대하듯 끈질기게 괴롭혀 왔었는데…….

'어디 아픈 걸까? 공작 영애는 운동 부족이라는 말도 있고…….'

라이라는 오히려 억울하게 괴롭힘을 당하는 자신보다도 상대를 염려했다……. 이 소녀는 마음 씀씀이가 넓으면서 동시에 다소 둔한 구석이 있었다.

점심시간, 라이라는 평소처럼 안뜰로 향했다. 그곳에서 친구들과 함께 도시락을 먹으려고 이동하던 중이었다.

그러나 누군가가 안뜰로 향하던 라이라의 어깨를 강하게 잡아채…… 바닥에 나동그라지고 말았다.

"꺄악!"

엉덩방아를 찧은 라이라가 비명을 터뜨렸다. 이전에 공격 마법을 발사해 상처를 입히려 했던 귀족의 자녀들이 히죽거리며 라이라를 내려다보고 있었다.

"무……무슨 일이죠?"

"무슨 일? 지난번엔 우리가 몸소 찾아와 줬더니만 말이야. 아직 말도 다 안 끝났는데 그 뒤로 인사하러 오지도 않고……."

"그러게 말이에요. 미천한 평민은 윗사람을 모실 줄도 몰라서 참 곤란해요."

귀족들은 그녀를 내려다보며 웃음을 터뜨렸다.

일전에 라이라를 괴롭히려던 뜻을 이루지 못했으니 '일부러 네가 괴롭힘을 당하러 오라'는 의미였다. 정말이지 오만하고 뻔뻔한 논리다.

'마력이 적은 자에게는 뭘 해도 된다'는 유치하고도 오만한 사상.

마력 지상주의에 젖은 오만한 귀족들은 사람으로서 지켜야 할 당연한 도리조차도 잊은 듯했다.

귀족 남자가 귀족의, 마도사의 모습을 보며 이 나라에 절망을 느끼는 라이라를 향해 손가락을 내밀었다. 그 손끝에는 붉은빛이 깃들어 있었다.

"으……아."

"이번엔 방해받는 일 없게 빨리 끝내 주마……. 파이어 샷!"

파바바바바박……. 가벼운 파열음과 함께 마력으로 만들어진 산탄이 쏘아져 나왔다.

파이어 샷은 말 그대로 불 속성의 마력탄을 사출하는 초급 마법. 제대로 맞으면 화상을 입는다. 그것이 주저앉아 움직이지 못하는 라이라에게 닿기 직전, 그 몸을 '미끄러져' 뒤로 빗나갔다.

"뭐, 뭐지?!"

자신의 마법이 명중할 것을 확신했던 남자는 눈앞에서 일어난 사실에 경악하고, 참으로 불합리한 분노를 터뜨렸다.

"한심하긴. 가만히 있는 대상도 제대로 못 맞히는 거냐?"

"쳇. 이 계집이! 무슨 짓을 했냐?!"

동료에게 핀잔을 듣고 한층 독이 오른 남자가 라이라의 멱살을 잡고 억지로 일으켜 세웠다.

"윽……."

그때, 괴로운 얼굴을 하는 라이라의 가슴께에서 브로치 하나가 흘러나왔다.

"이건 뭐지?"

심드렁한 얼굴을 한 귀족 남자가 빛바랜 녹색 보석이 박힌 브로치를 주워 드는 모습을 본 라이라가 눈을 크게 떴다.

"그, 그건!"

심상찮은 반응이 라이라의 소중한 물건임을 증명했다.

그것을 본 귀족 남자는 징그럽게 씩 웃고, 멱살을 잡은 채로 한 손으로 브로치를 만지작거리며 말했다.

"이게 그토록 소중한 물건이냐?"

"제…… 제발…… 부탁할게요…… 돌려……주세……."

헐떡이며 눈물로 호소하는 라이라를 보고 …… 남자와 그 동료들은 점점 희색을 드러내며 얼굴을 일그러뜨렸다.

"우리에게 요구를 하다니……. 너도 참 끝까지 버르장머리 없는 계집이로군……."

"아……안 돼. 그만…….”

"마법도 못 쓰면서 내 마법을 피한 벌이다. 이걸 대신 표적으로 삼기로 하지.”

라이라의 얼굴이 절망으로 물드는 가운데, 남자가 허공을 향해 브로치를 휙 내던지고 손바닥을 펼쳤다.

"날 막고 싶다면 너도 마법을 쓰면 될 일이잖아? 평민이 주제도 모르고!”

"안 돼에에에에에!!”

라이라의 절규가 울려 퍼지는 가운데, 붉은 마력탄은 비정하게 하늘로 솟구쳤다.

라이라에게는 목숨보다도 소중한 브로치를 향해…….

*

상황은 2주 전과 거의 비슷했다.

3층 복도 아래로 귀족들에 둘러싸인 라이라를 발견한 선배는…… 망설이지 않고 3층 창문 밖으로 뛰어내렸다.

나는 창문 부근에 자라난 나뭇가지를 붙들어 착지한 선배의 뒤를 따라 바닥에 내려섰다. 양다리에 3층에서 뛰어내린 만큼의 충격이 전해졌지만, 속도만큼은 이전과 비교할 수 없을 만큼 빨랐다.

그러나 상황은 전보다도 급박하게 돌아갔다.

허공을 가른 물체, 마법으로 그걸 파괴하려는 귀족 남성, 목덜미를 붙들린 채 비통한 비명을 지르는 라이라 씨……. 나와 선배는 빠른 판단을 내렸다.

"안 돼에에에에에에!!"

"미즈마치 군! 캐터펄트!!"

"알겠습니다!"

나는 선배의 앞에 나와 팔짱을 껴서 받침대를 만들었다. 속도를 떨어뜨리지 않고 접근한 선배가 기세를 타고 곧장 오른쪽 다리를 내 양팔에 얹은 순간, 나는 양팔의 근육에 불 마법을 의식하며 하늘을 향해 그 몸을 힘껏 던져 올렸다.

"으라차차차찻! 선배, 가요!"

2주 전부터 '마력 강화'를 이용해 마구 단련한 나와 선배의 완력과 각력.

타이밍에 맞춰 뛰어오른 선배의 몸은 마치 히어로처럼 초인적인 체공을 실현하더니, 100m는 더 떨어진 거리를 포탄처럼 날아가 마력탄이 명중하기 직전 3~4m 높이의 표적물을 낚아채고 마력탄의 궤도에서 빗겨나게 했다.

뒤이어 나선형으로 회전한 뒤 착지……. 땅에 내려서면서 잠시 비틀거린 부분은 다소 아쉬움이 남았다.

"후우……. 안 늦었다……."

땅에 발을 붙이고 선 선배는 손바닥의 브로치가 무사하다는 사실에 가슴을 쓸어내렸다.

"너희는 누구냐! 우리가 백작가의 귀족임을 알면서 행패를 부리는 것이냐?!"

갑작스러운 일에 격노하는 귀족 남자…… 아, 백작가였구나.

"행패……라고?"

남자의 말을 듣고, 선배의 눈꼬리가 차갑게 곤두섰다.

그건 악역 영애에게도, 내가 아는 선배에게도 절묘하게 어울리는……. 나는 절대로 똑바로 보기 싫은 분노의 눈.

"살바도르 왕국에서 마력은 권력을 과시하는 도구가 아니야."

침착한 말투로 냉정함을 가장하고 있지만, 고요한, 그러면서도 격렬한 분노를 담은 선배가 한 걸음 앞으로 다가오자 조금 전까지 한껏 허세를 부리던 남자가 저절로 뒷걸음질 쳤다.

"그래서 마력을 보유한 자, 특히 작위를 받은 귀족은 엄중한 절도를 유지하고, 민중의 모범으로서 사용해야 함을 명심해야만 한다……. 그렇지 않나요?"

뒤돌아보며 팔짱을 끼고 선 선배의 표정을 똑바로 본 귀족들은 하나같이 몸을 떨었다.

"마도사인 귀족은 민중을 지켜야 하는 존재. 그것이 강자인 귀족이 조상님들로부터 이어받은 책임……. 방만하게 휘둘러 말 그 힘을 방만하게 휘두르며 과시하다니, 기가 차는군요!"

공작 영애로서도 시미즈 나나미로서도, 선배는 실로 당당한 모습으로 귀족들을 향해 손가락을 척 내밀었다. 우와, 멋있어!

"하물며 여자를 상대로 여럿이서 위해를 가하려 들다니……. 대체 누구 입에서 행패라는 말이 나오는 건가요!"

"흥, 입만 살아서……. 몸 쓰는 것 말고는 재주가 없는 평민 나부랭이가. 이름을 대라, 발칙한 것!"

한바탕 설교를 듣고 있던 귀족 남자가 품에서 끝에 보석이 달린 지팡이를 꺼내 들었다.

마력 증폭기. 조금 전과는 달리 진심으로 공격 마법을 사용할 셈인 듯했다.

덩달아 다른 녀석들도 차례차례 지팡이를 꺼내기 시작했다.

어라? 이 멍청이들은 지금 상황에서도 '선배가 누구인지'를 모르는 모양이다.

신체 단련은 야만적. 이건 마력 지상주의자의 일반 상식이다.

그래서 갑자기 나타나 평범하지 않은 신체 능력을 드러내고, 탄탄한 허리 라인과 군더더기 없는 미각을 드러낸 학원 지정 제복을 차림의 '포니테일' 소녀를 귀족으로 생각하지 못하는 듯하다.

더군다나 2주 전만 해도 장식이 치렁치렁 달린 롱스커트, 겨우 500미터만 뛰었는데 짜부라진 개구리가 되었던⋯⋯ 체질은 물론 사고방식까지도 자신들과 같았던 공작 영애와 동일 인물이라고 생각할 수 있을까⋯⋯.

"후후, 저는 그저 여러분께 '빌린 물건'을 돌려주러 왔을 뿐이랍니다. 유리우스, 이분들께 그걸 돌려드릴 수 있을까?"

"아가씨, 타인의 물건을 무단으로 빌려서는 안 됩니다."

"어머, 너무 상스러웠나?"

그렇게 말하고 선배는 귀족들이 갖고 있었던 마법 지팡이를 내가 몽땅 떠넘겼다.

"헉!" "어, 어느 틈에?!"

선배의 움직임은 그야말로 채찍 같았다. 귀족들은 우리의 대화를 들은 뒤에야 자신들이 지팡이를 빼앗겼음을 깨달은 듯했다.

그리고 동시에 몇몇 귀족은 곁에 서 있는 나를 유리우스라고 불렀다는 걸 눈치챈 듯 "히익!" 하며 떨리는 비명을 흘렸다.

"뭐, 이름을 대라는 말을 들었으니 말해 볼까요. 내 이름은 나미 슈라이엔. 당신들의 발끝에도 미치지 못하고 몸을 쓰는 일밖에 재주가 없는 평민 나부랭이라는 모양인데, 모쪼록 잘 기억해 주시어요."

선배의 말에 그 자리에 있던 모든 귀족이 자신들이 대체 누구에게 말대꾸하고 있었는가를…… 드디어 이해한 듯, 갑자기 말을 당황하기 시작했다.

"서, 설마…… 그, 그런……."

"나미…… 슈라이엔…… 공작 영애?!"

그야말로 극적으로, 귀족을 자처하던 패거리는 새파랗게 질려서 주저앉았다. 그리고 입에서 사죄인지 비명인지 알아듣지 못할 소리를 내면서…… 그래도 이 자리에 계속 있어서는 안 된다고 판단했는지, 엉금엉금 기다시피 하고 도망쳤다.

"평소 권력을 등에 업고 위세를 부린 만큼, 자신들도 권력 앞에 약한 모습을 보이는 걸까요?"

"그러게나 말이야. 내 이름을 들은 순간 손바닥 뒤집듯이 태도를 바꾸고……. 뭔가 닮았는데……."

잠시 생각에 잠겨 있던 선배가 퍼뜩 무언가가 떠오른 얼굴로 나를 바라보았다.

"그래······. *코몬 님! 나 현실에서 코몬 님이 된 기분인데."

그늘 한 점 보이지 않는 밝고 명랑한 미소다. 아까 냉정한 얼굴은 어디로 사라진 거지.

"기왕 이렇게 된 거 등장 대사도 생각해 볼까요?"

"그거 좋다. '이 몸의 얼굴을 잊었느냐!' 는 어때?"

"**그건 다른 방송인데요······."

"저기요~~~."

선배와 내가 잡담하는 동안 까맣게 잊혀 바닥에 앉아 있던 라이라 씨가 조심스럽게 말을 걸었다.

아까 벌어진 일의 여운이 남은 탓인지 얼굴에는 여전히 안쓰러운 눈물 자국이 남아 있었다.

"아! 미안해. 잊고 있었네······ 자, 이거."

라이라 씨는 선배가 내민 브로치를 깜짝 놀란 얼굴로 받아들고 소중하게 가슴에 품었다. 그리고는 다시 눈물을 흘리기 시작했다. 이번에는 절망이 아닌 안도의 눈물이었다.

"가, 가······ 감사합니다······. 정말로······ 감사해요······."

오열이 섞인 감사의 한마디······. 그것만으로도 이 브로치가 얼마나 소중한 물건이었는지를 깨달을 수 있었다.

"정말······ 늦지 않아 다행이야."

---

* 미토 코몬: 에도 시대를 배경으로 하는 일본의 사극 「미토코몬(水戸黄門)」의 주인공. 에도 막부의 부쇼군 미토 미쓰쿠니가 세상을 돌아다니며 악을 벌하고, 세상을 바로잡고 다닌다는 이야기.

** 아바렌보쇼군 : 위와 비슷한 내용의 다른 일본의 사극 「아바렌보쇼군」의 주인공. 에도 막부 8대 쇼군 도쿠가와 요시나가가 악당 앞에서 신분을 드러낼 때 하는 대사.

"그러게요."

라이라 씨는 한동안 울다가, 이윽고 침착함을 되찾은 듯…… 우리를 빤히 보기 시작했다.

세미롱헤어, 갈색 눈동자, 아직 어린 티가 남은 표정.

이전 악역 영애 나미는 '평민다운 초라한 꼴'이라고 평했지만 꾸밈없는 그 모습은 굳이 따지자면 청순한 인상이었다.

아마도 선배의 취향에 직격할 거라고 예상해서 곁눈질해 보니, 아니나 다를까 선이 눈동자가 반짝반짝 빛나고 있었다.

아, 이건……. 벌써 조준이 끝난 상태로구나…….

"저기…… 실례합니다만…… 정말 공작 영애이신가요? 아니에요! 절대로 의심한다거나 그런 건 아니에요! 그저…… 그게……."

당혹함을 감추지 못하는 그 마음은 이해할 수 있다.

아까 귀족들이 알아보지 못할 만큼, 지금의 나미 슈라이엔의 육체는 이전보다 훨씬 다져져 있었다. 더군다나 나미는 허영의 상징처럼 옷과 장식으로 치장하고 다녔다. 2주 전과는 완전히 딴판이다.

그러나 선배 '나미 슈라이엔'은 그 질문에 대답하지 않고, 여전히 주저앉아 있는 라이라 씨에게 공손히 머리를 숙였다.

"엥?!"

"라이라 스펠런카 씨, 지금까지 정말 죄송해요. 저는 당신께 공작 영애로서 해서는 안 될 일을 저질렀고……. 셀 수도 없을 만큼 많은 불쾌한 소행을 거듭했습니다……."

그것은 나미로서 라이라 씨에게 사과하는 행위다.

그러나 예상과 달리 라이라 씨는 눈을 휘둥그레 떴다.

"무슨 일 말이죠? 전 나미 님께 뭔가 나쁜 일을 당했던 기억은 없는데요?"

라이라 시의 말과 동시에 이번에는 선배가 눈을 동그랗게 뜨며 고개를 들었다.

"어? 하지만, 공작 영애인 제가 당신께 했던 수많은 무례한 말들은…… 적어도 당신께 좋지 않은 영향을 끼치지 않았나요?"

나미는 주로 셋째 왕자에게 접근하는 평민에게 주의를 준다는 명목으로, 라이라 씨에게 왕자에게 접근하지 말라는 명령을 내렸다.

'평민 주제에!' '아스루 전하의 자상함을 이용하는 해충!' '주제를 알아!' 등등, 거참 용케도 소재가 바닥나지 않는다고 감탄할 지경이다.

그러나 라이라 씨는 고개를 저으며 부정했다.

"아니요. 이런저런 말을 들었던 느낌은 있지만……."

"그렇겠죠……. 그래서."

"그렇지만…… 나미 님은 말로만 그러셨는걸요. 직접 제게 해를 입히신 적은 한 번도 없었어요."

그 말은 오히려 내게 큰 충격을 주었다.

「어? 선배, 정말로? 정말 직접 건드린 적이 없나요? 그 악역 영애가?」

「그게 말이지…… 정말이야. 그 바보에게 마지막 자존심이었나 봐. '평민에게 손을 대는 건 평민과 내가 같은 위치라는 걸 인정하는 행위, 고귀한 귀족의 손을 더럽히는 건 자신이 천하다는 걸 인정하는 일이다.' 라나 뭐라나…….」

사고방식 자체는 진짜 평민을 무시하는 거지만, 그래도 그 영애가 선을 넘지 않았다는 건 몇 안 되는 요행이기도 했다.

"신분 차이 때문에 매도당하는 것쯤은…… 제게 당신은 아무것도 하지 않은 것과 같아요. 오히려 지금은 절 구해주신 영웅이신걸요."

생긋 웃고 말하는 표정을 보면 다른 속내는 없는 듯하다.

다시 말해 '말로 들어도 딱히 아무렇지 않다' 는 호쾌한 소리를 하는 것이다. ……이 아이, 의외로 거물인 걸까?

"그러고 보니 라이라 씨, 어디 다친 데는 없나요? 한 번 마법을 맞은 것처럼 보였는데."

라이라 씨는 걱정스럽게 묻는 선배의 말에 교복 아래 숨겨져 있던 펜던트를 풀어 보였다.

"제가 만든 마석을 하고 있던 덕에 괜찮아요."

"본인이 만들었다니…… 라이라 씨, 당신은 마도구 세공사였나요?"

깜짝 놀란 선배가 그렇게 묻자 라이라 씨는 수줍은 듯 볼을 붉적이며 '에헤헤' 하고 웃었다. 동시에 작은 마석으로 장식된 펜던트를 건네주었다.

"저는 아직 한참 멀었어요. 그릴 수 있는 마법진도 고작해야 이 정도고……."

그 물건은 은 장신구에 쌀알만 한 보석을 박은 펜던트인데…… 그 쌀알 중심에 그려진 마법진을 본 나와 선배는……숨을 삼켰다.

"뭐…… 뭐?! 이렇게 정교하고 세밀한데 '고작 이 정도'?!"

마법진은 수준이 높아질수록 더욱 세밀하고 복잡해진다.

당연히 마법진을 그리는 캔버스가 크면 클수록 정밀하고 수준 높은 마법진을 그릴 수 있으며, 필연적으로 마법진의 수준에 비례해 보석은 커지고 값도 비싸진다.

그러나 라이라 씨가 우리에게 보여준 보석은 고작 쌀알 크기. 그런데도 보석의 중심에 그려진 마법진은 국내 최대의 종교 본부 살바도르 대성당을 지키기 위해 '대성당의 중심부에 휘황찬란하게 그려진 마법진'과 같은 물건이었다.

실제로 아까 귀족들이 쓴 마법이 닿지 않았던 건 이 마석 덕분인 듯했다.

"이건 쌀알에 불경을 적어 넣는 수준이잖아……."

"아니요, 아빠랑 비교하면 아직 한참 멀었는걸요? 아빠는 보석에 성지의 대신전 도시를 수호하는 결계 마법진을 그릴 수 있는 장인이었으니까……. 보세요, 이거예요."

라이라 씨가 그렇게 말하며 우리에게 보여준 건 조금 전 부서질 뻔했던 브로치였다.

아까는 미처 몰랐지만, 테두리 안쪽의 보석 내부에 현기증을 일으킬 만큼 정교한 마법진이 그려져 있었다.

""초인인가요?!""

경악하는 나를 보고, 라이라 씨가 매우 자랑스럽게 웃었다.

"그렇죠? '마법진의 괴물'이라고 불릴 정도였다니까요."

"확실히…… 괴물이야. 다들……."

'당신도 포함해서'라는 의미가 담긴 중얼거림과 함께 선배가 펜던트를 돌려주자 라이라 씨는 쓴웃음을 지었다.

"그래서 아스루 전하와 이야기할 기회가 몇 번 있었던 거예요……. 그 아빠의 딸이라서……."

"아, 그렇구나……."

그 대답을 듣자 절로 고개가 끄덕여졌다.

주위에서 풍문을 좋아하는 만큼, 왕자와 친분을 쌓는 것만 생각하는 귀족들 눈에는 평민 여자와 왕자의 만남이 '그런 것'으로만 보이겠지.

친구는 자신의 거울이라는 말이 있다. 자신들의 목적이 '그런 것'이니 평민인 라이라 씨도 '그런 것'으로 보고 행동한다……. 아까 백작가 귀족들도 그랬고, 실제로 악역 영애 나미도 그랬다.

왕국의 '마력 지상주의'를 바로잡고자 애쓰는 왕자가 장래가 유망한 평민 장인에게 관심을 보이는 것도 어쩌고 도변 당연한 일이었다.

선배는 어처구니없다는 얼굴로 한숨을 내쉬었다.

실제로 그런 행동을 했던 본인의 몸에 내용물만 다른 사람이라는 점이 다소 얄궂은 느낌이다.

"그런 것도 모르고…… 정말 미안했어. 내 짧은 생각이 부끄럽기 짝이 없네……."

민망한 표정으로 중얼거린 선배를 보고, 라이라 씨가 다시 허둥댔다.

왠지 강아지 같다.

"그런, 아니에요! 신분이 다른 건 당연하고……. 더군다나 오늘은 소중한 아빠의 유품을 지켜주셨으니까요."

가볍게 튀어나온 라이라 씨의 한마디……. 그 말을 들은 선배의 얼굴에서 한순간 표정이 사라졌다.

"아버지의…… 유품?"

"아, 네. 실력 있는 장인이셨지만 작년에……."

쓸쓸하게 시선을 내리는 라이라 씨. 그 모습은 장인으로서 아버지를 얼마나 존경하고, 사랑했는지를 보여주기에 충분했다.

그리고 선배의 분노에 다시 충분한 기름을 끼얹었다.

대체 어디서 가져왔을까……. 선배가 한 손에 든 병으로 바위에 쳐서 병을 깼다.

즉석에서 흉기가 탄생했다.

"아무래도 아까는 좀 미적지근했던 것 같아. 라이라 아버지의 정말 소중한 유품. 그토록 소중한 물건을 장난 삼아 부수려 들었다는 거지……. 그 녀석들……."

그렇게 말하는 선배의 눈은 고요했다.

이 사람은 평소 희로애락이 잘 드러나면서, 진짜로 화났을 때는 표정이 사라진다.

막아야 한다! 이건 위험해!!

"워! 워워~! 이런 흉흉한 물건으로 뭘 어쩔 셈이에요?!"

선배의 표정에서 말하지 않아도 알 수 있는 살기를 느낀 라이라 씨가 허둥지둥 말리고 나섰다.

"맞아요, 아가씨! 마음은 이해하지만 이대로 보내드릴 수는 없어요!"

함께 가로막고 선 나를, 선배는 그야말로 악영 영애다운 냉혹한 눈으로 노려봤다.

"뭐? 넌 대체 누구 편이니? 나한테는 그것들의 피를 봐야 할 의무가 있어……."

조용히 읊조린 그 말은 공작 영애든, 고등학생이든 너무 흉흉하다.

그러나 나는 썩어도 집사, 이대로 보낼 수는 없다.

"피를 보는 건 상관없지만……. 그러다 옷에 피가 튀면 어쩔 거예요. 빨래는 메이드가 하잖아요. 피 얼룩은 잘 떨어지지 않을걸요?"

"엥……?"

내 말을 듣고 '어째서인지' 라이라 씨도 이상한 소리를 냈다.

어라? 내가 뭔가 이상한 소리를 했나?

"여자에게 폭력을 쓰는 남자는 죽어라…… 이게 우리 집 가훈이니까요. 갈 거라면 함께하겠지만, 더러워져도 괜찮은 옷으로 갈아입고 가요."

'죽어 마땅하다'가 아니라 '죽어라'가 가훈……. 나 역시 그 녀석들을 용서할 생각은 없었다.

"하긴 그렇네. 메이드가 할 일은 미처 생각하지 못했어. 그러고 보니 사물함에 낡은 외투가 있던데."

"자재 창고에 목재랑 못이 있었지요……."

"좋아. 금세 못방망이를 만들 수 있겠어."

냉혹하게 웃는 우리를, 어째서인지 라이라 씨가 또 말리고 나섰다.

"그만두세요! 당신들은 정말 공작 영애님과 집사님인가요?! 발상이 너무 흉흉해요!"

후일 라이라 씨는 말했다.

'그때 두 사람의 눈은 악마 같았어요……. 너무…… 무서웠어요.' 라고.

막간2  공작 영애, 후배의 낯익은 모습

"평안하셨…… 안녕, 미즈마치 군."

"아, 안녕입니다. 시미즈 님."

"시미즈 '님'?"

"아, 아아아아! 아니, 아니, 아니, 실례, 시미즈 선배! 좋은 아침입니다!"

무슨 일이라도 있으신 걸까?

이분은 미즈마치 유리 씨입니다. 나나미 씨의 후배에 해당하는 학생이시지요.

다양한 일에 정통하고, 특히 육체 운동에 대한 지식이 풍부해서 나나미 씨의 부 활동에 크게 공헌하는 남자분.

이런 저라도 그 공헌이 단순한 존경 때문만은 아니라는 사실은 충분히 상상이 갑니다.

모든 건 나나미 씨를 위한 것. 그녀가 최고의 상태에서 경기에 임할 수 있도록, 일상생활부터 연습까지도.

그런 모습을 보고 있으면 저도 문득 떠오르게 되는 것입니다.

제가 가장 많은 폐를 끼치고 상처를 준 그분이…….

그분은 대대로 저희 슈라이엔 공작가를 섬기는 하급 귀족이었습니다.

집사, 혹은 시녀로서 공작가를 섬기는 오랜 관습 때문이지요. 그분의 불행은 집사가 되어 저를 섬겨야 한다는 사실이었겠네요.

당시의 저는 단순히 그분을 '함께 놀아 주는 한 살 많은 오라버니' 로만 여겼답니다. 함께 뛰어다니고 함께 웃고, 언제나 저와 함께해 주셨지요.

당시 자유분방한 왈가닥이었던 저를 위해 많은 분께 사과하고 때로는 몸을 던져 저를 지켜 주셨지요. 제가 가장 의지할 수 있는 '오라버니' 였습니다.

그러나…… 저는 '공작 영애' 이기 위해…… 그분을 상처 입혔습니다.

마력이 적고, 상급 공격 마법을 사용할 수 없다는 사실을 그분이 애통하게 여긴다는 사실을 알면서도……. 많은 마력과 공작가의 후광을 등에 업고 '그 정도 마력으로 제 집사가 되겠다니……. 부끄러운 줄 아세요.' 라며 헐뜯고 깎아내렸던 것입니다.

그분이 무엇을 위해, 누구를 위해 전투력이 떨어지는 자신을 안타깝게 생각했는지는 깊게 고민해보지 않고…….

지금의 저는, 마력도 권력도 손에 없는 지금의 저는, 드디어 냉정하게 당시의 자신을 평가할 수 있게 되었습니다. 저는 그분의 주인 될 자격이 없었던 거예요.

보는 이의 눈살을 찌푸리게 하는 행동을 거듭한 제가 슈라이엔 공작가만이 아니라 고용인부터 마을의 평민, 당연히 학원 안에서도 고립되어 갔던 중에도 그분만은 제 곁에 머물러 계셨습니다.

폄하당하고, 욕을 듣고, 화풀이를 당해도.

그건 집사가 지녀야 할 긍지, 의무감 때문일지도 모릅니다.

그분 덕분에 저는 구원을 받았습니다.

유일하게 제 곁에 있어 주는 그분의 존재에.

그런 사실도 미처 깨닫지 못했던 어리석은 자신의 목을 조르고 싶은 기분이 들기도 합니다.

뒤늦게, 정말로 뒤늦게, 항상 제 곁을 지켜주신 그분의 존재를 깨닫게 되었으니까요.

이 나라에 격언 중 '엎질러진 물은 주워 담을 수 없다'는 말이 있습니다.

지극히 옳은 말이지요.

때늦은 반성을 해 보아도, 땅을 치며 후회하고, 절망에 빠져도……. 이제 제 뒤에 그분은 찾아볼 수 없습니다.

당연하지요. 그분을 피한 것도, 손을 놓은 것도 바로 저 자신이니까요…….

"유리우스…… 오라버니……."

무의식중에 새어 나온 것은 어린 시절의 어느 날, 항상 함께해 주셨던 그분을 불렀던 말.

한줄기 눈물이 뺨을 타고 흐릅니다.

3장 육체 개조의 파문

　어느 날 방과 후, 아무리 기다려도 약속 장소에 나타나지 않는 선배를 기다리던 나는 2학년 교실을 찾았다가……. 기묘한 광경을 목격하게 되었다.

　선배와 라이라 씨가 아무도 없는 교실 바닥에 엎드려서 사방팔방 두리번대고 있었다.

　무언가를 찾고 있다는 게 분명해 보였지만 상황이 어떻든 간에 여자아이가 할 만한 자세도, 하물며 공작 영애가 다른 사람에게 보일 만한 꼴도 아니었다.

　"아가씨, 뭘 찾고 계신가요?"

　내가 말을 걸자 내가 있다는 사실을 뒤늦게 깨달은 두 사람이 한꺼번에 고개를 들었다.

　"아, 유리우스 씨. 무슨 일 있나요?"

　"무슨 일 있나요…… 는 제가 할 말인데요."

　어처구니없는 심정을 숨기지 않고 드러내자 몸을 일으킨 라이라 씨가 설명해 주었다.

　"마법 훈련 시간 중에 나미 님의 목걸이가 사라졌어요. 탈의실에 없었으니까 혹시나, 하고……."

"아~ 그랬구나."

선배는 언제나 호화로운 목걸이를 하고 있었다. 그건 '악역 영애' 시절 나미도 그랬다.

"라이라한테는 미안하지만 같이 찾아 달라고 부탁했어."

"그런, 미안하다니……."

라이라 씨가 사람 좋은 미소와 함께 대답했을 때 내가 들어온 문과는 반대쪽에 있는 입구로 제법 덩치 좋은 남자와 오만하게 치켜 올라간 눈매를 한 여자가 나타났다.

"라이라, 늦잖아. 뭘 하고……."

문을 열고 들어선 남녀는 라이라 씨와 함께 있는 선배와 나미를 바라보자 대번에 표정이 험악하게 일그러졌다.

"나미…… 슈라이엔."

"다, 당신! 라이라한테 무슨 짓을 하는 거야?!"

"오빠…… 알리시아?"

콧대 높게 소리쳤던 두 사람을 바라보며 놀란 얼굴을 하는 라이라 씨……. 그런데 방금 오빠라고 하지 않았어?

두 사람은 갑작스러운 상황에 어찌할 바를 모르는 라이라 씨를 붙들어 자신들의 등 뒤에 서게 했다. 방패가 되어 주겠다는 듯이.

"내 동생한테…… 대체 뭘 하고 있었던 거야?"

온화하지 않은 눈으로 우리를…… 아니, 선배를 슥 노려보는 남자를 바라보던 선배가 놀란 듯 입을 열었다.

"동생? 라이라한테 오빠가 있었어?"

"아, 네! 오빠인 슬레거예요. 한 학년 위인 3학년이고…….

"라이라는 잠깐 가만히 있어!"

슬레거는 명백히 선배, 아니 나미를 향한 적의를 불태우고 있었다. 그러나 이전에 나미가 한 행동을 생각하면 어쩔 수 없는 일인지도 모른다.

라이라 씨의 처지에서 보면 나미는 나쁘지 않았다지만, 객관적으로 보면 라이라를 괴롭히던 무리의 선두에 나미가 있었다는 사실은 변함이 없었다.

혈육이나 친구라면 그런 인물과 함께 있는 모습을 보고 경계하는 게 당연했다.

"나미 아가씨, 불경하다는 걸 알지만 부탁할게……. 앞으로 동생과 얽히는 일은 없었으면 해."

"오빠!"

슬레거와 알리시아 씨는 반발하는 라이라 씨의 말을 무시하고, 손을 잡아끌며 경계를 풀지 않고 교실을 뒤로했다.

그 와중에도 죄송하다는 얼굴로 머리를 숙이는 라이라 씨의 모습은 자못 인상적이었다.

그리고 단둘이 남은 교실에서 선배는 무거운 한숨을 토해냈다.

"후~~~ 나미가 남긴 불량 채권 처리, 꽤 힘드네."

"저들의 마음도 모르는 건 아니고요. 지금껏 동생을 괴롭힌 여자랑 같이 있는 걸 보면……."

"맞아……. 이것만큼은 시간을 들여서 조금씩 고쳐 나갈 수밖에."

사실은 나도 그럴 수 있기를 바랐다.

그러나 그날 내가 보았던 꺼림칙한 영상이 앞으로 일어날 미래의 한 장면이라면, 나미는 반란을 일으킨 평민들의 손에 살해당할 것이다.

적의가 넘치는 슬레거의 눈빛이 앞으로 나미에게 닥칠 미래를 암시하는 것처럼 보였다.

악역 영애가 남긴 불량 채권인 '평민에게 미움받는 나미'의 현재 상황은 빨리 손을 써야 할 것 같다.

과연 느긋하게 있을 시간이 얼마나 남아 있을까?

*

근래 들어 왕립 살바도르 학원에도 변화가 일기 시작했다.

아니, 이변이라고 해야 할까?

살바도르 학원의 나, 유리우스는 고등부 3학년에 해당했다.

시간표는 원래 세계의 고등학교와 크게 다르지 않았다. 네 번째 수업이 끝나면 점심, 쉬는 시간을 갖는다.

차이점이 있다면 역시 신분 차, 아니 '마력'의 병폐 정도.

잠시 교실을 둘러보는 것만으로도 교실 안에서 벌어지는 파벌 다툼은 한눈에 들어왔다. 특히 남녀를 따지지 않고 적지 않은 인물들이 셋째 왕자에게 접근하려 혈안이 되어 있었다.

유감스럽지만 나는 왕자 전하와 같은 학급이었다.

기억 속 유리우스는 언제나 상대의 감정을 신경 쓰지 않는 나미의 일방적인 돌격을 뒤처리하느라 바빴다.

상급생, 그것도 신분이 높은 왕족에게 무례한 행동이라니.

유리우스의 마음고생은 가벼운 수준이 아니었고…… 그가 '소원의 보주'에 바랐던 것도 어느 정도나마 이해할 수 있었다.

그러나 나 자신은 유리우스가 경험한 것과 같은 마음고생은 단 한 번도 맛본 적이 없었다.

일단 지금 악역 영애의 내용물이 선배. 행동이나 말투는 가끔 이래도 되나 싶을 때가 있었지만 최소한의 예절은 지킬 줄 알았다.

하물며 운동부 출신인 우리는 상하관계를 특히 엄중히 여긴다.

호출이라도 받지 않는 한 상급생이 있는 4층에 올라오는 일은 있을 수 없는 행동이다.

그런데 가장 큰 해악이었던 나미가 나타나지 않게 되었다.

그 탓에 뜻밖의 폐해가 전하에게 발생했다.

나이가 어리지만 상대는 썩어도 공작 영애인 나미가 왕자 전하에게 들이대는 바람에 다른 학생들이 전하에게 접근하기 어려웠다.

그러나 요 한 달 동안 나미가 나타나지 않으면서 기회가 있을 때마다 전하에게 접근하려 드는 상급 귀족의 자녀가 끊일 줄을 몰랐다.

지금도 "점심 같이하시겠어요?"라는 등의 말과 함께 적극적인 공세를 펴는 귀족 영애들이 왕자를 둘러쌌고, 그 속에서 왕자는 한숨을 내쉬고 있었다.

막무가내 공작 영애 한 사람과 수많은 상급 귀족의 공세. 어느 쪽이 좀 더 나은 걸까…….

이 세계에서 마력은 모두가 가진 힘의 하나다. 평민이라도 마찬가지. 차이가 있다면 마력이 많냐 적냐 정도.

다시 말해 초급 마법이라면 누구라도 사용할 수 있다는 의미였다. 다만 학원에 설치된 수업 중에는 차별을 조장하는 과정이 있었다.

바로 마법 실기 훈련. 실제로 마법을 행사하는 수업이지만 당연히 마력이 적은 학생은 수업 내용을 제대로 따라갈 수가 없다. 상급 마법을 행사하는 귀족에게 실소의 대상이 되는 일이 잦으니 재밌을 리도 없겠지.

오늘의 수업은 알기 쉽게 '최대한의 공격 마법으로 대상을 파괴한다'는 내용이다.

사격장 같은 곳에 모인 공격 마법 속성 학생들은 각자 잘하는 공격 마법을 짚단이나 바위 같은 대상에 마법을 쏘고 있었다.

불을 쏘는 사람이 있고 짚단에 얼음 창을 박는 학생도 보였다. 그 와중에 누가 봐도 히죽히죽 상대를 비웃으며 다가오는 한 무리의 남학생이 있었다.

그들 중 한 명은 일전에 선배에게 겁을 먹고 꽁무니를 뺐던 백작가의 도련님인데…….

"어이쿠~ 이게 누구신가. 슈라이엔가의 집사님 아닌가."

나는 한숨을 쉬고 그 녀석들을 돌아봤다. 보기 싫지만.

"무슨 일이신지?"

"뭘. 우리는 마법에 능하지 않아서 말이지. 영예로운 공작가 집사님께서 시범을 보여 주셨으면 해서 말이야."

기분 나쁜 웃음을 흘리며 그런 말을 내뱉는 무리. ······칫.

여기서 반론해 봤자 얻을 게 없다는 판단을 한 나는 짚단을 향해 검지를 뻗으며 읊조렸다.

"파이어 샷······."

유리우스가 쓸 수 있는 최대의 공격 마법인 초급 마법 '파이어 샷'은 한 발이 끝. 몇 미터 떨어진 짚단에 마력탄이 닿자 '푸슉' 하는 가벼운 소리가 들려왔다.

그걸 본 남자들은 일제히 폭소했다.

"우하하하하! 그것참, 대단한 위력인데!! 역시 공작가의 집사야! 마법 실력도 그렇고 정의감도 남다른 구석이 있단 말이야!"

"어디 보자. 나도 그를 본받아서 마법 한번 시험해 볼까······."

의기양양하게 말한 남자가 "블래스트 플레어."라고 말하자 야구공 크기의 불꽃이 짚단을 향해 날아갔다.

불꽃이 짚단에 닿는 순간, 짚단은 굉음과 함께 불타올랐다.

"오······. 한심하기 짝이 없는 위력이로군. 당신 같은 분과는 감히 비교할 수가 없겠어."

비웃음을 숨기려 들지 않는 건방진 시선이 참을 수 없을 만큼 성가시게 느껴졌다.

"볼틱 익스플로드!"

예상치 못한 굉음과 함께 나를 하찮게 바라보고 있던 녀석들의 눈은 하나의 점이 되었다.

조금 전 남자들이 불태운 짚단이 있던 자리에는 거대한 구멍이 생겨났다. 조금 전 그들의 마법과는 감히 비교할 수 없는 위력의 마법이 실현됐다는 의미였다.

"어라, 죄송하게 됐네요. 한층 미미한 마법을 보여드리게 되어서……."

불쾌감을 숨기지 않는 공작 영애 엘누아르 양의 한마디에 백작가 도련님 패거리는 슬금슬금 물러났다.

'너희 정도 레벨로 거들먹거리지 마!'라는 분위기를 감지한 듯했다.

내가 인사하자 엘누아르 아가씨는 손을 팔랑팔랑 흔들며 신경 쓰지 말라는 의사를 전했다.

어쩐지 이 사람, 선배랑 통하는 구석이 있을 듯한데…….

*

이곳 학교 생활에도 익숙해지면서 순조로운 나날을 보내고 있던 어느 날, 사건은 벌어졌다.

사건이 일어난 것은 학생 식당 중앙에서였다. 학생들로 붐비는 소란스러운 분위기 속에서 식사 자리에 어울리지 않는 목소리가 울려 퍼졌다.

"너, 평민 주제에 내게 의견을 내겠다?"

"평민이고 귀족이고 무슨 상관이야! 라이라는 그런 짓을 할 아이가 아니라고!"

잔뜩 성이 나서 목소리를 높이는 고등부 남녀가 보였다. 한쪽은 분명 라이라 씨의 고향 친구이자 소꿉친구이기도 한 알리시아 씨로군. 도전적인 표정으로 자신을 깔보는 귀족 세 명을 노려보면서 옆에서 오들오들 떠는 라이라 씨를 감싸고 있다.

"꼭 그렇게 이 아이가 범인이라고 주장하고 싶으면 증거를 갖고 와!"

"이자의 책상에 공작 영애 나미 슈라이엔 아가씨의 액세서리가 있었지. 그것만으로도 충분하지 않으냐!"

뭐? 선배의 액세서리?

"그런 걸로 증거가 되겠어? 정말 훔친 물건이라면 그런 걸 책상 위에 올려놓는 바보가 있겠냐!"

다른 학생들아 알리시아 씨에게 동조하듯 고개를 끄덕였다.

아무래도 사라졌던 선배의 목걸이가 라이라 씨의 책상에 놓여 있었던 모양이다. 누군가가 라이라를 표적으로 일을 벌인 듯했다.

그러나 귀족 남자는 지극히 옳은 말을 하는 알리시아 씨를 비웃으며 코웃음을 쳤다.

"흥. 무슨 말을 하나 싶었더니만 내게 너희 같은 평민의 잣대를 들이대려 하다니……. 건방진 데도 정도가 있지."

"뭐?"

"너희 같은 천한 평민 무리는 나처럼 고귀하게 태어난 사람들에게 살아가는 걸 허락받은 거나 다름없어. 그런 이치도 깨닫지 못했을 줄이야. 이러니 무식하고 무례한 것들은……."

"그래서, 뭐가 어쨌다는 거야."

"아직도 이해가 안 되나 보는군. 내가 죄가 있다 하면 있는 것이고 죄가 없다 하면 없는 것이다. 저 녀석이 범인이라고 말한다면 도둑질을 한 범인은 저 계집이라는 게지."

"전하께 접근한 평민이다. 범인이라 해도 이상할 건 없지."

당연하다는 듯이 그런 말을 늘어놓는 귀족들. 그렇군. 그게 목적이었나.

고귀하니 어쩌니 하는 주제에 하는 짓은 생트집. 증거도 없으면서 그저 평민이라는 이유로 깔보는 거다.

'아스루 전하에게 다가가는 평민'을 제거하고자 '공작 영애의 물건을 훔쳤다'는 누명을 뒤집어씌우려는 거겠지.

실제로는 전하가 먼저 다가간 거지만, 이런 녀석들의 시각에서 본다면 그런 부분은 아무래도 좋은 모양이었다.

그러나 내가 그런 귀족들에게 황당해하는 동안, 갑자기 귀족하나가 빨갛게 빛나는 마력탄을 알리시아에게 쐈다.

"꺅!"

난데없이 발밑에서 터진 폭발에, 알리시아는 의외로 귀여운비명을 지르며 쓰러졌다.

예상도 못 했던 마법 공격에 식당 안은 고요함에 잠겼다.

"알리시아!"

뛰쳐나온 슬레거가 그 앞에 떡하니 서서 비열하게 웃으며 깔보던 귀족을 노려보았다.

"네놈, 무슨 짓을 하는 거냐! 여자에게 폭력을 휘두르다니, 그러고도 남자냐!"

"흥, 무슨 소린지. 너희 같은 것들은 그래 봐야 오합지졸, 제아무리 무리를 지어도 나 같은 마도사 앞에서 바닥을 길 수밖에 없어. 평민 주제에 공작 영애인 나미 님의 물건을 훔치고도 죄를 인정하려 들지 않는 모양새는 그야말로 해충과 다를 바 없군."

귀족은 의기양양한 얼굴로 라이라 씨를 비롯한 세 명을 향해 손바닥을 폈다.

"이것들이, 그만둬!!"

그 광경을 본 슬레거가 황급히 두 사람을 감쌌다.

동생을 감싸는 그를 징그럽게 웃으며 비웃는 귀족들.

이 나라에서 가장 더러운 신분제도의 축소판이자 상징.

평민은 대부분 마법을 쓸 수 없고, 그렇기에 귀족을 거스를 수 없다. 따라서 자신을 거스를 수 없다면 무슨 짓을 해도 된다는 유치한 오만함.

시시하기 짝이 없는 그 광경에 나는…… '공작 영애'를 떠올리며 뛰어들었다.

"네 몸으로 죄를 갚아라. 평민 나부랭이! 블래스트……."

"스크루~ 드롭킥~~~~!"

"""푸허억!"""

갑자기 옆에서 날아돈 드롭킥에 더럽게 웃던 귀족 3인조가 이상한 소리를 내고 날아가더니, 핑음을 내고 식당 테이블과 충돌

했다.

"정말이지, 식당이 소란스럽다 싶더니만……. 모두 괜찮으신가요?"

3인조 앞에서 허리에 손을 대고 늠름하게 서 있는 사람은 우리의 공작 영애 나미 슈라이엔이었다.

공작 영애라는 이름과는 너무나도 어울리지 않는, 그러나 실로 선배다운 등장에 식당의 상황을 보고 있던 학생들은 물론 라이라 씨와 슬레거, 알리시아조차 할 말을 잃었다.

"아가씨…… 뭐라 해야 할지, ……좀 다른 방법이…….""

나 역시 조금 전 녀석들이 내뱉는 말에는 화가 나 있었고, 지금 기습에도 가담했으니 큰소리칠 처지는 아니지만…….

"무슨 소릴 하는 거야. 그 자리에서 가장 나은, 가장 빠른 연계 플레이였잖아. 잘했어."

"별말씀을."

활짝 웃으며 엄지를 세우는 선배.

그런 대화가 오가는 중에 저 멀리 날아갔던 귀족들이 분노에 사로잡힌 얼굴을 노골적으로 드러내며 몸을 일으켰다.

"나미 아가씨, 이게 대체 무슨 짓을! 우리는 당신을 위해 이 절도범을 단죄하려 했습니다만!"

"날 위해? 대체 무슨 말씀이신가요?"

의아한 선배의 말에 귀족 남자는 의기양양한 태도로 자신의 품에서 호화로운 액세서리를 꺼내 보였다.

"어머나. 그건 마도 훈련 시간에 없어졌던 목걸이…….""

"그렇습니다. 이 계집의 자리에 목걸이가 있었다는 말입니다! 누가 범인인지는 일목요연! 우리는 당신을 위해……."

"응?"

선배, 공작 영애 나미는 상대를 꿰뚫을 듯한 날카로운 시선으로 의기양양하게 자기주장을 늘어놓는 남자를 노려보았다.

박력 넘치는 그녀의 얼굴에 남자는 손에 들고 있던 목걸이를 떨어뜨리고 말았다.

"무슨 말씀을 하시는지? 라이라 씨는 범인이 아니에요."

나미의 말에 주변 학생들이 전부 할 말을 잃었다. 그 공작 영애 나미가 귀족보다도 평민인 라이라 씨를 감싸는 발언을 한 탓이었다.

유일하게, 라이라 씨는 눈물을 글썽이며 감동한 눈치지만.

"마, 말도 안 돼. 이자는 평민! 귀족인 저보다 이런 자의 말을 믿으시겠다는 겁니까!"

선배는 반발하는 남자를 향해 서늘한 시선을 던졌다. 아니, 자세히 보니 이 녀석, 저번에 라이라 씨를 괴롭히던 귀족 중 한 명이잖아?

"당신의 주장은 조금도 이해할 수 없네요. 다만, 지금 귀족이 평민에게 마법을 사용하려 했다는 건 잘 알았습니다."

선배는 짝 소리가 나도록 손바닥을 마주쳤다. 공작 영애라면 이런 장면에서 부채를 쥐는 게 어울리지 않을까?

"더군다나 증거도 없이, 작위와 신분을 등에 업고 제 친구에게 행패를 부리려고 하다니……."

선배가 알리시아 씨를 힐긋 보자, 알리시아 씨는 분노가 어린 얼굴 그대로 고개를 끄덕였다.

"그…… 그래, 증거도 내보이지 않고 '귀족의 말은 절대적'이라나 뭐라나 하는 말을 지껄여 댔지."

"네 녀석!"

고자질을 비난하듯 외치는 귀족들.

선배는 그들을 앞에 두고 즐겁다는 듯 입꼬리를 올렸다.

"그래요……? 그렇다면 당신들은 작위가 높은 사람의 말은 언제나 절대적, 이라는 의미인가요? 그렇다면 공작 영애인 제가 라이라 씨에게 아무런 죄가 없다고 한다면 죄가 없는 걸로 마무리될 일이겠군요?"

"""!!!!"""

그 말은 귀족들에게 특대 부메랑이 되어 돌아왔다.

자신들이 주장하던 정통성을 그대로 되받아친 꼴……. 그것도 '남자 셋이 여자 한 명에게 당했다'는 사실이 덤으로 붙는다.

"그렇지만!"

"이해하지 못하시겠나요? 무죄를 증명할 수 있는 증거는 없지만, 증인이라면 제시할 수 있겠는걸요?"

"그, 그건 어디의 누구입니까?! 그런 자가 있다면 곧장 이 자리에……."

"저예요."

"……네?"

"목걸이가 사라진 건 마도 훈련 시간. 저는 그 수업 동안 라이라 씨와 함께 있었어요. 부끄러운 말이지만 옷을 갈아입을 때부터 볼일을 보는 중에도 계속 함께했습니다만."

전반적으로 무슨 말을 꺼낼 수 없는 분위기가 되어 버렸다.

수업 시간 동안 공작 영애가 평민과 계속 함께 있었다는 사실에 놀라야 할까. 선뜻 입을 떼기 어려운 분위기 속에서 라이라 씨만이 쑥스러운 듯 "아하하." 하고 쑥스럽게 웃었다.

어느새 식당에서 웃음을 참는 소리가 들리기 시작했다.

식당에 있는 학생들은 하급 귀족과 평민이 대부분이었다.

즉, 다들 이 녀석들 같은 상급 귀족의 억지 발언에 부글부글 끓고 있었던 거다.

차츰 커지는 웃음소리 속에서 수치심과 분노에 얼굴을 붉히는 귀족 3인조……. 그러나 발단이 된 말은 자신들의 입을 통해 나온 셈이니 말문이 막힌 모양이었다.

"자, 알리시아 씨, 이제 그만 가죠. 설 수 있겠어요?"

"괜찮아, 괜찮아……. 나미 아가씨, 고마워."

공작 영애가 자연스럽게 평민의 여자아이를 일으켜 주는 모습, 식당에서 그 행동을 본 학생들은 일제히 숨을 삼켰다.

콧대 높고, 오만방자하며 그 누구보다 평민을 업신여기는 발언을 일삼았던 이전의 모습에서는 상상할 수 없는 광경이니까.

그 모습을 본 귀족 3인조. 일단은 백작가 출신 같은 남자가 입을 열었다.

"흐음……. 평민에게 붙다니, 슈라이엔 공작 영애님도 참 겁쟁이가 다 되셨군요!"

그 말은 공작 영애에 대한 명백한 도전이었다. 이 남자의 입에서 그런 말이 나왔다는 건 의외였다만.

이 남자가 누구인가, 이전 라이라 씨를 괴롭혔을 때 자신의 앞에 서 있는 사람이 공작 영애라는 깨닫게 된 순간 네 발로 기는 걸 마다하지 않고 도망갔던 위인이 아니던가.

지금도 다른 귀족들은 새파랗게 질린 얼굴로 그를 말리려 들었지만 백작가의 자제분은 오히려 비릿한 미소를 흘렸다.

"괜찮아. 지난 회합에서 우리 가문은 에델슈타인 공작가라는 뒷배를 얻었지. 게다가 이건 공작 영애답지 않은 행동에 대해 충고하는 것뿐. 결코 상대를 모욕하는 게 아니야……."

자기 입맛에 맞춘 해석이지만, 그야 공작 영애다운 행동이라고 하긴 어렵지. 기습으로 드롭킥을 날려 버렸으니.

사정을 들은 순간 나머지 남자들도 "뭐!", "정말?!" 하고 놀랐다. 이내 여유를 되찾은 그들은 선배를 향해 "같은 귀족으로서 부끄럽다.", "귀족 영애의 마음가짐이!" 운운하며 큰소리치기 시작했다.

"우와, 꼴사나워……."

"큭, 후후후……."

무심코 중얼거린 내 한마디에 선배가 웃음을 터뜨리고 말았다.

"나미 님은 뭐가 그리 우스우신가?!"

"겁, 겁쟁이라니……. 다른 공작가 밑에 들어가서, 그것도 내가 모자란 구석이 있으니까 겨우 헐뜯는 소리가 입에서 나오는 겁쟁이들이……."

"""!!!"""

선배는 슬레거와 알리시아를 힐끗 바라보며 빙그레 웃었다.

"공작가와 맞서다가 모욕죄로 투옥되거나 자칫하면 사형도 각오해야 하는데도 공작 영애에게 대든 슬레거 씨와 귀족들 앞에서 친구를 지키려고 한 알리시아 씨에 비하면…… 남자면서 참 겁이 많네요."

"무례하다! 아무리 공작 영애라고 해도 그냥 넘어갈 수 없소! 우리 귀족을 평민과 동급으로 보다니!"

선배는 격분해서 소리치는 백작가 귀족을 슥 흘겨봤다.

"누가 동급으로 둔다고 했나요. 그야말로 '슬레거 씨와 알리시아 씨'에게 무례하군요!"

"이……이것이……."

상대는 당장에라도 눈과 입에서 피를 쏟아낼 정도로 얼굴을 붉히고 분노에 몸을 떨었다. 어이, 어이…….

"제가 겁쟁이라면, 그건 여러분의 착각이겠죠. 겁쟁이였던 것은 오히려 이전의 저."

상대를 응시하는 선배의 눈동자에는 고결함이 깃들어 있어서, 지금의 자신에게는 잘못이 없다는 자신감이 가득했다.

"마력과 권력을 등에 업고 평민을 업신여기는 당신들의 모습은, 일찍이 절대적인 마력을 행사하여 평민을 지킨다는 마력 지상주의를 망각한 저와 똑같아요!"

우렁차게 선언하는 그 모습은 참으로 당당해서, 그야말로 공작 영애로서 마땅하다.

이전의 나미밖에 몰랐던 학생들은 단숨에 그 모습에 몰입하기
시작했다.

그것은 마력이 모든 우열을 정하는 이 나라에서 마력이 적은
모든 사람이 말하고 싶었지만 감히 입에 담을 수 없었던 말.

그런데 그것을, 마력 지상주의를 대표하는 공작 영애가 대변
해 준 것이다.

과거의 자신이 틀렸다고…… 그리고 너희가 틀렸다고…….

슬레거와 알리시아 씨도 선배의 모습을 눈부시다는 듯 바라보
고 있었다.

동시에 점차 설 자리를 잃어 가는 귀족들. 발단은 자신들의 생
트집이고, 더군다나 억울함이 증명된 셈이니까 냉정히 생각해
보면 정당한 구석이 없다.

그러나 참지 못한 백자가 귀족은 왼손에서 장갑을 벗어 선배
에게 내던졌다.

그것은 결투 신청을 뜻한다.

신분이 더 높고, 더군다나 여자를 상대로, 이기든 지든 본인에
게는 아무 이득도 없는데도……. 그런데도 그는 저지르고 말았
다.

충동적으로 저지른 듯 본인은 반쯤 울상 상태. 그는 이번에야
말로 필사적으로 말리려 드는 귀족 동료 둘을 제지하고 자포자
기 기미로 선배에게 선언했다.

"겨, 결투, 결투를 신청한다! 이만한 모욕을 당하고…… 참고
만 있을 수는 없다!"

아니, 그냥 참지 그랬어…….

살짝 지나친 감이 없잖아 있긴 한데……. 그러나 선배는 기쁨을 감추지 못하는 얼굴로 상대에게 자신의 왼쪽 장갑을 벗어 던졌다……. 이봐요, 어이!

"겁쟁이라고 생각했는데, 조금은 기골이 있었나 보네요. 좋아요. 결투 신청을 받아……."

망했다. 분위기를 탔어! 뒷일은 하나도 생각하지 않고 분위기에 몸을 맡겼을 때의 선배야!!

어떻게든 달래려고 내가 움직였을 때, 술렁이는 식당에서 또랑또랑 고운 목소리가 선명하게 울려 퍼졌다.

"그 결투, 내가 지켜보마!"

식당 입구에서 들려오는 목소리에 식당에 있던 모든 학생들이 할 말을 잃었다.

대체 언제부터 보고 있었던 걸까……. 살바도르 왕국의 셋째 왕자 아스루 전하가 측근들을 대동하고 그 자리에 있었으니까.

"저, 전하?! 이, 이 일은!!"

백작가 귀족남이 비명처럼 신음을 흘렸지만 전하는 그를 힐끗 보기만 하고 식당에 있는 모든 학생이 들을 수 있도록 고개를 들고 선언했다.

"양자 모두 명분은 있겠지. 그러나 가문의 이름을 건 결투는 여러모로 원한을 남긴다. 자칫 잘못하면 귀중한 가신을 잃는 일도 있지. 그러니 왕실에서는 권장할 수 없다……."

하긴, 결투란 본디 목숨을 거는 일. 일단 시작하면 둘 중 하나는 다치고, 혹시나 죽기라도 하면 확실하게 원한이 남는다.

"그러하니…… 그대들의 결투는 학원 내부의 실력 시험, 단체 대항 모의전 훈련으로 승부를 내고 싶은데……. 어떤가?"

왕자의 제안에 선배를 포함한 학생들이 술렁이기 시작했다.

즉, 왕자는 이 결투 소동을 '수업의 일환'으로 처리해 훗날의 원한으로 남지 않게 배려한 것이다.

하나 덧붙이자면, 아까부터 겁을 덜컥 먹고 주저앉은 멍청이 귀족 3인조를 구제하는 조치이기도 하다. 경위야 어쨌든 신분 이 낮은 자가 신분이 높은 자에게 싸움을 거는 것은 보통 '날 죽 여 주시오.'나 마찬가지다.

결투의 형식은 남기면서 원한은 남지 않게 학원 내부에서 끝 낸다……. 이 왕자…… 정말 똑똑한걸.

그런 왕자의 배려와 온정을 아는지 모르는지, 잠깐의 침묵 끝 에 백작가 귀족은 씩 웃고 선배를 봤다.

"흠……. 전하의 어전, 왕가의 보증이 있다면…… 그 앞에서 가문의 이름을 팔 수는 없을 것이다!"

응. 허세는 먼저 일어나고 나서 부려라…….

귀족 무리 앞에서 팔짱을 끼고 선 선배는 그야말로 고고한 악 역 영애, 나미 슈라이엔답게 당당한 태도로 말했다.

"본래부터 그럴 작정이었어요. 당신이야말로 단단히 각오하 세요!"

그 뒤로 얼마 동안 선배는 식당에서 다양한 사람들에게 감사 인사를 받았다.

"감격했습니다." "잘 말해 주셨습니다."가 태반이지만.

그리고 그중에서도 슬레거와 알리시아가 특히 인상에 남았다.

슬레거는 복잡한 얼굴로 선배에게 인사하고 식당을 나섰고 알리시아 씨는 라이라 씨와 함께 몇 번이고 머리를 숙였다.

"설마 공작 영애님이 편들어 줄 줄은 몰랐어."

"그러니까 몇 번이나 말했잖아. 나미 님은 좋은 사람이라니까."

덧붙이자면 멍청이 귀족 3인조는 전하가 퇴장할 때 후다닥 식당을 떠났다.

아무리 그래도 그대로 버티고 있을 만큼 배짱은 없었던 모양이다. 역시 본질은 겁쟁이인가…….

그러나 나는 공작 영애를 칭송하는 분위기 속에서 승부를 당당하게 선언했던 선배의 입가가 실룩이던 것을 놓치지 않았다.

덤으로 팔짱을 낀 팔은 가슴이 아니라 배에 붙어 있다. 그건 무언가 찔리는 구석이 있을 때 드러나는 선배의 버릇이었다.

아무래도 엄청나게 불길한 예감이 든 나는 "아가씨, 잠깐 이리 좀 오시죠."하고 다소 강제적으로 선배의 손을 잡아끌어 인적이 드문 건물 뒤로 유도했다.

다짜고짜 끌려왔는데 불평하지 않는 선배의 태도에 불길한 예감이 점점 확신으로 바뀌었다.

"자, 선배. 무슨 일을 벌이신 건가요?"

내가 입을 뗀 순간, 선배는 웃으면서 몸을 움찔 떨었다.

"우~ ……어〰그게……."

"그 자리에서 백작가 귀족의 결투를 받아들인 것은…… 딱히 잘한 것은 아니지만, 지금은 아무래도 좋습니다."

그렇게 되는 과정에서 알리시아 씨를 구했으니까.

"다만, 그것 말고도 뭔가 큰 사고를 친 게 있는 거죠?"

움찔움찔! 이번에는 두 번 떠는 선배…….. 알기 쉬운 사람이다.

"어~ 음…….. 미즈마치 군? 아스루 왕자가 말했던 모의전 훈련이 뭔지는 알고 있지?"

왜 선배가 이 시점에서 그런 말을 꺼내는지 이해할 수 없었지만, 유리우스의 기억을 통해 지식으로 아는 나는 일단 고개를 끄덕였다.

"운동장을 양분해서 20대 20으로 싸우는 시험으로, 양 팀에 한 명씩 있는 킹을 빼앗게 되면 승리. 특수한 마법 결계로 보호받으니 어떤 마법이나 무기를 사용해도 상관없음. 다만, 상급을 넘는 마법이나 그에 준하는 무기는 결계를 파괴할 수 있으니 사용 불가였던가요?"

말하자면 실전 형식의 체스나 장기 같은 훈련이었다. 은근 본격적인 대결이 벌어지니 전투가 불안할 수도 있지만…….

마음을 단단히 먹고 얼굴을 똑바로 보자, 선배는 새파랗게 질린 얼굴로 무겁게 입을 열었다.

"미즈마치 군. 깜짝 놀랄지도 몰라. 나…….. 아니, 나미가 말인데."

"네…….."

"사상 최대급의 마력을 갖고 있다는 건 알고 있지?"

"그렇게 주장하고 다녔죠."

"그런데 말이야…… 이 아이…… 사실은…….”

그만큼 들은 시점에서 선배가 대체 뭘 함구하고 있었는지 눈치챘다.

"혹시, 마력은 많은데 마법을 거의 못 쓰는 것 말인가요?"

"!!"

선배는 깜짝 놀라 눈을 동그랗게 떴다. 역시 그랬군…….

"이렇다 할 힘도 없는데 결투를 받아들인 것이 후회된다……
그런 느낌이고요?"

"어, 어떻게 알았어?"

"어떻게 알긴요……. 선배는 알기 쉬운 사람이니까요.”

"우…….”

그렇게 말하자 선배는 얼굴을 새빨갛게 붉히고 고개를 푹 숙였다.

힌트는 꽤 많았다. 그토록 단련했는데도 선배는 근력 강화 말고는 마법을 좀처럼 쓰려고 하지 않았다.

처음에는 스포츠맨 근성으로 근력 강화를 우선하는 걸까 생각했는데, 마력 연비가 가장 좋은 근력 강화를 제외하면 마력을 사용하는 일 자체가 없고, 공격 마법을 사용하는 모습을 본 적이 없었다.

나미가 아주 어린 시절부터 마법 수업을 빼먹었다는 걸 생각한다면…… 답은 금방 나왔다.

내가 설명할 때마다 선배의 얼굴은 빨개졌고 나중에는 원망스러운 눈으로 나를 쳐다봤다.

"왜 항상……. 너는 왜 항상 이런 걸까……."

"네?"

"왜 네가 내 일을 나보다도 더 잘 아는 거야……. 아무리 관찰력이 좋다 해도 그렇지……."

"그거야……."

나는 반사적으로 튀어나올 뻔한 말을 황급히 도로 삼켰다. 아무리 그래도 스토커가 따로 없잖아! 입을 뗀 순간 선배에게 '징그러우니까 가까이 오지 마.' 소리를 들을 게 불 보듯 뻔했다.

'언제나 당신을 보고 있으니까요.' 라니!

"뭐, 그거야……. 벌써 1년도 넘게 알고 지냈으니 그렇죠."

"자꾸 그러니까…… 난……."

나는 그때 얼버무릴 생각밖에 안 했다. 선배가 뭐라 중얼거렸는지 듣지 못할 정도로 우왕좌왕했던 것이다.

"그러니까…… 내가 자꾸 너를 의지하는 건데……."

나는 이 몸의 주인인 유리우스와 마찬가지로, 나미 슈라이엔 공작 영애는 타고난 막대한 마력과 재능 덕택에 노력을 모르는 멍청이라고 생각했었다.

공작이라는 지위를 바탕으로 모든 사람을 하찮게 여기고 오만하게 웃는 세상 물정 모르는 아가씨.

압도적인 자신감과 강렬한 자존심. 그야말로 이야기 속 악역 영애로 어울리는 여자……라고 생각했다.

그런 인물을 연기할 필요가 있었던 선배는 방에 있는 일기를 발견했다고 한다.

켕기긴 했지만, 자세히 읽고 충격을 받았다.

선배에게 자세한 이야기를 들어 보니 오만한 모습은 어디까지나 위장이고, 진짜 나미는 열등감으로 똘똘 뭉친 사람이었다.

방대한 마력을 타고난 까닭에 '역대 최강의 마도사'가 될 의무를 짊어지고 만 그녀에게 얹힌 '마력 지상주의' 귀족들의 기대는 상상을 초월했고, 특히나 아버지인 슈라이엔 당주의 기대는 정말 보통이 아니었다.

그러나 어느 날 그녀는 깨닫고 말았다.

자신이 마력만 많은 존재임을.

쉽게 말하자면 유리우스와는 정반대 포지션, 한계치 마력이 있는데도 초급 마법밖에 쓸 수 없다.

지금껏 '마력 지상주의'에 발목이 잡힌 나라에서, 왕족 다음의 지위에 있는 공작가에는 그 사실이 치명상이 될 수 있다.

만약 이 사실이 세간에 알려진다면?

기대하는 아버지는 실망할 것이다.

부러워하던 귀족들이 알면 공작가의 불량품이라며 비웃고 공작가를 헐뜯는 재료로 삼을 것이다.

'마력 지상주의'를 싫어하는 사람들은 조소와 함께 '덜떨어진 영애'라고 말할 것이다.

아무도 그녀를 필요로 하지 않으리라…….

아무도 그녀에게…… 관심을 주지 않으리라.

간단한 마법 제어라면 마력이 별로 없어도, 마력이 적다고 무시당하는 하급 귀족이나 평민도 할 수 있다.

자신은 공작 영애이면서도 그 누구보다도 열등한 존재였다…….

어린 그녀가 그런 인식을 가지기까지는 그리 오랜 시간이 걸리지 않았다.

그리고 마지막으로 의지를 깨버린 것이 유리우스다.

간신히 터득한 마법은 물 마법이 유일한데, 그것도 물로 컵을 하나 채우는 것이 한계였다.

그런데 같은 시기에 마법 실기를 배우기 시작한 유리우스는 마력이 적은데도 그 시점에서 거의 모든 속성 마법을 제어했다.

그때부터 그녀는 어긋난 쪽으로 필사적이 되었다.

지위를 과시하려고 오만하게 행동하고, 열등감을 감추려고 사이좋았던 유리우스를 '쓰레기 조루 마력'이라고 모멸하고, 권력을 바라는 아버지에게 인정받고자 학원에서는 왕자에게 들이대고…… 계속해서 추락하고 말았다.

악역 영애로…….

일기에는 그녀가 느낀 초조함과 절망, 마법에 대한 갈망이 빼곡하게 채워져 있었다는 듯했다.

나는 나미의 마음을 잘 이해할 수 있었다.

내 주변에는 우수한 사람들이 널렸고, 내 역량은 그들에게 전혀 미치지 않는다. 발악해도, 발버둥 쳐도, 손이 닿기는커녕 점점 거리가 벌어지는 실력.

자신의 역량에 느끼는, 어떻게 할 수 없이 계속되는 분노.

하지만 내게는 선배가 있었다. 감당하기 어려운 열등감을 안고 고민할 때도 내게는 마음을 둔, 반드시 도달하고 싶은 '선배의 옆자리' 라는 목표가 있었다.

그러나 나미는 달랐다. 영원히 도달할 수 없는 목표를 가졌는데 한편으로는 막대한 마력을 가진 탓에 언제나 고독했다. 누구에게도 고민을 털어놓지 못하고, 상담할 수도 없었다. 내게는 최악의 경우 퇴부하면 그만이라는 퇴로가 있었지만 공작 영애인 그녀에게는 물러날 곳이 없었다.

"삐뚤어질 만도 하네……."

유리우스는 이 이야기를 듣고 어떻게 생각할까.

자신에게 열등감을 심은 주인 아가씨가, 오히려 자신에게 열등감을 품고 있었다는 이 사실을.

유리우스도 본심으로 그녀를 싫어했던 건 아니리라.

어쩌면 옛날 같은 관계로 돌아가고 싶었던 건 아닐까.

"정말이지…… 느리다니까……."

마음속 깊이 원통해 할 유리우스의 모습을 떠올리자 자연스럽게 한숨이 나왔다.

*

모의전 훈련 참가자는 우리가 알아서 모집해야 했다.

필연적으로 상급 마법을 사용할 수 있는 학생들을 가장 먼저 포섭하는 게 맞겠지만…… 상황은 그리 좋지 않았다.

마법은 강력한 원거리 공격인 만큼 모의전에서 승패를 가르는 중요한 카드였다.

그러나 다음 날, 선배가 마법 실력이 있을 법한 사람들에게 말을 걸려고 했을 때, 식당에서 튀었던 백작가의 얼간이 도련님이 한발 먼저 학원에서 자신들의 팀원을 발표했다.

그중에서 공작 영애 엘누아르 에델슈타인이 킹을 맡아 팀을 이끌 것이라는 정보에 학원 학생, 즉 상급 마법을 쓸 줄 아는 자들이 경악했다.

결국 작위는 중요했다. 더군다나 얼간이 도련님도 백작이고, 다른 팀원도 국내에서 손에 꼽히는 명문가의 자녀들이다.

공작의 지위로 협력을 얻을 수 있을까 기대해 봤지만, 상대도 똑같이 공작 영애를 끌어들이고 일찌감치 팀을 발표하는 바람에 '어느 쪽하고도 적대하고 싶지 않은 대다수의 귀족들'은 적도 아군도 아닌 방관자가 되기로…… 즉, 보고도 모른 척하기로 마음먹은 것이다.

이런 상황에서 나미의 과거 악역 영애 행각이 아무 멋들어지게 발목을 잡아 주었다.

이럴 때 친구라면 어차피 학원 내부의 일이니 상관없다며 도와줄 자가 있었을지도 모른다.

그러나 지금은 선배를 보기만 해도 도망치고, 선배가 말을 걸려고 해도 스리슬쩍 피하는 지경이다.

이런 견제를 위해서 조기에 팀원과 엘루나르 아가씨의 참전을 발표한 것이다.

이 자식…… 얼간이 주제에 그럭저럭 잘 움직이는걸.

그러나 그런 상황 속에서도 우리편에 서 준 소중한 귀족들도 있었다.

"나미 님, 부탁드려요."

"저희가 당신의 결투를 돕게 해 주세요."

고립무원. 우리 편은 아무도 없다고 한탄하던 선배에게 필사적인 얼굴로 머리를 조아리는 두 귀족 영애.

악역 영애 시절 나미의 측근이었던 두 남작 영애, 미레네 아가씨와 릴리안 아가씨였다.

지금껏 아무도 도와주지 않는 가운데 협력을 자청하고 나선 두 사람을 보고 선배는 믿기지 않는다는 듯 목소리를 떨면 간신히 말했다.

"괜찮으신가요? 제 편이 된다는 건……"

이 아가씨들은 귀족이라 해도 남작가. 지위로 보면 외면하기로 한 자들보다 감수해야 할 불이익이 더 클 것이다. 지원군은 정말로 간절하지만, 그래도 선배는 두 사람의 위험 부담을 더 우선시하는 것 같다.

그러나 두 사람은 뭐든 각오한 전사처럼 선배를 마주 보았다.

"저희는 나미 님에게 은혜를 갚을 날만을 기다려 왔어요."

"이런 때 어떻게 당신을 돕지 않을 수가 있겠어요."

선배는 두 사람의 말을 듣고 숨을 삼켰다.

지금껏 나는 어렴풋이 이 두 사람이 공작 영애라는 작위를 셈에 넣고 나미의 측근이 되었을 거라 생각했지만……. 아무래도 좀 다른 사정이 있던 모양이었다.

　"나미 님께서 절 구해주신 그날부터…… 언제나, 언제나 당신을 지켜보았어요."

　이 두 사람은 어린 시절, 왕궁에서 열린 파티에 처음으로 출석했을 당시 남작 영애라는 이유로 더욱 상위, 더군다나 연상의 귀족 남자들에게 괴롭힘을 당했다.

　처음 발을 디딘 왕궁의 파티에서 마주친 낯선 적의.

　공포에 오들오들 떨 수밖에 없었던 그때 나미가 그들 앞에 나타났다.

　"당신들! 괴롭히는 건 제가 용서하지 않겠어요!"라며 당당하게 소리치는 또래의 소녀.

　자신보다 나이 많은 귀족들을 말로 물리치는 모습은 그야말로 히어로. 두 사람은 그날부터 나미에게 심취해서 따르게 되었다.

　"언제부터인가 나미 님께서 뭔가 고민을 안고 계신 게 아닐까 싶었어요."

　자신에게 마법의 재능이 없다는 걸 깨달은 뒤로 나미의 태도가 바뀌었다.

　언제나 나미를 바라보았던 두 사람이 전혀 몰랐을 리가 없다.

　"아마도 감히 저희는 상상도 할 수 없는 고민을 안고 계셨던 거겠지요."

"그때, 저희는…… 당신 곁에 있으면서도…… 아무런 보탬이 되지 못했어요."

두 사람은 후회하듯 씁쓸한 표정을 지었다.

"당신이 가장 괴로워하실 때 힘이 되어 드리지 못한 저희로서는 능력이 모자라겠지요."

"그렇지만! 이번에야말로 저희가 당신에게 힘이…… 와악?!"

정신을 차리고 보니 선배가 두 사람을 끌어안고 있었다.

"고마워…… 고마워, 모두! 이렇게 궁지에 몰린 날 도와주다니. 난 여러분이 제 친구라는 사실을 자랑스럽게 생각해요!"

선배의 돌발 행동에 두 사람은 눈이 휘둥그레졌지만, 이윽고 눈가에 반짝이는 무언가가 흘러내린다.

"돌아오셨네요…… 우리의…… 나미 님이…….."

"이날이 오기만을 기다렸어요…….."

두 사람은 나미의 행동을 말리려 들지 않고 가만히 뒤를 따랐지만 생각하는 구석은 있었던 모양이다.

그러면서도 곁을 지킨 것은…… 역시 나미를 좋아했기 때문일까.

평민을 구하는 나미. 그건 두 사람이 고대했던 멋진 모습이었으리라.

'뭐야…… 그 악역 영애한테도 친구가 있었잖아.'

*

"어~이, 유리우스. 점심 먹었으면 같이 야구나 하자!"

목소리의 주인공은 저번 도난 사건 이후 친구가 된 슬레거다.

결국, 사건의 범인은 여전히 밝혀내지 못했다. 공작 영애의 물건을 도둑맞은 사건이건만 학원 측은 진지하게 범인을 찾아 줄 생각이 없는 듯했다.

즉, 학원에서 범인으로 지목하면 일이 커지는 인물……이라는 말이겠지.

그 덕분에 학원 안에서 나미의 악평이 다소 개선된 건 고마운 일이다만.

슬레거와 친구가 된 것도 다행이다. 이 세계에 와서 내가 처음 만난 동성 친구이니만큼 정말 기쁘다.

일단 여럿이서 즐겁게 하는 게임으로 야구를 가르쳐 줬더니만 슬레거를 시작으로 주변의 평민들이 푹 빠진 모양이라…… 틈만 나면 야구를 하자고 부르러 온다.

뭐, 나 역시 몸을 움직이는 놀이를 좋아한다. 당연히 선배도 나와 다르지 않았다.

"알았어, 알았어……. 그럼 잠깐 식당까지 같이 가 줘. 아가씨 점심으로 샌드위치를 부탁받았거든."

"좋아. 그런데 네 주인은 귀족 아가씨치고는 잘 먹는데……. 말랐으면서."

"여러모로 노력하고 있으니까……. 이걸 나르는 걸 도와준다면 같이 먹어도 되는데? 많이 만들었거든."

"오! 그거 고마운데!"

가벼운 잡담을 나누면서 교실을 나서려던 그때…… 나는 정체를 알 수 없는, 불온한 시선을 느꼈다.

주변을 둘러보자 하나같이 상급 귀족 양반들이다. 필사적으로 왕자 전하에게 말을 걸던 상급 귀족들도 대놓고 멸시하는 눈으로 우리…… 정확하게는 나를 보고 있었다.

말하지 않아도 안다. '평민과 친하게 지내는 귀족의 오점'이라는 거겠지…….

"저들이 말하는 야구란 대체……?"

왕자가 불쑥 던진 말에 틈만 나면 환심을 받으려고 떠들던 백작 영애가 생글거리는 얼굴로, 그러면서도 평민을 향한 차별을 잊지 않는 투로 말했다.

"자세히는 모릅니다만…… 요새 평민 학생들이 점심때나 방과 후를 이용해 학교의 정원에서 종종 하는 '몸을 쓰는 게임'이라는 모양이라 하옵니다."

"몸을 쓰는 게임이라고?"

왕자가 의아한 얼굴로 되물었다.

"그렇답니다. 몸을 쓰다니 어쩜 이토록 야만적인……. 하물며 공작 영애의 집사가 앞장서서 평민과 교류하다니……. 슈라이엔 공작가의 품위는 안중에도 없는 걸까요?"

"그것이, 제가 듣기로는 공작 영애님이 몸소 그 '야구'에 참가하고 계신다고……."

"어머나! 공작 영애가 몸소?!"

짐짓 놀란 척하면서 몰래 웃어대는 귀족들. 그리고 그 모습을 먼발치에서 노려보는 같은 학급 평민들……. 평소와 다를 바 없는 풍경.

그러나 그 와중에도 셋째 왕자 아스루는 담소를 나누면서 교실을 나선 집사를 생각하고 있었다.

'설마 그 악녀가 이토록 변할 줄은……. 유리우스 슈피겔……. 슈라이엔 공작가 영애 나미 슈라이엔의 전속 집사……라.'

슬레거는 고등부 3학년으로 반은 다르지만 동급생이었다.

당연하지만 졸업을 앞둔 최고 학년이니 자신의 장래를 고민해야 할 시점이었다.

설마하니 바로 며칠 전 선배가 내게 털어놓았던 고민거리, 진로가 갑자기 내 눈앞을 가로막게 될 줄은 몰랐지만…….

뭐, 따지고 보면 유리우스의 진로는 출생과 동시에 정해진 셈이다. 더군다나 요새 나는 계획보다도 빨리 나미 공작 영애의 전속 집사가 되었으니 진로 고민은 마침표를 찍었다 할 수 있으리라.

나 자신은 이런 식으로 비교적 낙관적으로 생각하고 있었지만 슬레거는 인생이 걸린 '불확실한 미래'인 탓에……. 자연히 우리의 대화는 그런 방향으로 흘러갔다.

"그럼 넌 가업인 도구점은 이어받지 않는 거야?"

"그래. 난 손재주가 별로거든. 성미에 맞지도 않고."

번화가에서 도구점을 운영하는 슬레거의 집안의 사업은 판매 말고도 마석 제작, 마도구 세공사의 일이 포함되었다. 슬레거는 넌지시 '역량이 모자라다' 라는 뜻을 내비치는 듯했다.

"어릴 때부터 나보다는 라이라가 그런 쪽으로 재주가 있었지……. 아버지에게 배우기도 했으니까."

"하긴 그 마법진은 정말 대단했지."

한 번 구경했던 마석을 떠올리며 중얼거린 내 한마디에 슬레거는 기쁜 내색을 했다.

역시 자기 동생이 칭찬을 받는 건 기쁜 듯했다. 뭐, 충분히 이해할 수 있어.

"옛날부터 아버지도 내게 세공사 일을 물려줄 마음은 없었던 모양이고 말이야. 나한테는 애용하는 할버드, 라이라한테는 세공 기술을 건네줬거든."

"아, 그렇군……."

스펠런카 가문의 아버지는 아이들의 성격을 알고 슬레거에게는 전사의 길을, 라이라 씨에게는 마도구 세공사의 길을 걸을 수 있도록 안배했던 모양이다.

"그런데 너희 아버님, 할버드를 다루셨어? 마법진의 괴물이라고 불리는 장인이었는데?"

"그래. 게다가 좀 강했다고? 세공사 일이 없을 때는 그쪽 방면으로 돈벌이했을 정도니 말이야……. 그렇게 괴물 같아 보였던 아버지도 갈 때는 순식간이었지만……."

작년, 가족의 기둥을 잃고 나이를 좀 먹은 슬레거와 라이라 씨는 집안일을 돕고자 이런저런 일을 모색하고 있다고 한다.

이런데 저속한 억측으로 라이라 씨를 괴롭힌 귀족 무리의 행태는 그야말로 번지수를 잘못 짚은 데에도 정도가 있다고 해야 할지…… . 물론, 악역 영애 나미도 포함해서.

이 남매는 너희보다 훨씬 고생하며 살고 있다고…….

"쉽고 빠르게 돈을 벌려면 졸업하고 옆 티브레드로 일하러 가 볼까 싶어."

"티브레드라. 정세적으로는 문제가 없으려나? 지금 살바도르와 그 나라는 지금…… ."

"그야 냉전 상태이기는 하지. 그래도 마력 지상주의 귀족이 아니라면 인구 유입에도 까다롭게 굴지 않으니까."

인접국인 티브레드와 사이가 틀어진 데에는 살바도르의 역사와도 깊은 관련이 있었다.

선왕이 추진한 과도한 마력 지상주의의 여파로 살바도르는 일시적으로 극심한 인재 유출을 겪었다. 나라를 등질 수밖에 없었던 사람들에게 살바도르는 고향을 버리게 만든, 증오해 마땅한 나라였다.

선왕 이후로 시간이 흘러, 실력주의 국가인 티브레드의 군 상부에는 당시 나라에서 쫓겨난 살바도르 출신자들이 대거 포진하고 있다.

그런 사정이 있어서 티브레드 정치권에선 살바도르를 보는 눈은 험악하다.

"거기다 윗사람들이 어떻든 간에 평민인 우리는 눈앞의 돈벌이가 더 중요하니까 말이야."

"하긴, 그렇겠지."

이 나라에서는 전사가 출세할 길이 좁다.

현 국왕의 정책으로 조금씩 개선되고 있지만, 지금도 만연한 '마력 지상주의' 탓에 '마력이 적은 평민은 출세할 수 없다'는 게 살바도르의 정설이었다.

반대로 말하면 마력만 많다면 평민이라도 출세할 가능성이 있지만…… 공교롭게도 슬레거는 타고난 전사. 마도사가 될 마력은 타고나지 못했다.

티브레드는 살바도르 왕국의 이웃 나라로, 마력 지상주의를 낡은 사상이라며 손가락질하는 '평범한 가치관'을 가진 나라였다.

'잘 싸우지만 마법을 사용할 수 없는 사람'이라면 살바도르를 외국에 나가는 것이 돈벌이가 좋았다. 티브레드는 살바도르를 아니꼽게 보지만, 살바도르에서 오는 평민만큼은 두 팔을 벌려 환영해 주었다.

일찍이 자신들과 같은 어려움을 겪는 사람을 돕고자 하는 의미와 이웃 나라의 인재와 정보를 자국에 받아들인다는 타산이 섞인 듯했다.

정말이지 이 나라에서는 아까운 이야기지만.

"그럼 알리시아 씨나 다른 사람들도?"

"알리시아는 아직 2학년이니까……. 그래도, 뭐…… 비슷하려나······."

그렇다는 건 다시 말해 나와 슬레거의 인연은 길어야 반년 정도일까.

이 세계에 정착할 생각은 전혀 없지만, 모처럼 생긴 친구와 멀리 떨어지는 것은 조금 쓸쓸하군.

"그런데 유리우스, 결투 동료 모으기는 어떻게 된 거야?"

슬레거의 말을 듣자마자 나는 무의식중에 이맛살을 찌푸렸다.

"완전 난항 중이야. 상급 마법을 쓸 수 있는 귀족들은 엘누아르 아가씨의 공작가를 보고 지레 겁먹고 딴청을 피우니까······."

"······그러냐."

까앙──!

슬레거가 높은 마운드에서 날아드는 하얀 공을 나무 배트로 받아쳤다.

"좋아, 뛰어!"

"그렇게는 못 하지!"

배트를 내던지고 함박웃음을 지으며 1루로 달려가는 슬레거.

그러나 송구 속도가 근소하게 빨랐다.

"아웃!"

"제기이이일!"

분통에 찬 슬레거의 함성이 메아리쳤다. 지극히 평화롭고 느긋한 풍경이었다.

선배와 두 남작 영애가 그 풍경을 바라보며 풀밭에 앉아 복잡한 얼굴로 끙끙대고 있었다.

이유는 분명했다.

"협력해 줄 법한 귀족이 있던가요?"

내가 그렇게 말하며 다가가자 선배는 불만을 숨기려 들지 않는 얼굴로 대꾸했다.

"꿈쩍도 안 해……. 원래부터 내 평판도 그랬지만 역시 대전 상대에 에델슈타인 가문이 있다는 사실이 큰가 봐."

"역시, 그쪽도 마찬가지인가요."

나 역시 몇 사람 점찍어서 만나 봤지만, 반응은 신통치 않았다.

"나미 님, 정말 면목이 없어요. 저희도 지인에게 말을 꺼내 보기는 했지만……."

"모두, 에델슈타인가와 대립하게 될까 봐 몸을 사리는 모양이라……."

"그렇겠지…… 우~~응."

네 명이 나란히 탄식을 내쉬었다. 세 명이 모이면 문수보살의 지혜가 나온다는데, 네 명이 모였음에도 좋은 방안이 떠오르지 않았다.

그러던 중, 방금 아웃당한 슬레거가 배트를 들고 다가왔다.

"뭘 고민하는 거야, 아가씨. 다음은 당신 차례인데?"

그가 그렇게 말하며 배트를 내밀었다.

"머리를 싸매고 고민해서 답이 나오는 것도 아니잖아? 기분도 풀 겸 날려 버리고 오라고."

그 언행은 이 나라의 본래 기준으로 따지면 무례하고 불경한 일이다.

그러나 선배에게는 이제 와서 대수로운 일도 아니다.

"그래…… 좋~아, 확 날려 버리고 올게!"

받은 배트를 붕붕 휘두르며 의기양양 타자석에 발을 들이는 공작 영애한테는 불경이니 뭐고 없겠지.

"나미 님, 힘내요!"

"홈런이에요!"

이미 이곳의 남작 영애 둘도 선배에게 감화…… 아니, 오염되기 시작했고.

그렇게 생각하면 신기한 기분도 들었다.

다 함께 야구를 즐기는 이 자리에서 귀족이니 평민이니 말하는 사람은 없다.

물론 공작 영애답지 않은 선배의 인품 때문이겠지만.

문득 나는 이 세계에 올 때 보았던 영상을 떠올렸다.

「폭정과 착취 속에서 신음하던 우리의 분노와 원한을 알아라!」

민중의 누군가가 분명히 그렇게 말했다. 원한을 알라고.

귀족들은 평민들의 고통도 모르고 유유자적 살고 있다…….

민중은 그렇게 생각하고 있다.

아마 나도 이 세계에 와서, 비록 남작이라곤 해도 어쨌든 귀족이 되지 않았다면 그렇게 생각했을 게 분명했다.

이 나라의 근간에 있는 차별이 '마력 지상주의'라 하더라도, 결국 지구에서 과거에 있었던 귀족과 민중의 대립과 같다.

뭐든 상대를 모르는 것이 원인이리라.

"그런가……. 이 시합, 이용할 수 있지 않을까?"

나는 센터 플라이를 치고선 평민이라 불리는 무리와 웃는 선배를 시선에 담고 무심코 그렇게 중얼거렸다.

그래서, 결국 어떻게 되었는가 하면.

"즉, 그 귀족님들 싸움에 나도 협력하라?"

수업이 모두 끝난 교실 뒤편. 어쩐지 요즘 들어 이곳에서 자주 모이는 듯한 기분이 든다.

오늘 이 자리에는 모인 사람들은 스펠런카 남매를 비롯한 상업가 주민과 나미의 측근이자 우리 중에서 고맙게도 공격 마법을 쓸 줄 아는 두 남작 영애다.

두 남작 영애를 제외하면 모두 평민으로, 그들 중에도 '이제 와서 무슨 소릴.'이라며 이전의 나미를 생각하고 부정적인 반응을 보이는 사람도 있었다. 이전의 나미를 생각하면 당연한 일이지만.

그래도 슬레거의 요청에 '힘 좀 쓰는 인간'이 도합 16명 모여 주었다.

머릿수를 채우지 못할지도 모른다며 체념했던 선배는 눈앞의 광경을 보고 감동한 듯하다.

"모두, 고마워요. 이런 저를 편들면 불이익 더 많을 텐데, 그런데도 이렇게 모여 주시다니……."

필사적으로 눈물을 참는 게 훤히 보인다.

"딱히…… 널 도울 생각으로 온 건 아니야. 슬레거가 꼭 부탁한다고 해서 온 거라고."

"야!"

불만스럽게 말하는 떡대 남자를 알리시아가 나무랐다.

역시 나미의 악평이 다 사라지지 않은 것이다.

"나미 님은 우릴 구해주셨어……. 그 일 때문에 지금 마음고생을 하시는 거거든?!"

"그것도 어차피 귀족들의 자존심 싸움이잖아? 평민인 우리한테 무슨 이득이 있는데?"

"이게 진짜!"

"알리시아 씨, 괜찮아요."

계속해서 변호하려고 목청을 높이는 알리시아를 말리고, 선배는 모두에게 머리를 숙였다.

그것을 보고 이 자리에 있는 모두가 숨을 삼켰다.

그 공작 영애가, 그 오만한 여자가 평민에게 머리를 숙였다.

눈앞에서 벌어지고 있는 일인데도, 다들 믿기지 않는다는 양 눈을 크게 뜨고 있다.

"저는 최근에야 겨우 자신의 어리석은 행동을 성찰했습니다. 지금까지 저는 공작 영애에 걸맞지 않은 행위만 했지요. 그 점은…… 정말로, 정말로 죄송합니다……."

모두가 말문이 막힌 가운데, 선배가 고개를 들고 가만히 정면을 보았다. 그 눈에 단단한 결의를 띠고서.

"여러분, 저는 강요하지 않겠어요. 이대로 돌아가시더라도 개의치 않겠습니다. 하오나 만약 협력해 주신다면…… 단 하나만큼은 분명히 약속드리겠어요."

공작 영애의 약속, 그 말에 모두가 선배를 주목한다.

나도 미처 들은 바가 없는데, 무슨 말을 꺼낼 셈일까.

불안 속에서, 선배는 입가에 싱긋 웃음을 띠며 딱 말했다.

"이것은 왕자 전하께서 공인한 어전 시합. 설령 무슨 일이 생겨도 시합 중의 불행한 사고로 끝나요. 그야말로 '어느 동네의 사람 속을 긁는 멍텅구리 백작 아들'의 안면을 때리든, 함몰시키든 불경죄를 염려할 일은 없답니다……. 전부 사고예요."

당당한 얼굴로 정말이 공작 영애답지 않은 소리를 하는 선배를 보고, 이 자리에 모인 평민들의 눈이 동그래졌다.

'이 공작 영애님은 무슨 소릴 하는 거래?' 이런 느낌으로……

"말하자면 이건 여러분이 오만하기 짝이 없던 귀족들에게 복수할 절호의 기회! 저와 함께 그들에게 패배를 맛보게 해 주고 싶다고 생각하신다면 꼭 제 부대 '잔물결'에 참가해 주셨으면……."

"나미 님, 말이 너무 흉흉하다니까요."

점점 흥분해서 주먹을 불끈 쥔 선배를 라이라 씨가 냉정하게 지적했을 때, 슬레거와 알리시아 씨는 성대하게 뿜었다.

"아하하하하! 정말 좋아!! 본인도 귀족이면서 '귀족들에게 복수할 절호의 기회'라고? 최고야, 이 녀석은 소문보다 악질이잖아!"

"큭큭큭…… 시, 실례잖아, 슬레거. 아무리 그게 사실이라 해도 악질은 과소평가지. 이 아가씨는 그냥 악당이야……."

공작 영애에게 아주 무례한 폭언이지만, 선배는 두 사람의 반응에 상쾌하게 대꾸했다.

"어머, 악당이라니 너무하시네요. 저는 그저 불쾌한 자들에게 따끔한 맛을 보여줘서 스트레스를 풀자고 권유하는…… 연약한 소녀인걸요."

흑흑흑…… 눈가를 닦는 연기까지 하는 선배의 모습에 결국 여기 모인 평민들도 더 못 참고 웃기 시작한다.

"아, 악당이야……. 이 아가씨…… 터무니없는 악당이야……. 큭큭큭."

"그래도……싫지는 않을지도. 이런 악당 영애라면……."

한바탕 웃음이 터지자 처음에 무거웠던 분위기가 가셨다.

사죄와 공감, 웃음과 조화…… 계산해서 이랬다면 가공할 일이지만, 선배는 정말 무의식중에 그러는 것일 테니 훨씬 무섭다.

그러나 듬직한 것도 사실이다. 이제는 참전을 꺼리는 사람이 하나도 없었다.

"여러분, 정말 감사합니다!"

"딱히 널 위한 건 아니야. 공식 행사로, 그것도 왕자님 공인으로, 그 빌어먹을 귀족님들을 날려 버릴 수 있다는 거잖아?"

평민 집단에서 유달리 눈을 빛내는 이 사람은, 아까 따지고 들었던 남자다.

사납게 웃는 그를 보고 다른 사람들도 얼굴에 열기를 띤다.

이 나라의 평민이라면 누구나 마력 지상주의 귀족에 불만이 있다.

혈기가 왕성해서 참 좋네.

그러나 멤버 중에서 가장 얌전한 라이라 씨가 흥분한 사람들 사이에 끼어들었다.

"잠깐, 잠깐만! 그렇게 간단한 일이 아니잖아요."

"왜 라이라, 너도 심정은 똑같잖아."

알리시아 씨가 달아오른 분위기에 찬물을 끼얹은 라이라에게 말했다.

그러나 라이라는 물러나지 않았다.

"그건…… 그렇지만……. 그래도 상급 마법 공격은 정말로 강력해. 아무리 실력이 뛰어나도 원거리에서 집중 공격을 당하면 우리처럼 공격 마법을 쓸 수 없는 평민은……."

"으…… 그건……."

라이라 씨의 입바른 말에 흥분이 단번에 가라앉았다.

그야 그렇지. 마법을 상대한다는 건 결국 권총과 대포를 상대하라는 것과 같다. 맨몸으로 대항할 수 있다고 생각하는 것이 더 이상하다.

그런 게 가능했다면 처음부터 이 나라에 '마력 지상주의' 개념이 없었겠지.

그러나 축 처진 분위기를 깨부수는 씩씩한 목소리가 일대에 울려 퍼졌다.

"여러분 걱정할 거 없어요. 우리에겐 승리로 이끄는 〈갓 이블 아이즈〉가 있으니까요!"

선배의 말을 이해하지 못하고 눈이 휘둥그레지는 일동.

그 별명은…… 제발 그만둬요.

모두가 "갓 이블 아이즈?" "뭐야 그게?"라며 웅성거릴 때, 선배는 왼손을 허리에 대고 오른손으로 당당히 나를 가리켰다……. 진짜! 그러지 마세요!!

"지략과 계략의 전문가! 우리 편에게 필요한 정보는 물론 필요한 물건까지도 모두 꿰뚫어 보고 강화해야 할 부분, 훈련 방법까지도 제시하는 경이로운 마안! 생각지도 못했던 새로운 발상으로 그 어떤 열세도 승리로 이끄는 최고의, 기적의 트레이너가 지금 당신들 눈앞에 있으니까요!"

"허풍이 지나쳐요!"

나는 참지 못하고 망설임 없이 자신만만하게 외치는 선배에게 소리쳤다.

제삼자가 본다면 집사가 주인에게 따지는 것처럼 보이겠지만, 신경 쓸 때가 아니다.

아무리 그래도 그렇지, 허풍도 이만하면 따질 수밖에 없다.

"뭐든 정도껏 해야죠! 아무리 그래도 그렇지……."

그러나 내가 너무 띄우지 말라고 말하려는 순간, 선배는 씨익 웃으며 말했다.

"아니, 너라면 할 수 있어. 내가 어쩔 줄을 모를 때 네가 해답을 내지 못했던 적은 한 번도 없었으니까……."

"으……."

'정말 넌 믿음직하구나…….'

그날 방과 후에 선배가 한 말을……. 그때와 똑같이 공작 영애 나미가 웃는다.

"그리고 이제 너도 슬슬 짜증이 나지? 나도 그렇지만……. 스포츠맨을 무시하는 이 나라의 분위기가……."

"그야 그런데요……."

"한 방 먹일 좋은 기회 아닐까? 야만적인 몸을 쓰는 단련으로, 고귀한 마법에……."

치사하다……. 이 사람은 정말 치사하다.

이런 말을 듣고 '못해요.' 라고 말할 수는 없잖아…….

이 사람은 진짜 악녀다.

악역 영애인 나미는 어림도 없는 순수 악녀.

내 마음도, 내 욕망도 모르면서, 내가 멋을 부리고 싶은 부분을 딱 잡아서, 그것도 무의식중에 끄집어내니까……. 환하게 웃으면서, 천진난만하게, 의심도 없이.

선배가 웃어 주길 바랐다.

선배에게 칭찬을 받고 싶었다.

선배의 마음에 내가 단 일 초라도 더 머무르길 바랐다.

오로지 지극히 이기적인 욕망을 채우기 위한 거였는데…….

나는 한숨을 쉬며 여전히 망설이는 얼굴을 한 사람들을 돌아보고는 굳게 마음먹었다.

"딱 한 가지, 녀석들에게. 마력 지상주의자인 귀족들에게 대항할 수 법한 방법이…… 있기는 있어."

"저, 정말이냐?!"

"다만!!"

나는 순간적으로 얼굴이 밝아진 알리시아 씨를 가로막고 무겁게 입을 열었다.

"모의전까지 남은 시간은 약 3주……. 진심으로 지옥을 빠져나올 수 있다면 말이지만……."

"지, 지옥이라니…… 대체 무슨?"

불길한 단어에 조금 움츠러든 알리시아는 내버려 두고, 나는 모두의 체격을 확인한 다음 세 그룹으로 나눠 앉혔다.

체격이 좋은 남자 그룹. 선배를 포함해 마른 몸에 움직임이 빠른 남녀혼합 그룹. 그리고 슬레거와 또 다른 한 명, '기록 보유자'와 남작 영애 두 사람으로 이루어진 그룹.

분류 과정에서 홀로 따로 남은 라이라 씨는 다소 불안해 보였지만 지금은 방치. 미안하지만 잠깐 기다려.

"다들 알고 있나요? 새삼스럽게 말하자면 마법 공격은 강력합니다. 오랜 시간 동안 귀족들이 거만하게 군림할 수 있었던 원흉이니까요. 잘라 말하죠. 정면에서 맞부딪혔을 때 우리가 이길 방법은 없습니다."

말이 떨어지기가 무섭게 불만스러운 분위기가 깔린다. 말하자면 '그딴 건 우리도 알지만 인정하고 싶지 않아'라는 느낌이라 해야 할지.

"그래서, 이 시점에서 제가 여러분 모두에게 부탁하고 싶은 건 마법에 대항할 수 있는 몸을 만드는 것입니다."

"마법에 대항할 수 있는 몸? 그래서 우리는 구체적으로 뭘 하면 된다는 거야?"

알리시아 씨가 이맛살을 찌푸렸다. 응. 좋은 질문이다.

"똑같이 마법을 사용할 수 있는 마도사라면 강력한 마법 공격을 '마력 결계'로 튕겨낼 수 있지요. 하지만 기본적으로 마법을 사용할 수 없는 우리가 취할 방법은 두 가지. 피하거나 받아내거나 입니다."

나는 망설이는 사람들 앞, 땅에 개별 그룹별로 글자를 적었다.

"실드?"

"러너??"

각 그룹이 어안이 벙벙한 얼굴로 자신들의 역할을 말한다.

"아무래도 3주 동안 피하고 받는 양쪽을 해내는 건 불가능하겠죠. 그래서 여러분은 각자가 맡은 역할에서 전문가가 되어 주셨으면 합니다."

"각자의 역할?"

"전문가?"

전반적으로 의아한 분위기가 감도는 가운데, 유일하게 그것이 어떤 지옥인지를 아는 선배만이 메마른 웃음을 흘렸다.

"아~~ 그거구나……."

"나미 님? 댁네 집사는 우리한테 뭘 시키겠다는 거야?"

"회복 마법식 강제 연속 초과회복……. 휴식 없는 무한 레벨업……. 그런 거야."

""""뭐?"""

훗날 피험자들은 회고했다…….

그때 공작 영애의 전속 집사가 말했던 '지옥' 의 의미를 깊이 생각하지 않고 '마력이 많은 귀족들에게 한 방 먹일 수만 있다면' 하고 가볍게 승낙한 것을 몹시 후회했노라고.

"그래서? 우리는 대체 뭘 하면 되는 건데?"

이름이 붙은 두 그룹과는 다른 자리에, 아직 아무 이름도 없는 그룹에 배치된 슬레거 일행이 다소 불만스러운 얼굴로 말했다.

"그걸 설명하기 전에…… 라이라 씨, 라이라~씨."

"……네."

"그룹을 나누면서 당신을 버린 게 아니니까 토라지지 마세요."

"……."

아무래도 조금 전의 흐름에서 혼자 남았다는 사실이 큰 충격이었던지, 구석진 곳에서 땅 위에 글자를 그려대고 있었다.

그런 게 아닌데…… 배려가 모자랐던 걸까?

"당신밖에 못 하는 중요한 일을 부탁해야 하니까요."

"정말인가요?!"

신나서 나뭇가지를 내던지고 달려오는 라이라 씨……. 이 사람, 한 살 아래 맞지?

무심코 슬레거를 보자 '아무 말도 하지 마.' 라고 눈빛만으로 말했다.

응. 역시 오빠로선 걱정이 되겠지……. 이해해.

"단지 먼저 묻고 싶은 게 있습니다만, 당신 '펜던트'는 양산할 수 있는 물건인가요?"

갑자기 마도구 관련 질문을 받자, 나이보다 어리게 보이는 얼굴이 확 바뀌었다.

"할 수 있어요. 하지만 이번 인원만큼은 안 돼요. 마석에 마법진을 새기는 데 시간이 오래 걸리니까요. 불철주야로 해도 고작 해야 두 개가 한계……."

그건 예상했다. 라이라 씨의 펜던트만 해도 만드는 데 2개월이나 걸렸다는 모양이다.

열아홉 개나 만들어 달라고 억지를 쓸 수는 없다……. 그러나.

"그렇다면 이건 가능할까요?"

내가 소곤소곤 귓속말하자 라이라 씨가 눈을 번쩍 떴다.

"지, 집사님…… 당신은 정말 엄청난…… 생각을 하셨네요."

"가능한가요?"

"가능해요……. 아마도."

자신감 없는 말투와는 달리 라이라 씨의 눈에서는 이미 어엿한 장인을 방불케 하는 광채가 보였다.

근거는 없지만 그것만 보고 '이거면 괜찮겠어.'라고 생각한다.

"좋~아. 그럼…… 너희 '야구 홈런 기록 보유자'들은 앞으로 3주 동안 철저히 배팅에 전념해 주셔야겠어."

""뭐?""

점심시간에 오락용으로 했던 야구가 설마 이럴 때 도움이 될 줄은 몰랐다.

나는 어안이 벙벙해진 슬레거 일행의 발밑에 마지막 그룹의 이름을 썼다.

'배터'라고.

곧장 이어진 삼 주 동안의 특별 합숙…… 후세에 '강제 무간지옥'이라 불리며 두려움의 대상이 되는 살바도르 학원 최대 공포의 연회가…… 막을 올렸다.

*

공작 영애 엘누아르 에델슈타인은 선민의식의 상징처럼 다른 사람들을 업신여기는 하급 귀족들과 적대지는 않았지만 특별히 친밀하지도 않았다.

보통 그런 무리는 나미 공작 영애를 방패 삼아 악행을 거듭하는 까닭이었다.

그런데 이번에는 그들의 방패였던 나미와 직접 대결을 피할 수 없게 된 무리에 의해 모의전의 킹 역할을 떠맡게 되었으니, 엘누아르에게는 마른하늘에 날벼락 같은 일이 아닐 수 없었다.

'전하도 참 곤란한 분이시네요…….'

엘누아르는 이번 일의 발단을 제공한 사람을 떠올리며 깊은 한숨을 내쉬었다.

처음 백작가의 아들이 엘누아르에게 킹이 되어 달라 했을 때만 해도 엘누아르는 그들의 부탁을 거절할 생각이었다.

아무리 생각해봐도 그들에게 허물이 있었다.

상대가 평민이라는 이유로. 오히려 상대가 평민이기에 규범을 지켜야 할 귀족인데, 이를 경기하고 공작 영애의 바른 소리를 거부한 것이니까…… 엘누아르는 진심으로 '이게 정말 장래의 백작인가?' 싶어 나라의 장래를 깊이 염려했을 정도다.

그런데도 결국 킹으로 참가한 것은 셋째 왕자 아스루가 직접 부탁했기 때문이다.

'아무리 학업의 일환으로 쳐도 백작가의 자식이 공작가의 영애에게 반항하는 건 보기에 좋지 않기 때문'이었다.

'분명히…… 그것도 하나의 이유일지 모르지만…….'

엘누아르는 아스루가 '이유' 뒤에 덧붙인 말이 본심이라는 걸 깨달았다.

'전력을 다한다면 어떨지, 궁금한 상대가 있어.'

엘누아르는 당연히 그 상대가 나미 슈라이엔 공작 영애라고 생각했다.

오만하고 자존심이 강해 모든 사람을 아래로 보기로 악명이 자자한 귀족 영애이고, 역대 최강이라 불릴 정도의 마력을 가졌으면서도 어째서인지 그 마법 실력을 드러낸 적이 없다.

이번 대전은 대체로 귀족 대 평민의 구도가 되면서 전력 면에서 보면 20 대 1이 되었고, 따라서 나미 자신이 마력을 안 쓰면 승산이 없다.

'그렇게 생각했더니만……'

팀원을 발표할 당시, 측근인 두 귀족 영애인 미레네와 릴리안을 거느리고.

그 중심에서 허리에 손을 대고 목소리를 높여 선언한 말에…… 엘누아르와 같은 팀 귀족들은 할 말을 잃고 말았다.

"소소한 핸디캡이에요! 이 승부에서 저, 나미 슈라이엔은 그 어떤 공격 마법도 사용하지 않을 것을 약속하겠어요!!"

누구나 자신의 귀를 의심하고, 전력 격차 때문에 승부를 포기했다는 결론을 내렸다.

「그런 식으로 미리 선을 그어 놓으면 패배했을 때 '난 최선을 다하지 않았다.' 라고 변명할 수 있을 테니 말이야.」라며 비웃는 사람까지 있는 판국.

그러나 엘누아르만은…… 조금도 웃을 수 없었다.

오히려 형언할 수 없는 한기를 느꼈다.

'이 사람들…… 자신들 눈앞에서 벌어지는 사태를, 제대로 인식하고 있기는 한 걸까?'

나미도, 미레네도, 릴리안도…… 평범한 규중 아가씨답지 않게 공허한, 그러면서도 차분한 눈이 인상에 남았다.

엘누아르는 이런 사람들을 본 적이 있었다.

전장으로 떠나기 전, 죽음을 각오한 병사들의 눈과 매우 흡사했다.

엘누아르의 가장 큰 불행은 이런 판단이 가능한, 한기를 느낄 팀원이 없고, 혼자만 그렇게 느꼈다는 점이다.

특별 합숙이라는 명목으로 학원의 허가를 받아 공부는 뒷전으로 몸을 단련하기 시작한 자들을 학원에서 봤을 때, 귀족들 대부분은 '야만스럽다'며 실소를 머금었다.

특히 모의전의 원인을 제공했던 백작가의 아들은 '진심으로 저런 걸로 우리의 마법에 대항할 수 있다고 생각한다면 가엾은 일이지.'라고 말하며 상대를 무시했다.

그리고 2주가 됐을 무렵에는 비웃는 데에도 진력이 났는지 그들의 훈련에 관심을 기울이는 사람은 엘누아르 말고는 아무도 남아 있지 않았다.

엘누아르는 '마력 지상주의'인 이 나라에서도 선민의식이 약하고 학구열이 높은 귀족이었다.

그래서 다른 나라도 빠짐없이 배우고 숙지했다.

그렇기에 엘누아르는 이 나라에서는 야만스럽다며 무시당하는 신체 단련이 다른 나라에서는 활발히 이루어지고, 살바도르의 문화가 시대에 뒤떨어졌다고 평가받는 사실도 알고 있었다.

일개 병사가 몸을 만들려면 수십 년 단위의 단련이 필요하다는 사실도.

서툰 단련으로는 몸이 망가질 수도 있다는 것도.

단련 첫날에는 땀을 뻘뻘 흘리고 숨을 헐떡이며 무릎을 꿇었던 자들이 2주에 들어서는 반나절을 전력으로 뛰고, 나이프를 표적에 맞힌다. 운동장에서는 자기들 몸보다 큰 석재를 끌었다……. 이런 상황이 평범하지 않다는 것도 이해할 수 있다.

이를 실행 중인 자들이 얼마 전만 해도 30분도 못 뛰었다는 것을 엘누아르 자신이 확인했다.

그것이 얼마나 대단한 일인지, 얼마나 두려운 일인지…….

마치 가장 약한 마수인 코볼트였던 상대가 거대한 오우거나 드래곤으로 변모해 가는 듯한 감각…… 괴물이 서서히 완성되어 가는 듯한 감각…….

그것도 집단으로.

이해할 수 있었기에 엘누아르는 공포를 느꼈다.

이해할 수 있었기에 공포를 느끼지 못하는 팀원들에게 공포를 느꼈다.

"아스루 전하…… 당신은 대체, 누가 전력을 다하는 모습을 보고 싶은 건가요?"

막간3 ✦ 공작 영애의 결의

마법 재능을 속이고, 권력을 휘둘러 자신의 마음을 속이고, 그 누구에게도 본심을 보이지 않고 보낸 10여 년의 세월……. 설령 그것이 허세라 하더라도 제게는 마음을 지키는 갑옷이었습니다.

이 세계에 와서 마력과 권력을 모두 잃고, 그런 게 없어도 아무래도 좋다며 씩씩하게 살아가는 시미즈 나나미가 된 저는…… 몹시 불안했습니다.

떠오르는 것은 허세의 갑옷을 입기 전, 같이 놀고 언제나 저를 지켜주었던 유리우스…… 유리우스 오라버니의 얼굴뿐…….

결국, 전 그때부터 하나도 성장하지 않은 겁니다.

멸시하고, 모욕하고, 스스로 멀리했는데…… 막상 모든 걸 잃고 나 보니, 의지하고 싶은 사람은 그분뿐…… 어쩌면 이렇게 한심할 수가.

소중한 자를 잃지 않고는 소중함을 알아차리지 못하는, 구제불능의 어리석은 여자 ……. 나미 슈라이엔은 바로 그런 존재였지요.

시미즈 나나미가 되어 생활하는 제 행동이나 말은 주변 사람들에게 커다란 위화감을 주는 모양입니다.

　당연하지요…… 이분과 저는 너무 다르니까요.

　활발하고 쾌활하고, 잘못을 참지 못하고, 친구도 많고, 누구와도 친해지는…… 그녀가 되어 생활하면서 열등감에 주저앉을 것만 같았습니다.

　그렇지만…… 어느 날, 나나미 씨에게는 평소와 다름없을 일에 저는 감당하기 어려울 만큼 가슴이 뛰었습니다.

　왜일까요? 저보다 어리고 얼굴도 체형도 다 다른데…… 그런데도 저는 그분, 미즈마치 유리 군에게 유리우스 오라버니의 모습을 보았습니다.

　그리고 동시에 나나미 씨의 마음을 느꼈습니다.

　그 몸에 남아 있는 기억은 저에게 어떤 사실을 희미하게 느끼게 해 주었습니다.

　나나미 씨는 미즈마치 군을 '그는 언제나 곁에 있어 준다'고 생각했던 모양입니다.

　믿음직한 후배……. 나이는 더 어린데도 그녀는 미즈마치 군을 오라버니처럼 생각하는 구석이 있었습니다.

　저는…… 처음으로 나나미 씨가 저보다 부족한 부분을 발견한 기분이었습니다.

　자랑스러워할 일은 아니에요…… 저는 '끝난 일'이고 나나미 씨는 '진행 중'일 뿐이지요.

　이미 경험을 마쳤는가, 혹은 그렇지 않았는가의 차이인걸요.

언제나 곁에 있어 줄 것이라 생각했던 사람이 갑자기 사라졌을 때의 공포와 슬픔, 절망.

유리우스 오라버니가 계시지 않은 지금, 세계의 벽에 막혀 만날 수 없는 지금…… 그것만큼은 제가 나나미 씨보다 뼈저리게 잘 알고 있겠지요.

나나미 씨는 이런 부분에서 저와 마찬가지로…… 잃은 뒤에야 처음으로 깨닫게 되는 어리석은 여자…….

저는 처음으로…… 맹세컨대 처음으로, 다른 사람을 위해 절실히 바랐습니다.

'당신은 저와 같은 결말을 맞이해서는 안 됩니다.'

언제 그녀가 이 몸으로 돌아올지, 혹은 돌아오지 못할지 알 수 없습니다.

그러나…… 만약 돌아왔을 때 그녀에게 더는 그가 곁에 없다는 절망을 느끼게 할 수는 없는 일이에요.

저는 결의했습니다.

어쩌면 이것이야말로 제 잘못의 속죄가 될지도 모르니까요.

공작 영애 나미 슈라이엔의 인생 첫 '참견' 이 지금 시작됐다.

4장 잔물결의 역류

살바도르 학원의 운동장은 공격 마법 실습장을 겸하기 때문에 정말 넓었다.

모의전 훈련은 학원생만이 아니라 시민과 귀족들에게도 주목을 받는 일대 이벤트였다.

더욱이 식당에서 있었던 말다툼에서 한층 살이 붙고, 뼈가 생기고, 꼬리가 붙는 등 쓸데없는 부속물이 불어나서 전달된 탓에 이 시합은 온 나라가 주목할 정도의 소동으로 발전했다.

마력이 적다는 이유로 업신여김을 당했던 평민이 상급 귀족에게 공식적으로 대항하는 것을 꼭 보려는 일반 관객이 객석을 가득 채운 것은 말할 것도 없어서……. 학원생이 아닌 사람들까지도 목청껏 환호성을 내지르는 모습은 정말로 콜로세움 같았다.

그런 분위기에서 등장한 엘누아르와 상급 귀족들은 환성을 지르는 사람들을 의기양양하게 둘러보고 있다.

"흥, 시끄럽군. 대체 뭘 기대하고 환성을 지르는 거람."

"저들을 기다리는 건 단순한 유린……. 자신들처럼 제대로 마법을 구사하지 못하는 자들이 무참히 패배하는 비정한 현실이 펼쳐질 텐데 말이지."

"저들에게, 특히 우리보다 평민을 편든 공작 영애님에게 절망을 가르쳐 주죠. 어차피 무능은 무능이라는 걸."

하나같이 학원에서 지정한 푸른색 마도사 전용 로브 차림. 일정 수준의 마법을 마법을 방어하는 로브를 걸치고, 이 대결의 발단을 제공했던 백작가의 아들이 조용히 웃자 주위 귀족들도 덩달아 동의하면서 웃었다.

하나같이 앞으로 있을 전투에 긴장하지 않고 한껏 풀어진 상태였다.

그중에서 유일하게 킹의 증명인 하얀 로브를 걸친 엘누아르만이 긴장된 표정을 감추지 않았다.

모두 방심 중이다. 자신들이 평민에게 패할 리가 없다고…….

엘누아르는 그런 팀원들에게 3주에 걸쳐 주의를 환기했다.

그러나 '엘누아르 님은 걱정도 많으시네요. 저런 평민 무리는 우리의 집중포화 한 번이면 끝납니다. 나미 아가씨가 공격 마법을 쓰지 않겠다고 선언한 이상, 우리가 고전할 일도 없습니다.'라는 말이 돌아올 뿐이었다.

이렇게 판을 잘 차린 상태에서 지면 어떻게 될지……. 이를 의식하는 팀원이 아무도 없다는 사실에 엘누아르는 머리가 지끈거렸다.

"다음 입장…… 대전 팀, '잔물결'!"

그 분위기 속에서, 이번에 심판을 자청한 아스루 왕자에 호령에 따라 나미 공작 영애가 이끄는 학원생들이 입장하기 시작했다.

그들을 본 귀족들은 다 함께 폭소를 터뜨렸다.

입장 때 모두가 망토로 몸을 가리고 있었지만 미처 숨기지 못한 5명의 남학생이 갖고 있던 무언가가 원인이었다.

"아하하하하! 드래곤 터틀의 등딱지야!! 나는 처음 봐!!"

"우후후후! 저런 구닥다리 유물을 써야만 하다니……. 평민은 참 불쌍하네요."

그것은 거대한 방패, 학원에 상비된 '마도 방벽'이었다.

그 방패는 상급 마법도 뚫을 수 없을 만큼 단단했지만, 너무 무거워서 제대로 들 수 없다는 치명적인 단점이 있었다.

상대의 마법은 버틸 수 있지만 정작 방패의 무게를 버틸 수 없다.

결계 방어 마법을 쓰는 살바도르 학원의 귀족들은 무겁기만 하고 쓸모가 없다, 이동 속도가 늦어진다며 방패를 '드래곤 터틀의 등딱지'라 부르며 조소했다. 실제로도 사용자가 없어서 먼지가 앉은 채로 방치되어 있었다.

손가락질하며 웃는 상급 귀족들…….

하지만 그중에서 엘누아르만은 전율하며 식은땀을 흘렸다.

'저 사람들…… 뭘 보고 웃는 거죠?! 저분들은…… 그걸 '양손에 하나씩' 든 채로 아무렇지도 않게 걷고 있다고요?!'

＊

"미즈…… 유리우스 씨. 적의 상태는 어떤가요?"

"킹인 엘누아르 아가씨만이 상황을 이해한 모양이네요. 실드 담당을 보고 웃기는커녕 창백해져 있습니다."

여전히 본명을 부를 뻔한 선배에게 내 감상을 말했다.

"역시…… 홀로 계속 지켜봐 왔으니까."

"네……. 어느 정도는 예상대로. 확실히 강적이에요."

우리 '잔물결'에서 러너로 분류된 동료들은 적의 의식 조사와 어필을 겸해 학원 안을 달린 적이 있었다.

대다수 귀족이 비웃고 손가락질하는 동안 엘누아르 아가씨만은 한 번도 웃지 않고 냉정한 눈으로 우리를 바라보았다.

"그럼, 또 놀라게 해 줄까요. 여러분…… 시작하세요!"

선배, 공작 영애 나미의 낭랑한 목소리에 따라 '잔물결'의 모든 선수는 일제히 망토를 벗어 던졌다.

그 순간 비웃던 귀족들, 환성을 지르던 관객, 감시하던 교사들, 끝내는 심판을 맡은 왕자까지도 말문이 막혔다.

'잔물결'이 입은 옷은 학원에서 지정한 로브가 아니었다.

운동성에 중점을 두고 특별히 주문해서 제작한 물건이다.

여차할 때는 역시 상급 귀족인 법이다. 이전에 나미가 개인적으로 이용했던 전속 의류점에서 평소 주문하던 의상과 비교하면 쉬운 일이라며 흔쾌히 의뢰를 맡아 주었다.

남자 의상은 군복 비슷한 물건이 좋을 거로 생각했지만 내 주관으로 주문한 탓에 많은 부분에서 차이가 나타났다.

밀리터리 마니아가 보면 트집 잡힐 만한 구석이 많겠지.

다만, 3주 지옥을 돌파한 남자들의 근육질은 장난이 아니라서, 특히 '실드'를 맡은 다섯 명은 바위와도 같은 체구로 다시 태어났다. 덕분에 딱 맞게 만들어진 셔츠 아래로 뚜렷하게 갈

라진 흉근과 복근이 엿보였다……. 내 솔직한 감상을 털어놓자면…… 이거 좀 너무했나 싶을 정도.

그에 비해 여자들은 움직일 때 몸의 굴곡이 방해되지 않도록 딱 달라붙는 수트, 거의 수영복이나 체조복 같은 건데, 이것들도 몸을 단련한 덕에 몸의 잘록한 부분이나 각선미가 저마다 강하게 자기주장을 펴면서, 나올 곳은 나오고 들어갈 곳은 들어간 이상적인 몸매가 완성되었다.

그것은 귀족 영애들이 허리를 단단히 조여가며 만든 급조품과는 격이 다른 진정한 곡선이었다.

다만, 온몸에 장비한 나이프와 단도 때문에 아름다움 속에서 위험한 분위기를 물씬 풍기는, 마치 잠입 액션물에 등장하는 여주인공을 떠오르게 하는 요염한 자태였다.

진지하게 체술로 마술에 대항하기 위해 3주 동안 이어진 지옥을 극복하며 완성된 '잔물결'의 육체미가 드러났다.

입이 떡 벌어진 것도 잠시, 다음 순간 눈앞의 사태를 파악한 관객들 사이로 땅이 울리는 환호성이 터져 나왔다.

"""""오오오오오오오오오오오오오오오오!!"""""

그런 환성 속에서 선배에게 모델 포즈를 강요받은 미레네 씨와 릴리안 씨는 그 자세 울먹이기 시작했다.

"나, 나미 님~ 부끄러워요…….."

"이런 선전이 정말로 필요했던 걸까요?"

"또~ 투정부린다. 당신들이 만든 S라인을 당당하게 보여주는 거야!"

""흐에〜〜.""

선배들이 그렇게 말을 주고받을 때, 대전 상대인 백작가 귀족이 정신을 차린 듯 언성을 높였다.

"대, 대, 대체 뭐냐! 그! 파, 파렴치한 꼴은!!"

"그그그그, 그래! 우리가 그런! 그런 걸로 동요할까 보냐?!"

딱히 그런 의도는 없이 운동성만 생각한 건데……. 너무 동요하잖아…….

뭐, 저걸 보고도 아무렇지 않은 남자는 없겠지.

그들과 같은 팀의 여성들은 시선을 흘겼고, 우리 쪽 여성들은 그 모습을 보며 여유로운 얼굴로 빙그레 웃었다.

"어머나? 온실에서 화초처럼 자란 분들에게는 자극이 너무 강했나요? 천박하니 야만이니 깔보던 평민에게 욕정할 줄은 몰랐네〜〜."

혀를 내밀고 도발하는 알리시아 씨를 보고 백작가의 아들이 소리쳤다.

"시끄럽다!! 애초에 나미 님은! 왜 킹의 로브가 아닌 그런 차림을 하고 계신 겁니까!"

"응?"

그 말을 듣고 뒤를 돌아보는 선배에게 이끌려 나 역시 뒤를 돌아보자…….

"……쿨."

그 자리에는 홀로 망토를 휘날리며 재주 좋게 선 채로 조는 라이라 씨가 있었다.

"잠깐 라이라? 라이라~~~."

"흐에?"

선배가 부르자 깜짝 놀란 소리를 내는 잠보 라이라 씨…… 이런 환성 속에서 이렇게나 푹 잘 줄이야……. 꿋꿋하구나.

"흐에가 아니잖아. 모처럼 다 같이 포즈를 취했는데……. 자, 자. 벗어, 벗어."

"아…… 죄송해요, 나미 님. 저도 참……."

"너는 너대로 지옥과 같은 수라장을 지나온 모양이니까……. 어쩔 수 없지만."

라이라 씨가 그렇게 말하는 선배의 도움을 받아 가며 망토를 벗은 순간, 상대 팀의 귀족들은 어떤 의미로 조금 전보다 더 놀라 할 말을 잃었다.

각 팀의 최종 방어 대상, 킹의 상징인 흰 로브.

그 흰 로브를 입은 사람은 공작 영애도 남작 영애도 아닌, 평민인 라이라 씨였기 때문이다.

"펴……평민이 킹……이라고?"

귀족이든 평민이든 회장 안에 있던 모든 사람이 팀의 정점인 킹 역할은 공작 영애인 나미일 거라 믿어 의심치 않았던 모양이다.

오로지 한 사람, 아스루 왕자만이 "호오." 하고 감탄사를 흘렸다.

"무, 무, 무슨 장난을 치시는 건가, 나미 님! 팀의 중심 역할을 해야 할 당신이 평민 아래에 들어가다니, 전대미문이다!!"

선배는 흔들림 없는 시선으로 격노한 백작가의 아들을 바라보며 말했다.

"저는 장난을 칠 생각은 조금도 없습니다. 저기 있는 우수한 트레이너가 이렇게 하는 게 전략상 좋을 거라고 판단했기 때문에 그것에 따르는 것뿐이죠."

너무 띄우지 마세요……. 제안한 사람은 내가 맞지만, 이렇게까지 나를 치켜세우지 않아도 된다고요, 선배!

"또한, 귀족이란 국민을 지키기 위한 상징! 평민 여자애 하나 지키지 못해서는 공작가가 아니에요!"

"무, 무슨 소릴……."

더 말하지 못하고 입술을 떠는 백작가 아들을 향해 허리의 단검을 뽑아 겨냥했다.

"이곳에 선 이상 저는 여러분의 적! 적이 어떤 수를 들고나온다 하더라도 여러분이 해야 할 일은 다르지 않을 것! 지금 이 자리에는 평민도 귀족도 남작도 백작도 공작도 없을 터! 사양할 것 없습니다! 모든 대답은 전장의 불길 속에서 찾는 게 지금 이곳의 섭리! 더 이상의 대화가 필요하신지!"

아……. 신났다, 신났어.

의역하자면 '주절대지 말고 덤벼라!' 쯤 되려나.

"무, 무슨……."

"그렇게 하지요……. 나미 슈라이엔 님."

엘누아르 공작 영애가 흥분해서 무언가 소리치려 하는 백작가 아들을 가로막고 나섰다. 조금 전 경악에 찬 얼굴은 이미 사라지고 공작 영애다운 품위가 넘치는, 그러면서도 꺾이지 않는 투지가 깃든 눈을 하고 있었다.

역시 이 아가씨만은 다른 얼간이들과 다른 모양이다.

엘누아르 아가씨는 선배를 향해 자신이 애용하는 푸른 마석이 달린 마법 지팡이를 들이대며 대답했다.

"본디 이 모의전 훈련은 전장을 가정한 수업의 일환. 다시 말해 승자야말로 정의! 우리는 우리의 정의를 세워 보이겠어요!"

정면에 서서 물러나지 않는 엘누아르 아가씨의 모습에 선배도 기분이 좋아진 듯 빙그레 웃었다.

"좋아요!!"

서로의 얼굴을 마주 보고 선 두 사람의 공작 영애를 바라보며 심판을 담당한 아스루 왕자가 쩌렁쩌렁 외쳤다.

"그럼 살바도르 학원 기말 행사, 모의전 훈련 '킹 킬링'을 시작한다. 이미 알고 있겠지만, 이 운동장에는 특수한 마법 결계가 설치되어 상급까지의 마법, 혹은 그에 준하는 위력을 가진 무구의 살상 능력은 모두 무효가 된다."

직접 시험을 보이려던 생각인지 왕자는 근처에 있던 학생, 아마도 표적 역할인 듯한 상대를 향해 마법탄을 발사했다. 그러자 마법탄은 학생에게 맞기 직전에 산산이 흩어졌다.

그리고 표적이 되었던 학생의 몸은 푸른빛에 둘러싸였다.

"그러나 공격을 받은 사람이 살상에 준하는 대미지를 받을 때 지금 보이는 것처럼 온몸에서 푸른빛이 나고 탈락으로 처리된다. 탈락 처리가 되면 참가 자격을 잃고 퇴장해야 한다."

다시 말해 몸에 푸른빛이 도는 시점에서 전사자 취급을 받는다……. 서바이벌 게임과 같은 방식이로군.

"또한, 상급을 초과한 마법 등은 결계를 파괴하고 실제로 살상할 위험이 큰 만큼 사용을 금지하고 있다. 사용이 확인되는 경우 팀은 곧장 실격, 범죄 행위로 왕국의 처벌을 받을 수 있고 최악의 경우에는 사형에 처해질 수도 있음을 알도록……."

담담한 어투지만 사실 가장 중요한 부분이로군.

이 학원에서 행사 중에 벌어진 사고로 위장해 요인 암살이 벌어진다면 걷잡을 수 없는 사태가 벌어질 수 있다.

그런데 좀 전부터 이 왕자는 대본을 한 번도 안 보고 있는데.

미남에 머리도 좋고, 더군다나 왕자……. 어떻게든 약혼자가 되어 보려 기를 쓰던 나미의 마음이 이해가 안 가는 것도 아니다만…….

뭐라 해야 할지……. 지금은 선배지만 당시의 나미는 다른 사람이라는 걸 알고 있으면서도 막상 나미가 그런 행동을 했던 일을 떠올리면…… 짜증이 난다.

"제한 시간은 한 시간, 시간이 다 되면 그 시점에서 남은 인원의 숫자로 승패를 결정한다. 다만, 아무리 많은 사람이 남아 있다 하더라도 킹을 잃은 시점에서 곧장 패배."

다시 말해 마지막에 남은 사람이 설령 킹 혼자라 하더라도 그 킹이 상대 킹을 무찌른다면 역전승한다는 뜻이다.

'킹 킬링'이라는 이름이 붙은 이유겠군.

"그럼 쌍방, 전투를 준비하라……. 각자 진영의 한계선까지 물러서……."

이미 양측의 배치는 끝난 상태였다.

그러는 동안 우리 팀의 킹인 라이라 씨가 쪼르르 내게 다가와 뭔가를 쥐여 주었다.

"이건!"

"부적이에요. 저한테는 믿음직한 '실드'가 있으니까요."

"아니…… 그래도 만에 하나……."

내가 그렇게 말하며 '그것'을 돌려주려 하자 이번에는 선배가 옆에서 내 손을 꽉 감싸 쥐었다.

"만에 하나의 상황에서 사령탑이 당하면 가장 곤란하잖아?"

두 사람은 더 이상의 반론은 듣지 않겠다는 결의에 찬 시선을 보내 왔다. 이 사람들이…….

나는 항복을 선언하고 '그것'을 주머니에 찔러 넣었다.

벌써 관객들의 함성은 잦아들었고, 조금 전의 소동이 거짓말처럼 주변은 고요함에 잠겼다.

그런 고요함 속에서 왕자가 오른팔을 번쩍 들었다……. 시작된다.

"킹 킬링…… 레디~~~고~~~!!"

콰아아아아아아아아앙…….

시작 신호를 대신해 마도사의 폭염 마법이 하늘 위로 쏘아 올려지는 순간, 나와 선배가 처음 경험하는 이세계의 시합이 시작되었다.

시작 직후, 환성 속에서 가장 먼저 행동한 것은 엘누아르 아가씨가 이끄는 귀족들이었다.

엘누아르 아가씨를 중심으로 동그랗게 배치된 다섯 명의 마도사들은 바닥에 지팡이를 꽂아놓고 동시에 마법을 읊조렸다.

""""가이아 캐슬!!""""

그 순간 강렬한 진동이 운동장을 뒤흔들었다.

진동과 함께 마도사들이 대지에 그린 마법진을 기점으로 대지가 솟아오르기 시작했다.

먼지가 날리고 흙이 흘러내리는 가운데, 얼마 후 우리가 올려다봐야 할 만큼 높은 언덕이 생겨났다.

언덕 꼭대기에는 아마 킹인 엘누아르 아가씨, 그리고 주변에서 원을 그리듯 남은 열아홉 명이 아래를 내려다보고 있었다.

그런 무리 중에 가장 눈에 띄는 백작가 아들…… 이것도 귀찮으니 이제 슬슬 백작A라고 부르자……. 그가 의기양양한 얼굴로 우리를 내려다보며 웃었다.

"하하하하~ 이것이야말로 우리가 가진 최강의 전법! 우리와 달리 야만적인 너희는 접근해서 공격하는 것 말고는 재주가 없지! 너희가 아무리 발버둥을 쳐도 이 산을 오를 수밖에 없을 거다."

"하지만 우리는 위에서 마법을 사용해 그런 너희를 저지하겠지……. 그야말로 하늘에 도전하는 어리석은 평민과 고귀한 귀족을 상징하는 우아한 전투가 아니냐!"

그의 추종자인 백작B와 다른 상급 귀족들이 동감하는 듯이 웃기 시작했다.

다시 말해 저들은 농성전을 벌일 셈인 듯했다. 몰려오는 대군을 위에서 포격하며 일망타진하는 전법을 쓰겠다는 것이다.

"그쪽에서 유효한 공격 마법을 사용할 수 있는 사람은 고작해야 세 명. 아니, 나미 님이 마법을 사용하지 않겠다 선언했으니 실제로는 둘인가?"

사실 정말로 마법을 쓸 수 있는 건 둘밖에 없다만…….

옆을 돌아보자 선배는 민망한 듯 "아하하~." 웃으며 볼을 긁적였다.

"그래 봤자 그쪽의 남작 영애 두 사람이 쓸 수 있는 건 고작해야 사정거리 3~4m의 중급 화염 마법 정도일 테지?"

나는 그렇게 말하는 백작A의 말에 처음으로 놀랐다.

"그런 것까지 조사했을 줄은……. 저희 같은 건 안중에도 없을 거라고 생각했습니다만……."

내가 감탄을 담아 말하자 백작A는 모멸을 당했다는 얼굴로 나를 바라보았다.

"흥. 평민 무리나 마력이 적은 너 따위는 안중에도 없다. 우리가 상대할 건 같은 마도사뿐……. 이미 우리를 대적할 수 있는 두 사람도 더는 적이 아니게 되었군!"

미레네 씨와 릴리안 씨는 언짢은 듯 이맛살을 찌푸렸다.

확실히 이대로라면 두 사람이 화염 마법을 쏴도 거리가 멀어 정상에 있는 무리에게는 닿지 않을 것이다.

더욱이 저들은 이대로 언덕의 정상에 수호 결계를 펴고 방어를 굳히고 나설 터.

어쩌다 두 사람의 중급 마법이 도달한다 해도 결계에 막힐 게 뻔했다.

즉, 상대는 우리가 할 법한 모든 공격 방법을 봉쇄했다……. 그런 모양이었다…….

아, 이럴 수가……. 어떻게 이런 일이…….
공작가, 남작가, 평민으로 구성된 혼합부대인 우리 '잔물결'은 얼굴을 가리고 머리를 숙인 채…… 몸을 떨었다.

저들이 너무나도 작전 그대로 움직여 주는 바람에, 치미는 폭소를 참기 위해서.

슬레거는 입을 가리고 더 못참겠다는 듯 내 어깨를 때렸다.
"어, 어이 유리우스~ 이 상황은 네가 말했던 '어느 쪽'……."
'특수 장비'를 지팡이 대신 삼아 웃음소리를 흘리며 말하는 슬레거가 성가시다…. 이러지 마. 나는 지금 필사적으로 웃음을 참고 있단 말이다…….
"그렇군……. '멍청한 겁쟁이' 쪽이다."
상대는 모두가 상급 귀족 마도사들로 구성된 부대였다.
마력 지상주의 뿌리가 깊은 이 나라에서는 당연한 흐름인 걸까. 대체로 이런 '원거리 공격 중심'의 작전을 펴는 듯했다.
그렇게 생각한 내가 제시한 상대의 예상 작전은 두 가지였다. '똑똑한 용사'거나 '멍청한 겁쟁이'이거나.
또 한 가지의 가능성이었던 '똑똑한 겁쟁이'로 나오면 손을 쓰기 어려웠을지도 모르지만…….

"유리우스 씨, 그럼 작전은?"

선배가 즐거움을 감추지 못하는 얼굴로 물었다.

"네, 플랜 B로 가죠! 모두 첫 공격을 방어하고 각자 작전 배치대로 산개! 실드! 배터! 러너! 작전명 '엔들리스' 개시!"

""""""오케이!""""""

내 지시에 따라 모든 팀원의 얼굴에 흉악한 미소가 번져나갔다.

"자, 가르쳐 주마. 졸 없는 장기는 이미 진 게임이라는 걸……."

＊

마술로 만든 언덕 위에서 아래로 보이는 적측 '잔물결'은 정면에 드래곤터틀의 등딱지, 즉 마도 방벽을 옆으로 나란히 세워 벽을 만들어 진영을 구축했다.

언덕 위 상급 귀족들은 남녀를 불문하고 검은 벽이 만들어져 가는 모습을 바라보며 비웃어대기 시작했다.

"쿠쿠쿡……. 바보 녀석들. 역시 평민은 무식하군."

"마도 방벽은 상급 마법도 막을 수 있지만, 그건 마력을 일절 받아들이지 않는 '아다만타이트'로 만들었기 때문……. 그 탓에 마도 방벽에는 마력 충격을 경감해 주는 마법을 부여할 수 없으니 모든 충격은 고스란히 몸으로 전해지게 되지."

"방벽의 중량과 우리가 선사하는 마법의 압도적인 충격……. 저것들은 대체 몇 발까지 견딜 수 있을까?"

상급 귀족들은 마치 아이가 벌레를 죽이듯…… 놀이 기분으로

다 같이 마법 지팡이를 들어 아래를 겨냥했다.

"자…… 간다! 고귀한 존재의, 저항을 용서하지 않는 압도적인 힘의 차이를 그 몸으로 양껏 맛보아라! 일제히 마력탄 발사!"

""""""개틀링 볼케이노!""""""

투두두두두두두두두두…….

한꺼번에 쏟아져 나온 마력탄이 '잔물결' 진영을 향해 날아가고, 마력탄이 도달함과 동시에 폭염이 휘몰아치면서 대량의 연기가 치솟았다.

끝없이 피어오르는 흙먼지 탓에 상대의 모습이 보이지 않을 때까지도 공격은 그칠 줄 몰랐다.

상급 귀족들은 배를 잡고 웃으며 일방적인 공격을 이어나갔다.

"아하하하하핫! 어떻게 된 거냐, 응? 뭘 하는 게냐. 어리석은 놈들! 손을 놓은 건가? 아니면 모든 걸 포기한 거냐?!"

연기가 뭉게뭉게 피어오르는 가운데, 귀족들의 자신들의 힘에 취해 큰 소리로 웃는다……. 공작 영애 엘누아르를 제외하고.

"어찌하여 벌써 승리를 확신하신 거죠! 전장에 선 적을 얕보다니, 당치도 않은 일이에요!!"

백작A를 포함한 귀족들은 진지한 얼굴로 그들을 질타하는 엘누아르를 향해 쓴웃음을 흘렸다.

"무슨 말씀을 하시려나 했더니만……. 엘누아르 님, 이 승부는 벌써 결판이……."

다 풀어진 소리나 해대는 동료들을 무시하고, 엘누아르는 황급히 마법 지팡이를 땅에 꽂고 마법을 소리쳤다.

"엘리멘탈 카벙클!!"

다음 순간, 언덕 꼭대기 부근의 지면을 원형으로 감싸는 연한 녹색의 빛과 함께 돔 모양의 결계가 발동되었다.

처음부터 언덕의 정상 부근에 결계를 치고 방어만 할 예정이었지만, 이미 승리감에 취해 있던 백작A는 그 행동에 당혹했다.

"왜, 왜 그러시는 건가요, 엘누아르 님……. 승부가 결정이 난 지금에 와서 결계 같은 걸……."

"어리석은 것!"

""""!!""""

온화한 성품으로 잘 알려진 엘누아르도 연달아 한심한 소리를 늘어놓는 백작A를 상대하다 인내심의 한계를 맞이했다.

"상대의 상황을 파악하려 들지도 않고 무슨 까닭으로 벌써 승리를 자신하시는 거죠? 당신은 아군도 못 보는 눈뜬장님인가요?!"

"네?"

엘누아르가 노려보는 방향……. 백작A는 눈을 홉떴다.

그곳에 자신의 동료인 다섯 명의 상급 귀족이 '푸른빛에 온몸이 둘러싸인 채' 행동불능 상태에 빠져 있었던 것이다.

"이게 무슨?! 대체 무슨 일이?!"

허둥지둥 달려간 그는 행동불능이 된 동료의 발아래에서 굴러

다니는 나이프 한 자루를 발견했다.

"……나이프?"

끼이이이이이이이익!

백작A가 그렇게 중얼거린 다음 순간, 그의 바로 코앞에 있는 결계에서 강렬한 금속음이 터져 나왔다.

"뭐, 뭐지?!"

갑작스러운 굉음에 놀란 그가 서둘러 시선을 돌렸을 때 결계 너머로 보이는 그림자…… 마력으로 만들어낸 언덕 위에 서 있는 그보다도 '한층 높은 위치'에서 단검을 내려치는 나미의 모습이 있었다.

"칫……. 엘누아르 씨의 판단이 한발 빨랐네……."

나미는 그렇게 중얼거리며 아무 일도 없었다는 듯 언덕 아래로 달려 내려갔다.

백작A는 뒤늦게 서늘한 식은땀을 쏟아냈다.

'엘누아르 아가씨의 결계가 조금만 늦었더라면…….'

푸른빛에 둘러싸여 탈락 처리가 된 동료를 바라보자 한기가 엄습했다.

다른 동료 역시 무슨 일이 벌어졌는지 인식하지 못한 채 그들 중 유일하게 상황을 판단했던 엘누아르를 바라보았다.

"도대체…… 무슨 일이 벌어진 건가요, 엘누아르 님!"

"저들은 대체 무슨 마법을 쓴 건가요?"

이 지경에 이르렀는데도, 자신들을 해할 수단이 마법밖에 없다고 한다.

그들의 말에는 그렇게 생각하고픈 마력 지상주의자의 망념이 나 드러나 있었다.

엘누아르는 그런 자들의 심리를 무시하고 냉정하게, 진실을 말했다.

"지금 시점에서 그들이 어떤 마법을 사용하는 것처럼 보이지는 않아요……. 보세요."

엘누아르는 아래로 펼쳐진 적 진영을 가리켰다.

연기가 걷힌 그 자리에는 마도 방벽과 함께 무너져서는 꼴사납게 푸른빛에 감싸여 탈락 처리가 된 적 진영이 펼쳐져 있어야 했다.

엘누아르는 이제야 눈앞의 현실을 목격하고 숨을 삼키는 동료를 바라보며 머리를 감싸 쥐었다.

한 사람당 두 장씩, 모두 합쳐 100kg은 가뿐히 넘는 방벽을 지탱하고, 연속으로 부딪히는 대포에 필적하는 위력을 가진 상급 마법을 방어하는 '잔물결'의 실드는…… 누구 하나 미동조차 하지 않았다.

"마……말도 안 돼! 바위산도 날리는 상급 화염 마법을?! 마력 결계도 마력 보조도 사용할 수 없는 자들이 맨몸으로 받아낼 수 있을 리가……."

*

그게 된단 말이지.

슬레거가 소집한 동료 중 특히 체격이 좋은 자들을 중심으로 방어부대 '실드'를 결성했다.

한정된 시간 동안 올라운더를 완성하는 건 역시 불가능했다.

그래서 우리는 주요 분야를 세 가지로 나누고 부대별로 특화된 능력을 몸에 익히게 했다.

온화하지만 조용히 사람들을 잘 이끄는 나무꾼, 타이슨을 대장으로 두고 결성한 실드는 지난 3주 동안 지옥의 벌크업을 이뤄냈다.

웨이트 트레이닝, 타이어 끌기……는 타이어가 없으니 대신 벽돌을 끌었다. 럭비의 스크럼이나 스모의 기둥 치기 등……. 우선 다리와 허리를 중심으로 지탱하고, 버티며 쓰러지지 않는, 외부 충격에 강한 몸을 만들었다.

그리고 마력으로 순발력, 내구성을 끌어올린 덕에 지금의 이 녀석들은 덤프트럭도 세울 수 있을 것이다.

그 결과, 실드를 든 다섯 명의 동료는 우리 중에서도 가장 큰 변화를 겪었다. 원래부터 훌륭했던 몸이 3주가 지난 지금은 통나무 같은 팔다리를 자랑하는 단단한 근육 덩어리, 완전히 근육맨으로 변모했다.

다만 요새 저들이 거울 앞에 서서 각종 포즈를 취하며 거울 속 자신의 모습을 넋 놓고 바라보는 듯한…… 아니, 일단은 신경 쓰지 말자.

덧붙이자면 이들 세 부대와는 별도로 3주 동안 또 다른 수라장을 거친 킹, 라이라 씨는 실드 부대 뒤에서 낮잠을 자고 있었다.

정말이지 이 아이는…… 엄청난 거물일지도.

선배와 나를 중심으로 한 러너는 상대가 한껏 건방을 떨며 실드를 향해 공격을 쏟아낼 때 생겨난 폭염에 섞여 언덕에 접근하는 역할을 맡았다.

민첩성, 지구력에 뛰어난 열 명으로 구성된 우리의 역할은 이름 그대로 무작정 내달리는 것이다.

상대의 뒤통수를 치는 나이프 투척으로 다섯 명 정도를 처리했지만 저들 중 유일한 강적인 엘누아르 아가씨는 간발의 차이로 결계를 쳐서 선배의 나이프를 튕겨내고 말았다.

허리에 찬 검집에 단검을 찔러 넣은 선배가 분한 얼굴로 언덕을 내려왔다.

"크으~~~ 한발 늦었나. 그래도 몇 명은 처리했어."

의기양양하게 돌아온 선배와 나는 한 손으로 손을 마주쳤다.

"조금은 줄였습니다. 욕심이 지나치면 화를 부르……!"

그때 언덕 위에서 선배를 마법으로 노리는 '예지'를 보았다.

뒤에서 접근한 붉은 마력탄이 선배의 등에 닿아 폭발하는 비전.

고개를 들자 상대가 '예비 동작'을 취하고 있었다.

"선배 위험해요!!"

"응?!"

반사적으로 선배가 뒤돌아보는 것과 동시에 마법 공격이 쏟아지듯 발사되었다.

그러나 사출된 마법은 공중에서 무언가와 부딪혀 폭발을 일으켰다.

"뭐, 뭐지?!"

언덕 위에서 마법을 날린 귀족이 놀라 소리쳤다.

기습할 예정이었던 마법이 폭발해 버린 이유를 아는 우리는 공중에서 부딪힌 무언가를, 다시 말해 옆에서 무수한 돌멩이를 던진 인물을 바라보았다.

"알리시아 씨, 고마워!"

선배의 말을 들은 알리시아 씨는 한 손으로 돌을 만지작대며 호탕하게 웃는다.

"방심은 금물이야, 아가씨! 집사도 '마법 공격 징후'는 당신이 했던 말이니까 눈 똑바로 뜨고 보고 있으라고~~~"

"거참~~~ 면목이 없네."

뭐라 할 말이 없습니다.

공격 마법은 대체로 원거리 공격이고, 종류가 가장 많은 것이 '대상에게 접촉해 발동'되는 타입…… 박격포라고 하나? 그것과 비슷한 녀석이었다.

그래서 술사가 쏜 마법이 대상에게 닿기 전에 적당한 무언가와 부딪히면…… 그 시점에서 마법이 발동되어 버린다.

만약 이것이 손에서 직접 흘러나오는 화염 방사 같은 공격이었다면 이렇게 흘러가지는 않았겠지만 이번처럼 '마법이 발사된 방향'만 확실히 알 수 있다면 산탄총처럼 수많은 돌을 던져 요격할 수 있다.

그러나 아무리 그래도 우리 중에 '총구를 보고 탄도를 예측해 요격할 수 있는' 영화 같은 기술을 가진 달인은 없었다.

그래서 나는 상대가 의지하는 '무언가'를 지표로 삼아 궤도를 읽어내기로 했다.

그것은…….

"알리시아 씨, 아가씨, 북쪽과 서쪽에 구멍 두 개!"

"좋아!"

"맡겨만 둬."

곧바로 몸을 돌리면서 딱 우리 후방에 있는 동료들을 노린 마법탄에 돌을 던지는 선배와 알리시아 씨.

이번에도 마법탄이 공중에서 폭발하자 언덕 꼭대기에 있는 귀족들 사이에서 연달아 "말도 안 돼!" "왜지?!" 등등의 경악에 찬 목소리가 들려오기 시작했다.

"알리시아 씨는 원래부터 투척에 뛰어났지만 아가씨도 제법이시네요."

"하하, 소프트볼도 잘했으려나?"

알리시아 씨를 필두로 한 선배 일행의 투척 기술에는 문제가 없어 보이고……. 좋아!

"러너 각 대원, 엔들리스 속행! 두 사람이 한 조가 되어 공격과 수비를 담당! 적의 구멍을 놓치지 말 것! 끝없이 달려가라!!"

""""""너무해~~!!!""""""

내가 목소리를 높여 지시를 내리는 그 순간, 러너들 사이로 비명이 메아리쳤다. 이번에는 선배까지 동참하고 있었다.

3주 동안 이어진 지옥의 훈련 중에서도 특히나 러너들 사이에서 분노와 원망이 쏟아졌던 '끝없는 질주'.

지금 이 순간이야말로 훈련의 가치가 발현될 시간이었다.

*

아무리 마법을 쏴도 맞지 않는다.

상급 귀족들은 그런 상황에 짜증을 내며 시간이 흐를수록 냉정함을 잃어 갔다.

"제길, 제길, 제길! 촐랑촐랑 건방지게! 평민 주제에!"

"왜냐! 왜 내 마법이 맞지 않고 폭발하는 것이냐?!"

아래로 보이는 상대 진영 '잔물결'의 러너는 잠시도 발을 멈출 줄을 몰랐다. 그리고 지나치게 빨랐다.

귀족들이 쏘아낸 마법을 피해내고 응전하고, 허점을 노려 언덕을 올라 공격을 가했다.

공격 자체는 단검 휘두르기와 나이프 투척, 두 종류였다. 양쪽 모두 결계에 막히고 튕겨서 대미지를 주지 못했다. 그러나 엘누아르는 조금도 안심할 수 없는 상황에 한숨을 내쉬었다.

"망할! 제대로 된 공격도 못 하는 어리석은 놈들이! 얌전히 당해 주면 될 것을……"

"여러분은 아직도 모르시는 건가요?"

"그게 무슨 말씀이신지…….."

백작A는 점점 신랄해지는 공작 영애의 질책에 공포를 느끼기 시작했다.

그 말이 그들이 가장 인정하고 싶지 않은 현실, '귀족인 자신들이 평민에게 몰리고 있다'는 현실을 선명하게 눈앞에 들이미는 탓이다.

"저들…… 아니, 아마 사령탑은 귀족이지만 마력이 적은 탓에 등한시했던 집사겠지만…… 조금 전부터 저들이 나누는 말이 들리지 않는 건가요?"

갑작스러운 질문을 들은 상급 귀족들은 고개를 저마다 고개를 갸웃했다.

"분명히…… '징후'니 '구멍'이니 하는 말을 한 것 같은……."

한 명의 상급 귀족이 정답을 말했지만 그 말에 담긴 의미를 깨닫는 사람은 없는 듯……. 엘누아르는 머리를 붙잡고 싶어졌다.

"구멍, 다시 말해 저들은 우리의 '마법 사출' 타이밍이 아니라 마법 사출 전단계, '결계에서 바깥으로 마법을 쏠 때 생기는 구멍'을 향해 돌을 던지며 응전하는 거예요!"

"""헉!"""

귀족들이 일제히 목소리를 높였다.

엘누아르는 자신들이 지금 덫에 걸렸다는 사실을 깨달았다.

지금 이 순간에도 '잔물결'의 러너들은 닿지 않을 공격을 거듭하고 있었다. 언뜻 무의미하게 보이는 이 공격 역시 적의 작전 중 하나일 것이다.

"저들은 마법 결계를, 단순한 나이프나 단검으로 부술 수 있을 거라 기대하지 않아요. 아마도 진짜 목적은 저희에게 결계를 뛰어넘어 '우리가 공격에 나설 수 있다' 라는 인상을 심어 주는 것."

"그게 무슨 뜻입니까?"

"결계는 말하자면 저들에게 있어 마법의 사출 타이밍을 알려 주는 센서. 우리 쪽 멤버 모두에게 '결계에서 나가면 위험하다' 고 인식하게 해서 결계에 가둘 수 있다면 마법탄 공격은 모두 예측할 수 있을 거예요."

"""뭐!"""

'결계 안에서 마력탄을 쏘는 상황' 이 상대의 계략이었다는 사실을 깨닫고 경악하는 소리가 터져 나왔다.

"덧붙이면 이 인식은 지금 시작된 작전이 아니에요."

"그 말씀은?"

"아마도, 여러분이 훈련 중인 저들을 비웃던 3주 전부터 벌써 시작되었던 거겠죠."

대부분의 마력 지상주의자 귀족들은 상대의 달리기 훈련과 나이프 투척 연습을 보면서 '마법 결계가 있는 한 고작 나이프 정도는 여유롭게 튕겨낼 수 있지.' 라며 코웃음을 쳤다.

그런 반응이야말로 저들이 의도했던 심리적 트랩이었다.

"저들이 의도한 인식은 '방심' 이 전부가 아니에요……. 결계 안에 머물러 있는 한 안전하다고 생각하게 하는 것……. 우리에게 공포를 인식시킨 것이죠!"

자신들이 우위에 있다는 착각을 불러일으키면서 의식의 기저에 숨겨진 공포심을 알아차리지 못하도록 덫을 놓은 것이다.

"그, 그런! 우리가 고작 평민 따위를 두려워하다니⋯⋯."

콧대 높은 자존심 탓에 고개를 젓는 귀족들⋯⋯. 그러나 '모든 사람이 안전한 결계 안에 머물러 있다'는 지금의 상황이 엘누아르가 한 말을 뒷받침하고 있었다.

사실 엘누아르는 농성전을 반대했었다.

원거리 공격을 중심으로 높은 곳에서 아래로 마법을 쏜다는 작전 자체는 좋았다.

다만, 사출점이 집중되면 '여길 노리면 된다'라는 사실을 널리 알려주는 셈이다.

전술적으로 보면 사출점을 나누고 원호 사격을 위해 결계 밖에 '움직일 수 있는 사수'를 배치하는 게 상식이었다.

그러나 몇 번이나 충고를 거듭해도 반응은 언제나 '그래 봐야 평민, 우리가 나가서 공격에 참가할 일은 없다.'는 비웃음뿐.

오만에 숨겨진 '나는 안전한 곳에 머물고 싶다'는 두려움이 만든 여론에 휩쓸리고 만 것이다.

이리하여 엘누아르의 '똑똑한 용사' 작전은 자기 몸만 걱정한 '멍청한 겁쟁이' 여론에 밀려 기각되었다.

"하, 하지만⋯⋯ 저놈들의 공격은 엘누아르 님의 결계 덕에 한 발도 넘어오지 못했습니다. 이대로만 간다면⋯⋯."

엘누아르는 어떻게든 상황을 낙관하고 싶은 백작A의 말에 한층 신랄한 말을 퍼부었다.

"겁에 질린 나머지 간단한 계산조차 못 하시는 건가요?! 우리 진영에서 벌써 다섯 명의 탈락자가 나왔어요!"

"아……."

이대로 손을 놓고 있는 한 패배는 확정이다. 엘누아르는 상황을 판단하고 방책을 생각했다.

"지금 그대로 아무것도 하지 않는다면 시간이 끝나요. 저들이 센서로 삼은 우리의 결계가 그대로라면…… 그러니까……."

엘누아르는 할 말이 있는 듯 입술을 달싹였지만……. 그 의중을 헤아린 눈치 빠른 상급 귀족들의 얼굴은 순식간에 파랗게 질렸다.

마법 사출의 타이밍을 읽히지 않도록 센서가 된 마법 결계를 끊는다……. 요컨대 그렇게 말한 것이다.

확실히 마법이 사출되는 타이밍만 흐릴 수 있다면 요격당할 가능성은 크게 떨어지고 저들에게 타격을 줄 수 있을지도 모른다.

그러나 결계가 없다는 건 맨몸으로 나선다는 것……. 그 사실을 깨달은 순간 상급 귀족들 사이에서 비명이 터져 나왔다.

"저, 저는 싫어요! 평민의 흉기 앞에 서다니!"

"나도 마찬가지야! 무슨 이유로 백작가의 내가 그런 일을 해야만 하는 건데?!"

"안 그러면 패배할 테니까요!"

엘누아르가 분노를 드러내며 소리쳤다. 동시에 곧장 결계를 해제하려 마음먹었다.

위험은 다른 사람에게 떠넘기고, 가학적을 쾌락을 즐기기 위해서 자신들은 안전한 곳에서 일방적으로 상대를 공격한다.

그들에게 전투란 그런 것인 듯했다.

"엘누아르 님…… 저들은 전투가 시작된 뒤부터 한시도 쉬지 않고 달리고 있습니다. 잠시 상황을 지켜보면서 체력의 한계를 맞이해 움직임이 둔해지는 순간을 노린다면……."

"그, 그래요! 엘누아르 님! 일부러 위험을 감수할 필요는…….

그들에게도 분명히 한계는 찾아올 것이다. 찾아올 것이지만……. 엘누아르는 조금도 낙관할 수 없었다.

'저분들…… 적어도 반나절은 전력 질주를 할 수 있었어요. 이 시합의 제한 시간은 한 시간, 그동안에 저들의 발이 느려질 거라는 생각은 들지 않습니다만…….'

상대 진영 '잔물결'의 연습 장면을 떠올린 엘누아르는 낙관론을 떠드는…… 정확히는 자신의 낙관론을 믿고 싶은 백작A를 바라보며 한숨을 내쉬었다.

"하아~. 애초에 저들이 '제한 시간 노리기' 같은 소극적인 작전을 취할까요?"

엘누아르의 예상은 적중했다.

퍼어어어어어어어어엉!

예상하지 못했던 굉음과 함께 결계 안의 상급 귀족들은 혼란에 빠졌다.

"꺄아아아아아악!" "뭐, 뭐, 뭐, 뭐냐!" "이게 대체?!"

그것은 지금껏 '잔물결'의 러너들이 불규칙적으로 반복해 왔던 직접 공격과는 비교할 수 없는 격렬한 폭발음이었다.

엘누아르는 자신의 결계에 부딪힌 무언가가 굉음의 원인이라는 사실을 깨달았다.

동시에 마력에 간섭한 폭력적인 힘의 원천도.

"마법 공격……!"

엘누아르의 중얼거림에 백작A는 흡사 비명처럼 소리쳤다.

"마법이라고?! 나미 아가씨가 자신이 건 공약을 어긴 것인가?!"

누구나가 지금 상황에서 마법 공격을 할 가능성을 가진 인물은 나미밖에 없다고 여겼다.

바로 조금 전의 엘누아르도…….

그러나 나미 공작 영애는 시합이 시작된 뒤부터 내내 집사와 전력 질주를 거듭하는 '러너'로 활약하고 있었다.

사실 지금도 그들의 시선 아래를 달리고 있었다. 그것도 미소 지으며.

"나미 공작 영애가 한 게 아니라고?! 그럼 대체 누가 이런 강력한 공격을?!"

쿠아아아아아앙……!!

"우와아아아악!" "꺄아아아악!!"

의문을 드러내는 동안에도 결계를 뒤흔드는 충격 속에서, 상급 귀족들은 반 광란 상태에 빠져들었다.

웅크리고 앉아 울음을 터뜨리는 인물이 나올 정도였다.

엘누아르는 도무지 도움이 되지 않는 동료를 흘겨보며 자신의 결계에 부딪히는 마력을 냉정히 분석하고…… 위력에 비해 '마력은 약하다'는 걸 깨달았다.

'위력은 강력한 상급 마법에 필적해……. 그렇지만 이건 화염 마법 중에도 고작해야 중급 '블래스트 플레어'…… 중급?!'

그 사실을 깨달은 순간 엘누아르는 그녀의 동료가 의기양양하게 했던 말을 떠올렸다.

'그래 봤자 그쪽의 남작 영애 두 사람이 쓸 수 있는 건 고작해야 사정거리 3~4m의 중급 화염 마법 정도일 테지?'

"실드나 러너 사이엔 없었어……. 그럼 대체 어디에?!"

엘누아르의 의문을 해소할 답은 그들로부터 200m 떨어진 장소에 있었다.

그러나 엘누아르의 의문을 냉정하게 대답해 줄 수 있는 사람은 이 자리에 없었다.

세 번째 폭음이 결계를 흔들었을 때 그 자리에 있던 모든 사람이 희미하게 들린 그 소리를 들었다. '빠직' 하는 메마른 소리를…….

그 소리가 의미하는 절망적인 가능성을 떠올린 순간, 상급 귀족들은 비명도 못 지르고 입만 뻐끔거릴 뿐이었다.

＊

우리는 지옥의 3주 동안 '마법에 대항할 수 있는 육체'를 만들었다.

실드는 마법의 위력을 받아내는 강인한 몸을.

러너는 마법에 닿지 않고 피하는 기동성을.

그리고 마지막 배터에게는 마법을 반사할 수 있는 특수성을 몸에 익히는 과제가 주어졌다.

이 아이디어의 토대가 된 건 왕자의 눈에 들 정도로 뛰어난 마법진을 그리는 기술을 가진, 마법진 괴물의 딸 라이라 씨였다.

라이라 씨가 백작A 일당에게 괴롭힘을 당했을 때, 그들이 쏜 마력탄이 몸을 피해 흘러나갔던 일이 있었다.

그것은 라이라 씨가 갖고 있던 마석의 힘이었지만, 나는 마석의 운용 방법에 깃든 아이디어에 놀랐다.

그 상상력은 경이로울 정도였다. 특히 '평민도 쓸 수 있는 마도구' 제작 기술은 대단했다.

마석에 그려진 마법진은 살바도르 대성당의 수호 결계와 같은 것이다. 보는 것만으로 현기증이 날 만큼 치밀하고 섬세했지만, 라이라 씨는 한층 더 개량했다.

그것은 공격 마법을 '받아내는' 데에 그치지 않고 '속이는' 것.

따지고 보면 대부분의 공격 마법은 물체에 부딪혔을 때 발동한다. 우리가 조금 전부터 마법을 요격한 방법도 그런 성질을 이용한 것이다.

그러나 만약 마법이 착탄해도 그것을 물체로 인식하지 못한다면? 라이라 씨의 부적은 바로 그런 발상에서 탄생했다.

셋째 왕자가 빠르게 관심을 보일 만도 했다. 라이라 씨는 이 나라의 희망도…… 폭탄도 될 기술과 상상력이 있다.

다만, 나는 그 기술을 보고 떠오른 게 있었다.

마법을 속일 수 있다면, 날아온 마법을 우리 입맛에 맞는 방향으로 날릴 수도 있지 않을까……?

그렇게 생각한 결과가…….

"다음, 갑니다……! 블래스트 플레어!"

"웃샤아아아! 저스트 미트!"

특수장비…… 즉 라이라가 만든 마석이 장치된 배트를 들고 대기 자세에 들어가 있던 슬레거와 또 다른 배터인 호머. 두 사람이 남작 영애인 미레네 씨와 릴리안 씨가 쏘아낸 중급 화염 마법 염마포탄을 있는 힘껏 쳐냈다.

마법 탄환은 카당! 하는 기분 좋은 소리와 함께 하늘 높이 화살처럼 솟구쳐 오르고…… 굉음과 함께 언덕 위의 옅은 녹색 돔, 마법 결계에 부딪혔다.

"홈런! 슬레거 씨, 나이스샷!!"

"하하핫! 당연하지!!"

"뒤처질 수는 없지요. 다음 준비하세요!"

"좋아! 맡겨만 둬."

평민이라는 이유로 괴롭힘을 당하던 슬레거 일행은 물론이고, 자신들보다 수준이 낮은 마법밖에 쓸 줄 모른다며 비웃음을 당하기 일쑤였던 남작 영애 두 사람도 상급 귀족에게 타격을 가할 수 있다는 사실이 기뻐서 참을 수가 없는 듯했다.

보통 이런 일을 저지른다면 마력탄이 배트에 닿는 순간 폭발을 일으켜 크게 다칠 것이다.

그러나 그들이 사용하는 배트에는 라이라 씨가 3주 동안 지옥을 헤치며 아슬아슬하게 만들어 준 마석이 박혀 있었다.

덕분에 저 배트는 '마법을 친다'는 비상식적인 발상을 실현할 수 있게 되었다.

본래 작업 기간이 2개월은 걸리는 마석을 3주 만에 만들어 준 라이라 씨는 마법진의 아이디어와 정밀한 작업을 견뎌낸 영향으로 현재 폭면에 빠져 있었다. 우리의 킹인데 말이지…….

그런 경위가 있어서, 점심 야구 때 홈런을 가장 많이 때린 슬레거와 호머가 타자로, 미레네 씨와 릴리안 씨가 투수로 키워서 '잔물결'의 원거리 공격부대 '배터'가 완성되었다.

"대단하구나. 우리 학교 야구부에 스카우트할 수 없을까? 전국대회도 꿈이 아닐지도 몰라."

"스탠드에 대참사가 벌어질 텐데요……."

중급 마법이라고 하지만 '마력'에 '탄속'을 더한 위력은 끝내줘서, 상급 마법에 필적하는 위력을 자랑했다.

그런 흉악한 원거리 공격이 차례차례 결계를 뒤흔드는 상황이 이어지자 언제부터인가 우리편 러너를 향한 공격도 잠잠해져 있었다.

강 건너 불구경, 놀이의 일환으로 생각했던 귀족들이, 자신들의 우위가 무너졌을 때 어떤 행동에 나설 것인가…….

결계 안의 귀족들은 허둥지둥 배터들 쪽으로 뭉쳤다.

조금도 '등잔 밑'을 보려 들지 않는다……. 때가 무르익었다!

"러너 각 대원, 마지막 라운드다! 그동안 참았던 만큼 본때를 보여줘!"

""""좋아!""""

동료들은 그 말만을 기다렸다는 듯이 대답했다.

"마법을 치고 있다고?! 그런 말도 안 되는?!"

"그런 일이 가능할 리가! 마법은 닿는 순간 발동할 텐데?!"

"하지만 저들은 실제로 그렇게 하고 있잖아……. 꺄아아아악!"

결계 안쪽은 누가 누구에게 말을 걸고 있는지도 모를 만큼 혼란에 잠겨 있었다.

엘누아르 자신의 감각으로는 앞으로 40~50발은 견딜 수 있다는 계산이다.

그러나 일단 결계에 균열이 가는 소리를 들은 상급 귀족들은 '당장에라도 결계가 무너지는 게 아닐까' 하는 공포에 사로잡혀 착란 상태에 빠졌다.

결계를 유지하는 건 술사의 마력, 물체와 달리 어느 정도의 손상은 순식간에 회복된다. 그러나 이미 패닉에 빠져 버린 무리는 그런 상식마저 귀에 들어오지 않는다.

그리고 이미 귀족의 여유도 위엄도 잃은 백작A가 결정적인 실언을 입에 담았다.

"마법을…… 마법을 치는 녀석들을 잡으면 돼! 다 함께 저 녀석을 노리는 거야!!"

이 공포의 원인은 원거리 배터 집단이다.

그들만 무너뜨릴 수 있다면……마음의 여유가 없는 동료들은 그 말에 마음이 기울었다.

"그, 그래! 저들만 어떻게 할 수 있다면!"

"저들은 근거리 공격으로 결계를 부술 수 없으니까!!"

물에 빠진 사람은 지푸라기라도 잡으려 드는 법. 상급 귀족은 일제히 배터를 노리고 '결계 앞쪽'으로 몰려들었다.

그 지푸라기마저도 적이 친 덫임을 깨달은 사람은 이번에도 엘누아르밖에 없다.

"그만두세요! '결계에 발생한 구멍'을 노리는 저들에게 '열리는 장소'를 유도당하고 있다는 사실은 왜 모르나요!!"

아무도 이해하지 못했다.

그들은 이미 눈앞의 공포만 보고 있었다. 러너들의 경이적인 기동성을 잊은 채로…….

상급 귀족들은 배터를 향해 기사회생의 마법을 쏘아내고자 결계에 구멍을 열었다.

그 순간, 결계 안쪽에 무언가가 날아드는 것을 본 엘누아르는 씁쓸하게 중얼거렸다.

이 모의전은 상급 귀족 20명과 나미가 벌이는 20 대 1의 대결이 아니었다.

실상은 상대의 책략에 빠져든 무리, 엘누아르의 발목을 잡는 상급 귀족들을 포함한 39명이 엘누아르를 노리는 39대 1의 대결이었다.

"전하, 원망할 거예요……. 이런 멍청이들이나 돌보라고 하시다니……."

＊

마법 결계는 방어를 목적으로 하는 탓에 들어가는 건 어렵지만 나오는 건 쉬웠다.

공격 마법이라도 원리는 같았다.

그런 탓에 결계 안쪽에서 공격 마법을 쏘면 한순간 결계에 구멍이 생긴다.

이런 현상을 이용해 마법을 요격할 수 있었지만, 최종 목적은 어디까지나 '우리의 의도대로 구멍을 열게 하는 것'이었다.

그 기회는 생각보다도 빠르게 찾아왔다. 우리는 예정대로 결계의 앞쪽, 배터가 있는 방향으로 생긴 구멍을 향해 무언가를 던져넣었다.

상업가 도구점 스펠런카에서 만든 특제 최루탄을⋯⋯.

최루탄은 순식간에 터져 검은 연기를 방출해 결계 내부를 단숨에 검게 물들었다.

"콜록! 콜록⋯⋯뭐지, 누, 눈이?!"

"아무것도 안 보여! 어흑!"

계속되는 이상 사태에, 이제는 동요를 감출 생각도 없는 상급 귀족들이 비명을 흘렸다.

당연하지만 최루탄 연기에 '결계 밖으로 나가려는' 의지가 있을 리 없다. 뭉게뭉게 피어오른 검은 연기는 결계 밖으로 빠져나갈 줄을 몰랐다. 덕분에 결계 안은 흡사 '해충 제거 연막탄을 터뜨린 밀폐 공간'과도 같았다.

잠시 갖은 욕설과 비명이 들려왔지만 곧바로 체념했는지 결계가 해제되었다.

연달아 마력을 담은 돌풍이 일었다. 바람의 힘으로 검은 연기를 날려 보려는 계산이리라.

그러나 우리는 그 기회를 놓칠 수 없다.

사전에 정한 대로 고글과 마스크를 한 러너, 나와 선배는 서로 신호를 주고받고 연기 안으로 돌입했다.

"무슨 일이 벌어진…… *끄악!!*"

"컥!"

"그만둬! 으헉!!"

"무, 무슨 일이! 모두, 대답을……."

백작A가 소리쳤을 즈음에 짙게 깔린 연기는 바람에 실려 자취를 감추었고, 덕분에 언덕 정상이 눈에 들어왔다.

그 광경을 본 백작A는 말문이 막혔다.

그와 엘누아르를 제외하고, 로브를 입고 있던 상급 귀족은 하나같이 놀란 얼굴로 온몸에서 푸른빛을 내면서 딱딱하게 굳어 있었다……. 탈락자처럼.

그런 광경을 연출한 건 당연히 우리 '잔물결'의 러너들이었다.

열심히 단련한 육체를 한껏 활용해 단검으로 어깨를 툭툭 쳐서 하나씩 처리한 적을 내려다보고 있었다.

평민 앞에서 나뒹구는 귀족들의 모습은, 그들에게 가장 큰 굴욕일 것이다.

끼이이이이이이익…….

그러나 그런 일방적인 풍경 속에서 유일하게 마법 지팡이를 무기로 삼아 칼날을 막고 저항하는 자가 내 눈앞에 있었다.

"역시 당신은 끝까지 강적이네요. 엘누아르 에델슈타인 님."

"무슨 말씀을 하시는지. 제 행동은 모두 당신의 계획대로 됐겠죠."

"그랬죠. 여기까지는."

마력 지상주의 바보 무리를 이용해서 엘누아르 아가씨를 유인하고 마지막에 일망타진한다는 게 내가 세운 계획이었지만……. 대담한 미소를 띤 엘누아르 아가씨의 움직임은 상당한 수준의 체술, 이 나라의 귀족이라 믿기지 않을 만큼 훌륭한 봉술이었다.

이 나라의 귀족이면서도 선견지명이 있음은 알고 있었지만, 솔직히 이건 예상 밖이었다.

마력 지상주의 나라의 공작 영애가 이 정도 수준의 '체술'을 사용하다니.

"하앗!" "어딜!"

엘누아르 아가씨는 단검을 휘두르는 내 움직임을 놓치지 않으면서, 때때로 공격도 더한다.

원을 그리는 미려한 움직임은 연무로 보일 만큼 화려했다.

"그렇다면 이걸!" "!"

나는 단검이 아닌 주먹을 쥐었다. 동시에 팔에 마력을 불어넣어 순발력을 끌어올려 곧장 주먹을 내질렀다.

지금껏 단검으로 공격하던 상대가 갑자기 주먹을 내지르자 엘누아르는 동요했다. 바위도 깨부수는 주먹은 키잉 하는 금속음을 내며 막혔다.

"오토 매직 실드! 꺼헉!!"

내가 놀란 순간, 엘누아르 아가씨는 지팡이를 냅두고 발차기를 날렸다.

난데없이 배를 맞고, 이번에는 내가 허를 찔린 기분이다.

"제법이시네요……."

"후후후…… 당신도 그런걸요. 유리우스 슈피겔 님. 전 이 나라에서 저와 맞설 수 있을 정도로 무도를 닦는 분이 있을 줄은 생각지도 못했어요."

마법 지팡이를 양손으로 겨누는 엘누아르 아가씨의 눈에서 평소의 온화함은 자취를 감추었다. 대신 그 자리는 맹렬한 불꽃이 타오르고 있었다. 그 모습은 지금 이 순간을 즐거워하는 것처럼 보이기도 했다.

"저야말로 같은 심정인데요. 마법만 어떻게 극복할 수 있다면 이 승부는 이겼다고 예상했으니까요."

"이 시합에선 그렇네요. 이런 게임, 원거리 공격만 처리하면 다음은 간단한 일이죠. 그렇지만 아군도 없는 레이디를 집단으로 학대하는 것은 좋게 봐줄 수가 없는걸요? 유리우스 님."

자조가 섞인 말을 듣자니, 엘누아르 아가씨는 우리의 작전을 잘 이해한 듯했다.

역시, 만약 엘누아르 아가씨 제 실력을 발휘해 팀을 움직였다면 위험했을지도 모른다.

마법은 총이나 대포 같다. 다루는 사람이 '어린아이' 인지 '군인' 인지 차이를 생각해 보면 쉽게 이해할 수 있겠지.

우리 작전의 첫 번째 조건은 '상대 팀을 어린아이로 만든다' 였으니까.

"죄송합니다. 고명한 엘누아르 아가씨에게 대항하려면 우리 스무 명만으로는 불안하니까요."

"그러신가요……. 1 대 39는 벅차던데, 요!"

파고들기가 빠르다!

엘누아르 아가씨는 순식간에 자신의 공격만이 닿는 약 1미터 거리에서 찌르기 동작에 나섰다.

마력으로 '반사신경' 을 강화하지 않았더라면 위험할 뻔했다.

까놓고 말해서 이 사람은 어지간한 전사보다 체술이 뛰어나다……. 더군다나.

"호넷 플레어!"

"우와아아악!!"

거리가 살짝 벌어진 순간 엘누아르 아가씨의 눈앞에 나타난 무수한 불구슬이 빠른 속도로 덮쳐드는 통에 허둥지둥 몸을 틀어서 회피했다.

무술과 마법을 완벽하게 융합한 전투 방식.

"설마 공작 영애가 '야만적이고 천박하게 몸을 쓰는 전투 스타일' 에 능통했을 줄은 생각지도 못했네요."

내가 중얼거린 말에 엘누아르 아가씨는 싫은 내색도 없이 싱긋 웃었다.

"어머, 싸우는 데 야만하고 천박한 게 따로 있나요? 잘해낼 수 있나 없나가 있을 뿐이죠. 당신도, 당신의 주인도 그런 생각이겠죠? 그것보다……."

엘누아르 아가씨는 주위를 살피며 당당하게 웃었다.

이미 참전했던 동료는 사라지고, 주위를 온통 적이 에워싼 그 자리에서.

"여러분, 덤비지 않으시는 건가요? 뭐하면 한꺼번에 덤벼들어도 상관없는데요?"

그 말이 끝나자마자 동료 중 몇몇은 이를 갈았다.

그러나 선배는 엘누아르 아가씨에게 뒤지지 않는 자신만만한 미소를 지어 보였다.

"그럴 필요는 없어요. 이런 상황에서 여럿이 한 명과 싸우는 건 꼴사나운 일이죠. 1 대 1 결투에 찬물을 끼얹는 건 우리 '잔물결' 답지 않은 일이에요. 게다가……."

"게다가?"

"저는 제 집사가 질 거라는 생각은 조금도 들지 않으니까요."

선배가 손가락을 세워 가리킨 순간 엘누아르 아가씨는 퍼뜩 놀란 얼굴로 나를 돌아보았다.

"어?"

끼이이이익…….

허를 찌른다는 생각으로 휘둘렀던 마력 강화를 입힌 주먹은 다시 결계에 가로막혔다.

　그러나 솔직히 말하자면 이건 예상했던 범위였다. 순식간에 숨 쉴 틈도 없이 단검과 발차기를 섞어 연격을 날린다.

　수평 베기, 상단 차기, 지팡이 공격을 피하며 하단 후리기. 그러나 그 공격은 전부 지팡이에 막혔다……. 그렇단 말이지.

　"당신은 직접 막을 수 없는, 혹은 반응할 수 없는 공격에 한해서만 수호 결계를 발동하고 계시네요. 그건 마력을 절약하기 위해서……인가요?"

　"?!"

　내가 말하자 엘누아르 아가씨의 표정이 확연하게 딱딱해졌다.

　동료를 지키는 수호결계 때문에 마력을 많이 소모한 것이리라.

　아마 방금 다 같이 덤비라는 말은 허세다. 정말 한꺼번에 덮쳐 들면 곤란하니까, 그렇게 말하면 동료들, 특히 선배가 방해하지 않으리라 내다본 것이다.

　그렇다면 왜 승패가 거의 갈린 지금 상황에서 그랬을까?

　내 의문의 답은 엘누아르 아가씨의 눈에서 찾을 수 있었다.

　'하다못해 당신만큼은 내 손으로 쓰러뜨려 주겠어요!'

　매우 영광스러운 일이다만……. 나는 생각에 잠겼다.

　"휘말리게 해서 죄송합니다!"

　그렇게 말하며 나는 한걸음에 거리를 좁히며 마력으로 강화한 단검을 번쩍 쳐들었다.

　동시에 다른 한 손으로 킹에게 빌린 '펜던트'를 붙들었다.

　"오토 매직 실드가 발동하지 않아?! 큭!!"

단검은 큰 호를 그리며 앞을 가로막은 마법 지팡이를 가르고 엘누아르 아가씨의 목덜미에 멈춰 섰다.

"체크메이트……라는 걸로 괜찮으실지."

"대체, 무슨 일이 벌어진 거죠? 지금, 방금 제 결계는 발동하지 않았는데."

나는 불만스럽게 묻는 엘누아르 아가씨의 눈앞에 손바닥을 펴서 펜던트 하나를 보여주었다.

"그건……."

"직접 접촉으로 발동하는 '마법을 속이는' 펜던트. 우리 킹이 특별히 제작한 마도구죠. 원래는 방어용 부적이지만 이번엔 물리 공격을 저지하는 결계를 속이는 데 사용해 보았습니다."

라이라 씨의 펜던트는 '마법 발동을 속이는' 아이템. 그렇다면 이 펜던트를 사용하면 물리 공격을 저지하는 결계가 발동되지 않게 될 거라고 예상했지만……. 잘 먹혔던 것 같다.

설마 몸을 지키는 용도의 펜던트가 마지막 순간 '공격'에 도움이 될 줄은 생각지도 못했다.

엘누아르 아가씨는 내 설명을 듣고 "하아." 하고 긴 한숨을 내쉬며 마법 지팡이를 내동댕이쳤다.

엘누아르 아가씨의 행동이 항복을 표명하고 있다는 사실은 누가 봐도 분명했다.

"바보 같은……. 이런 말도 바보 같은, 바보 같은! 바보 같은!! 있을 수 없는 일이야! 이건, 말도 안 돼! 평민이, 공격 마법 하나 못 쓰는 천한 것들이 우리 귀족을 압도한다고?!"

꼴사납게도 아직 눈앞의 현실을 인정하기 싫은지, 아직 탈락하지 않았던 백작 A가 눈에 핏발을 세우고 외쳤다.

　"그래서 처음에 당신이 말씀하신 걸 실현했는걸요? '야만적인 너희는 거리를 좁혀 공격하는 것 말고는 다른 수단이 없다.'고……. 정말 그대로였죠?"

　"무…… 무슨……."

　"크고, 투박하고 무거운 방패로 킹을 지키고, 수호 결계의 구멍을 힌트 삼아 마법을 요격해서 초 원거리 공격에 정신을 빼앗긴 틈에 전위가 단숨에 돌입한다. 우리 '잔물결' 은 처음부터 접근전을 벌일 생각밖에 없었다……. 당신이 말씀하신 그대로잖아요?"

　속으로는 '알면서 왜 경계를 안 했냐 멍청아.' 라고 생각했지만, 굳이 말하진 않았다.

　"무, 무, 무…… 네놈…… 고작 남작가 주제에……."

　"한심하니 이제 그만해요! 패배를 인정하지 않다니, 당신은 가문 이름에 자기 손으로 먹칠할 작정이나요!"

　"패! 패배……라고?!"

　공작 영애 엘누아르는 여전히 상황을 모르는 백작A에게 차갑게 소리치고, 선언했다.

　"전하…… 아니, 심판관! 이 승부는 우리가 완패했습니다! 조속히 승자 선언을! 그리고…… 나중에 두고 봐요!!"

　그 눈빛에는 뒤끝이 없고, 아름답고, 귀족다운…… 스포츠맨십과도 비슷한 청정함이 느껴졌다……. 그런데, 마지막 말은 대체 뭐지?

그 말을 들은 아스루 왕자가 잠시 움츠린 것처럼 보였는데…….

"흐, 흠! 항복을 인정한다. 올해 살바도르 학원 모의전 훈련인 킹 킬링의 승자는 공작 영애 나미 슈라이엔이 이끄는 팀 '잔물결'!"

그 순간, 회장 안에 폭발적인 환성이 가득 찼다.

신나서 기뻐하는 사람들은 마력 지상주의 속에서 신음하던 하급 귀족과 평민들이다.

지금, 그야말로 자신들의 눈앞에서 절대로 일어날 리 없다 믿었던 일이 벌어졌다.

'마법이 없으면 마법에 대항할 수 없다'는 개념을 뒤집은 셈이니 기쁨을 감출 길이 없으리라.

그건 물론 함께 맞선 동료도 같은 심정이었다.

처음에는 아스루 왕자의 승리 선언을 듣고도 믿기지 않는 얼굴이었지만 점차 손에 든 단검을 집어던지며 서로를 얼싸안고 기쁨에 떨었다.

언덕 아래, '잔물결' 진영에서는 실드를 든 무리가 서로의 방패를 쾅쾅 부딪쳐 대며 웃음을 나눴다.

폭발적인 환성과 동료들이 자아내는 금속음조차 킹, 라이라 씨를 깨우지는 못했다만……. 뭔가 다른 의미로 걱정이 들기 시작하는데…… 저 아가씨.

타자들은 각자 투수를 맡았던 남작 영애를 어깨에 짊어졌고 영애들도 양손을 흔들며 환호를 질렀다. 이젠 악역 영애의 측근으로 보이지 않는다.

"좋아! 우리의 완전 승리다!"

두 팔을 든 내 외침에 따라 동료들은 각자의 자리에서 환호성을 내질렀다.

"해냈어! 우리가 마도사를 이겼어!"

"믿기지 않아! 나, 믿기지가 않아! 이런 일이 가능하다니!!"

"우리의 지옥 3주는 헛된 게 아니었어!"

기쁨을 폭발시키는 건 좋다만…… 야야! 동료들은 일제히 내게 다가와 스스럼없이 내 머리를 토닥이기 시작했다!

"우리에게 잘도 그런 지옥을 보여줬구나! 짜샤!"

"고맙다, 고마워! 이 변태 코치 녀석!"

"아아앗…… 아파. 아프다니까! 너희 정말 고마워하는 거 맞아?!"

내가 성을 내자 동료들은 게 눈 감추듯 사라졌다……. 웃는 낯으로.

뭐, 나 역시 웃고 있으니 박력이 나올 리 없지만.

그렇게 우리가 승리를 축하하는 가운데 찬물을 끼얹는 목소리가 공기를 흔들었다.

"인정할 수 없어!"

그렇게 목소리를 높인 건 다름 아닌 백작A……. 승자를 칭송하는 분위기 속에서 오로지 한 사람만이 광기에 사로잡힌 핏발이 선 눈으로 나를 향해 마법 지팡이를 겨누었다. 그 지팡이 끝에는 불길하기 짝이 없는 검붉은 불꽃이 깃들어 있었다.

그 순간, 엘누아르 아가씨가 황급히 백작A를 꾸짖었다.

"그건 초월급 화염 마법 '헬 버스트'! 그만두세요!! 승부는 이미 끝났어요!"

"엘누아르 님······ 우리는 마도사, 신에게 선택된 특별한 존재입니다. 평민에게······ 패배하다니······ 있어서는 안 되는 일!"

그야말로 광기, 마력 지상주의의 어둠을 드러낸 듯한 오만한 말투.

이미 팀에서도, 가문의 위상 면에서도 모두 윗사람에 해당하는 엘누아르 아가씨의 말조차 들리지 않는 모양이었다.

"그만둬! 상급 마법 이상의 마법을 사용하는 건 금지······."

"시끄러워! 처음부터 네놈이······. 빈약한 마력밖에 없던 네 녀석이 평민을 부추기지만 않았으면 이런 일도 없었을 터!"

내게 상급 마법 이상의 마법을 사용하려 드는 건······ 그런 건가.

상급 이상의 마법을 익히는 데에는 상당한 수준의 재능과 노력이 필요했다.

발동에 필요한 마력도 상당한 수준······. 폭력적인 불꽃에 정신을 집중하는 백작A의 눈에는 핏발이 선명했고, 이마에도 혈관이 튀어나왔다. 끝내는 코와 입으로 피가 흐르고 있었다.

있는 힘을 다해서, 진심으로 나를 죽이려는 모양이다.

그런 상황에서······ 내 안의 '유리우스의 기억'은 그를 부러워하고 있었다.

온 힘을 다해서, 목숨을 걸어야 할지도 모르지만 그래도 이 녀석은 초월급의 마법을 구사할 수 있는 정도의 재능과 마력이 있었다.

상급 마법을 다룰 수 없다는 사실에 콤플렉스가 있는 유리우스의 처지를 생각하면……. 영 모를 일도 아니다.

그러나 지금…… 나, '미즈마치 유리'가 생각하는 건 단 하나였다.

"죽어라아아아! 내게 덤벼드는 천한 벌레놈! 헬……."

"우선은 '좌우'에 신경을 쓰시지요. 백작가 도련님?"

"?!"

""크로스 임팩트!""

"끄아아아아아악!!"

내 말에 한순간 멈칫한 백작A의 머리에 선배와 알리시아 씨의 매끈한 다리가 깔끔하게 꽂혔다.

쉽게 말하자면 상단 차기의 크로스 봄버.

사람을 죽일 레벨의 마법을 쓰려던 백작A는 공격을 맞은 순간에 온몸에서 파란빛을 내고, 경악한 채로 경직하고 말았다.

마법에 집중한 나머지 좌우에서 다가오는 두 사람을 눈치채지 못한 듯했다.

개인적인 원한을 가진 알리시아 씨와 라이라 씨를 괴롭혔던 대가를 치르게 해 주고 싶었던 선배였다.

그나저나 탈락 처리라는 것은, 그 공격이 특수한 결계에 '살상력 있음' 판정을 받았다는 뜻이겠지……. 오싹한데.

"너희의 진짜 적이 누구인지 이제야 깨달은 모양이네."

그렇게 말하며 선배는 의기양양한 얼굴로 허리에 손을 올린, 어쩐지 악역 영애에 어울리는 포즈를 하고 웃었다.

"그는 내 '마음에 드는 사람'인걸? 보통내기가 아니라고."

막간4 ✤ 공작 영애, 연애 상담을 하다

　결의한 것까지는 좋았습니다만 문제는 아직 많아요.

　뭐라 말씀드려야 할지……. 지금껏 저는 남자분에게 제대로 접근해 본 적이 없었던 것이죠.

　냉정히 생각하면 왕자 전하와의 관계는 도저히 접근이라고 말하기 민망한 일이었지요. 돌이켜 보기만 해도 수치와 후회로 답답해집니다.

　그것은 단순한 무례, 이 세계에서 말하는 '스토커'나 '집착녀'……. 민폐에 지나지 않았던 것이지요.

　만에 하나, 원래 세계에 돌아갈 수 있다면 전하께 성심성의껏 사과를 드려야만 합니다.

　그건 그렇고, 진정한 연애는 어떻게 하는지 모릅니다.

　정말 어떻게 해야 좋을까요?

　"아까부터 왜 그렇게 끙끙대고 있어?"

　"아…… 사치코 씨……!"

　"사치코 씨라니, 갑자기 왜 그렇게 서먹하게 굴어."

　나나미 씨의 친구인 사치코 님이 수업이 끝난 뒤 탈의실 로커 앞에 멈춰 선 저를 염려해 주셨습니다.

안 될 일이네요. 나나미 씨는 싹싹하면서도 꾸밈없는 말투를 가진 분이에요.

그렇다고 투박하지 않고, 제 소견으로는 기사 가문 사람에 가까운 느낌으로 이야기합니다.

게다가 사치코 님은 나나미 씨의 가장 친한 친구분이시니 서먹하게 부르는 건 실례가 되겠네요.

가장 친한 친구? 그래! 이분이라면.

"저기, 사치⋯⋯삿짱? 잠깐 사⋯⋯ 상담하고 싶은 일이 있으⋯⋯ 있는데."

익숙하지 않은 말씨에 적응하느라 잠깐잠깐 말을 더듬기는 했지만 사치코 님은 개의치 않고 귀를 기울여 주세요.

"뭔데 갑자기."

"당신은, 남자분⋯⋯ 남자와 사귀어 본 적이 있으신⋯⋯ 있니?"

"있으면 너한테 가장 먼저 말하겠지."

사치코 님은 어쩐 일인지 한숨을 쉬며 먼 곳을 바라보고 계시네요. 물어선 안 되는 걸 묻고 만 걸까요?

"그건 그렇고 웬일이래. 나나미가 그런 얘길 꺼내다니."

"우⋯⋯응? 그런 건가요?"

"좀 전부터 뭔가 이상한데. 묘하게 존댓말로 바뀌기도 하고⋯⋯. 그렇게 털어놓기 어려운 상⋯⋯담⋯⋯이라는 뜻?!"

사치코 님은 말씀하시던 중 무언가를 깨닫기라도 한 것처럼 놀란 얼굴로 입을 떡 벌리며 손에 들었던 빵을 떨어뜨리셨습니다.

"설마⋯⋯ 설마 그런 거야?! 나나미가 그런 쪽으로 상담을?!"

"모, 목소리가 너무 크세요!"

흥분에 사로잡힌 사치코 님은 제 항의를 듣고 화들짝 놀라 목소리를 낮췄지만 표정은 흥미진진합니다. 굳이 말로 하지는 않아도 '얼른 털어놔라'는 마음의 소리가 전해집니다.

"상대! 상대는 누구?! 나도 아는 사람인 거지?!"

"아, 네……잘 알고 계시는 분일 거라……."

"연상?! 연하?!?!"

"여, 연하……."

바로 그때, 사치코 님은 제 어깨를 꽉 붙들며 확신이 가득한 진지한 눈으로 물었습니다.

"미즈마치 군이지?"

"……네?"

"미즈마치 유리 군이지? 맞지?!"

'그것 외에는 인정하지 않겠다'는 듯 진지한 얼굴을 한 그녀에게 고개를 끄덕인 바로 그 순간이었습니다. 사치코 님은 학교가 흔들리는 게 아닐까 싶을 만큼 쩌렁쩌렁한 목소리로 외쳤습니다.

"수줍어한다아아아아아아! 그 둔감 여왕이 드디어 수줍어한다아아아아아! 해냈구나, 미즈마치! 네 노력이 드디어 결실을 봤어어어!"

"삿짱, 목소리가 크다니까!"

너무나도 커다란 목소리에 저는 자연히 그녀를 애칭으로 부르게 되었습니다.

정작 사치코 님은 기쁨을 가눌 수가 없다는 듯 저를 끌어안습니다.

"좋아! 나한테 맡겨! 완벽한 작전을 짜 줄 테니까!"

"그, 그래……."

어쩌면 저는…… 너무 성급했던 걸까요?

에필로그 유리와 나나미

우리가 승리한 날로부터 며칠이 지나고, 학원 안은 물론 살바도르 왕궁에서도 '킹 킬링'이 연일 화제에 올랐다.

대부분 공격 마법을 사용하지 못하는 평민들로 이루어진 우리가 상급 귀족만으로 구성된 팀을 일방적으로 쳐부쉈으니까.

평소 마력과 권력으로 괴롭힘을 당했던 평민들 사이에서 이런 결과를 환영하는 목소리는 대단했다. 끝내 성 앞 상점가에서는 이번 승리를 기념한다며 할인 판매를 벌이며 상인 기질을 뽐내는 무리까지 나올 정도였다.

그들의 선두에 우리의 동료, 라이라 씨의 집이 있다는 사실은 굳이 언급하지 않겠다.

공을 세운 성 앞 상점가 출신 학생들은 완전히 '이 몸이 바로 마을의 영웅' 상태. 동네에서 걸어 다니기만 해도 사람들이 말을 건네고 인사를 받고 축하주를 권유받을 정도라고 한다.

"슬레거와 타이슨은 '갑자기 여자들한테 인기가 많아져서 큰일이야~.'라면서, 전혀 난처하지 얼굴로 자랑하던데요."

"남자들은 참 속도 편하구나……. 라이라 씨나 알리시아 씨는 '어디를 가도 야단법석이라 큰일이야.'라고 할 정도던데."

선배는 '내 등에 올라탄 상태'로 쓴웃음을 흘렸다.

덧붙이자면 나와 선배, 공작 영애 나미와 집사 유리우스는 승리한 후에 곧장 저택으로 돌아온 뒤로 거의 외출하지 않았다.

물론 학원에서의 대접은 예전과 조금씩 달라졌지만, 원래부터 털털한 관계였던 '잔물결' 멤버를 빼면 나미에게 접근하는 사람이 없었다.

이런 부분은 이전에 악역 영애로 불리던 시절의 부작용인 듯싶었다. 학생들도 그런 부분에서 거리를 재는 듯한……. 뭐, 어쩔 수 없는 일이다. 라이라 씨나 슬레거 일행도 강렬한 충돌이 있고 나서야 친해진 것이니, 서두른다고 해서 어떻게 되는 것도 아니다.

한때는 노골적으로 도망쳤던 귀여운 하급생들이 몰래 힐끔힐끔 보는 것을 눈치챈 선배는 모르는 척하면서도 손가락을 꼼지락꼼지락하지만.

이렇게 선배는 평민들 사이에서 비교적 호의적인 시선을 받기 시작했지만 이번 사건이 모든 면에서 좋은 영향을 미친 것만은 아닌 모양이라…… 명백하게 적의를 보내는 무리도 있었다.

그건 '마력 지상주의'를 내세운 귀족들이었다.

무엇보다 이번 시합에서 국내 최대 마력을 자랑하는 나미 슈라이엔 공작 영애는 이전의 선언대로 마법을 사용하지 않았다.

어디까지나 마력 지상주의를 추종하는 입장인 나미가 '마법 외의 방법으로 마법에 대항할 수 있다는 전례'를 만든 셈이니 당연한 흐름일지도 모른다.

여담이지만, 우리가 멤버를 모을 때 외면했던 상급 귀족들은 그 뒤로 본가에서 크게 혼쭐이 났다는 모양이다.

말하자면 '승리를 장담할 수 없는 대결에서 힘을 보탰다'면 슈라이엔 공작가에 커다란 빚을 지울 수 있었을 텐데……라는 타산이었다.

이것도 결국 우리가 이겼으니 할 수 있는 말이겠지.

결과적으로 모른 척했던 자들은 완전히 손해만 본 것 같다…… 내가 알 바는 아니지만.

"그러고 보니 멍청이 백작가 도련님은 정학을 받고 자택 근신이라던데요?"

"어〜〜〜? 뭐야, 그게? 명백하게 널 죽이려던 것치고는 너무 가볍지 않아?"

'내 등 위에서' 선배의 불만스러운 목소리가 들려왔다. 표정은 보이지 않지만 뾰로통한 얼굴을 하고 있으리라.

시합이 끝나고 행동불능에 빠진 백작A가 후송되는 가운데 엘누아르 아가씨가 자신의 팀이 폭주하는 걸 막지 못했다며 사과를 건네는 통에 나는 몸 둘 바를 몰랐다.

엘누아르 아가씨는 그저 말려들었을 뿐이다. 궁극적으로 따지면 이번 일의 가장 큰 피해자일지도 모른다. 다음에 선배와 함께 사과하러 가야 할지도……. 과자를 싸 들고.

그런 생각 중에 동안 갑자기 문 너머로 노크 소리가 들려왔다.

"아가씨, 실례합니다."

"네〜〜〜? 들어오세요."

선배가 대답하자 메이드장은 예의 바르게 문을 열고…….

"아가씨…… 주인 어르신이 부르십……."

그녀의 목소리는 끝내 갈 곳을 잃고 기어들어 가고 말았다.

바로 우리 두 사람의 모습이 원인이었다…….

잠시 얼어붙어 있던 메이드장은 갑자기 얼굴을 붉히더니 "시, 시, 시, 시, 시, 실례했습니다!"라는 비명과 함께 세차게 문을 닫고 사라지고 말았다.

저 사람은 대체 무슨 착각을 한 걸까.

"메이드장 씨, 무슨 일일까."

"아니, 뭐……. 으~~음."

현재 우리의 상황……. 상반신을 드러내고 팔굽혀 펴기를 하는 내 등 위에 무릎을 모으고 앉아 재잘재잘 잘도 떠드는 선배……. 팔굽혀 펴기를 할 때 무게를 더하는 보편적인 방법이기는 하다만……. 그렇기는 한데…….

역시 공작 영애와 집사의 관계에서 이런 구도는 위험했던 걸까…….

선배는 아버님, 슈라이엔 공작가 당주의 호출을 듣고 가볍게 내 등에서 내려왔다. 나는 벗어 놓았던 셔츠를 다시 껴입었다.

"그럼 선배. 이 시점에서 당주님의 호출이라는 건…… 왕궁 쪽에서 뭔가 움직임이 있었을 거 같은데요."

우리의 첫 번째 목표는 '원래 세계로 돌아가는 것'이다.

그걸 위해 왕자에게 환심을 사서 국보 '소원의 보주'에 다가가고자 이번 소동에 휘말리게 된 거니까.

뭐, 의협심이 없었다는 건 아니다……. 선배는 오히려 백퍼센트 의협심이었을 테고.

그러나 내심 그런 생각을 품은 내 말에도 선배가 신경 쓰는 부분은 완전히 다른 방향인 모양이라……. 어쩐지 불만스러운 표정으로 나를 바라보았다.

"왜 그러시는지?"

"있잖아, 미즈마치 군? 이 세계에서 일본 출신인 사람은 나랑 너밖에 없잖아?"

"그야, 그렇겠죠."

"그래서 말인데……. 날 선배라고 부르는 건 그만두지 않을래? 지금 몸으로 보면 내가 더 어리기도 하고."

"네?!"

폭탄 발언, 선배는 대수롭지 않게 말했지만 내게는 메가톤 급의 폭탄 발언이었다.

"아, 아니…… 아무래도 그건…….."

"여기서 내 이름을 아는 건 너밖에 없고, 단둘이 있을 때만이라도 좋으니까."

다, 단둘뿐일 때는 이름으로 부르라고?! 이 사람, 설마 뭔가를 노리고 있는 건가?!

아니, 그 의중을 모르는 건 아니다. 나도 자꾸 '유리우스' 라는 이름을 듣다 보면 '미즈마치 유리' 라는 자신이 흔들리는 걸 느낄 때가 있다.

나는 정말로 일본에서 온 '미즈마치 유리' 일까? ……하고.

그만큼 사정을 아는 내가 자신의 본명을 불러 줬으면 하는 선배의 마음도 모르는 건 아니었다.

그러나 선배를 이름으로 부른다는 건……. 숨겨 두었던 꿈이었다. 이따금 망상하기도 했다……. 하지만 그런 순간이 이토록 갑작스럽게 찾아올 줄은…….

"아…… 어, 그게…… 시미즈 씨……?"

"성이 아니라 이름으로!"

"나…… 나나미 씨…….'

"씨는 필요 없어! 제발 이름으로만 불러 줘!"

천진난만해! 역시 이 사람은 순수 새티스틱 악녀야!

"이렇게 되면 널 내가 미즈마치 군이라 부르는 것도 이상하겠어……. 좋아! 오늘부터 나도 널 유리라고 부를게!"

"네에에엣?!"

선배는 놀라는 나를 무시한 채 내 얼굴을 단단히 붙들고 억지로 눈을 맞추게 했다.

잠깐, 잠깐! 대체 뭐야?! 이 사람, 대체 뭐하자는 건데?!

"자, 내 눈을 보면서 말해 보렴. 유리!"

"아, 저기…… 나나미."

부끄러움과 기쁨으로 뒤범벅된 감정에 몸을 떨며 인생 처음으로 선배를 이름으로 부르자, 선배는 환한 웃음을 지으며 "응. 좋아."라고 말했다.

선배, 위험해요. 이건 대부분의 사춘기 남성이 착각할 거예요.

아니, 나도 그런데요?! 이대로 돌격해도 되겠습니까?!

"두 분…… 뭘 하고 계신 건가요."

""엥?!""

지옥 밑바닥에 울리는 듯한, 머리부터 찬물을 끼얹는 듯한 서늘한 목소리가 들려왔다. 목소리의 주인은 언제부터 거기 있었는지, 메이드 차림을 한 동생 멜티.

"우와아아악! 메, 메, 메, 멜티?! 왜 저택에?! 왜 메이드?! 아니, 그것보다 대체 언제부터 거기에?!"

"저택에 있는 건 오늘부터 저도 슈라이엔 가문을 섬기기로 했기 때문이죠. 메이드가 된 건 오라버니와 같은 이유예요. 언제부터 봤느냐면…… 방금 왔지만요."

여동생은 어디까지나 담담하게 대답을 나열했다.

슈피겔 가문은 본래 오래전부터 남자는 집사로, 여성은 시녀로 공작 가문을 섬겼다만……

"미혼 남녀가 둘밖에 없는 방에서 서로의 얼굴을 마주 보다니. 뭘 하고 계신 건가요?! 떨어져 주세요. 정말이지……."

흡사 시누이와 같은 여동생의 말에 선배…… 나나미도 뒤늦게 자신의 행동을 깨닫고 얼굴을 붉게 물들였다.

"으헤! 아니, 그게 있지?! 그러려는 건 아니었거든! 그냥 좀 더 친해졌으면 하고!!"

이 사람은 정말. 멜티는 그런 선배를 적의를 감추지 않은 눈으로 보면서, 봉투를 두 개 꺼내 하나를 건넸다.

"이건?"

"왕궁에서 온 소환장입니다, 나미 슈라이엔 님. 그리고 우리 슈피겔가의 장남 유리우스 앞으로 각자……."

　말을 마친 멜티는 이번에는 적의라고는 찾아볼 수 없이 지극히 기쁨에 넘치는 눈동자로 나를 돌아보더니, 내 귀에만 들릴 만큼 낮은 목소리로 중얼거렸다.

「오라버니, 찬스예요. 슈라이엔 가문의, 아니 '이 여자'의 주박에서 벗어날 수 있는 천재일우의…….」

　당시의 나는 멜티가 한 말의 의미를 미처 이해하지 못했다.

　우리의 승리가 살바도르 왕국의 역사를 근본적으로 뒤집는 소동으로 번지게 될 줄이야…….

　악역 영애 나미 슈라이엔이 시미즈 나나미가 됨으로써 이 세계에 어떤 사건을 일으키게 되는지도 말이다.

〈2권에서 계속〉

후기

이번 작품으로 처음 뵙는 분들, 안녕하세요. 전작부터 읽어 주신 훌륭한 분들은 오랜만에 뵙습니다. 카타리베입니다.

이번 『전생종자의 악정개혁록』을 읽어 주신 여러분, 깊은 감사 인사를 드립니다.

이번 작품이 세상에 나오기까지 많은 우여곡절과 눈물 없이는 말할 수 없는 복잡한 배경이 있습니다만……

"새로운 플롯 중에 괜찮은 게 있다면 이 두 가지네요. 그래도 이쪽은 때늦은 감이 있고, 이쪽은 인기 작품인 그거랑 겹치는 부분이……"

"그런가요……. 그리고 보니 요즘 제가 '악역 영애' 이야기를 다룬 소설에 빠져 있거든요."

"흐~음……. 그럼 그걸로 플롯을 써 보는 건 어떨까요."

"네?"

이렇듯 담당 I씨와의 면밀한 상담을 통해 탄생한 작품입니다.

다만, 항간에서 말하는 '악역 영애' 이야기라기에는, 이 작품은 '수영부원인 주인공이 특수한 환경에서 동경하던 선배를 위해 분투한다'는 제 입맛에 맞는 설정을 넣은 탓에 완전히 다른 이야기가 됐을지도 모르겠네요.

　그 부분은 여러분의 넓디넓은, 이 대우주를 능가할 만큼 넓은 마음으로 너그럽게 봐주시면 감사하겠습니다.

　마지막으로 이번 작품이 끝나고 이별하게 된 담당 I씨, 앞뒤 모르던 데뷔 시절부터 지금까지 많은 신세를 졌습니다. 다시 언젠가 법인 카드로 한잔하지요!

　그리고 이번부터 신세를 지게 될 W씨, 일찍부터 수정이다 뭐다 해서 많은 폐를 끼쳤습니다. 첫인사 자리에서 "소주는 술이 아니다."처럼 대단히 여성스러운 명언을 해 주셔서 감사드립니다. (웃음)

　그리고 제 애매모호한 표현에도 이토록 아름답고 귀여운 일러스트를 그려주신 토사카 아사기 씨, 진심으로 감사드립니다.

　그리고 이 책을 손에 들어 주신 독자 여러분에게 고개 숙여 감사드립니다.

　무소유로 일궈 온 자신의 과거에 전율을 느끼며…….

2015년 초겨울
카타리베 마사유키

블랙 크로니클
전생종자의 악정개혁록 1

2021년 01월 25일 제1판 인쇄
2021년 02월 01일 제1판 발행

지음 카타리베 마사유키 | **일러스트** 토사카 아사기

발행 영상출판미디어(주)
등록번호 제 2002-000003호
주소 21311 인천광역시 부평구 평천로 132 (청천동)
전화 032-505-2973(代) | **FAX** 032-505-2982

ISBN 979-11-6625-554-0
ISBN 979-11-6625-553-3 (세트)

TENSEI JUUSHA NO BLACK CHLONICLE
ⓒ2015 Masayuki Kataribe, Asagi Tosaka
Edited by KADOKAWA SHOTEN
First published in Japan in 2015 by KADOKAWA CORPORATION, Tokyo
Korean translation rights arranged with KADOKAWA CORPORATION.

구매 시 파손된 도서는 구매처에서 교환하실 수 있습니다.
기타 불편사항, 문의사항이 있으신 독자님께서는 노블엔진 홈페이지 [http://novelengine.com] 에서
Q&A 게시판을 이용해 주시기 바랍니다.

노블엔진(NOVEL ENGINE)은 영상출판미디어 (주)의 라이트노벨 및 관련서적 브랜드입니다.

우리 옆집엔 천사님이 산다—— 무뚝뚝하면서도 귀여운
이웃과의 풋풋하고 애틋한 사랑 이야기.

옆집 천사님 때문에
어느샌가 인간적으로
타락한 사연
1

◆

후지미야 아마네가 사는 맨션 옆집에는 학교
제일의 미소녀인 시이나 마히루가 살고 있다.
두 사람은 딱히 이렇다 할 접점이 없지만, 비가
오는 날 흠뻑 젖은 시이나 마히루에게 우산을
빌려준 것을 계기로 기묘한 교류가 시작되었
다.

혼자서 너저분하게 대충대충 사는 아마네를
차마 보다 못해, 밥을 차려 주거나 방을 청소해
주는 등 이것저것 챙겨 주는 마히루.

가족의 정을 그리워하면서 점차 다정한 모습
을 보이기 시작하는 마히루. 그러나 그 호의를
알면서도 자신감이 없는 아마네. 두 사람은 자
신의 마음에 솔직하게 굴지 못하면서도 조금씩
서로의 거리를 좁혀 나가는데 …….

사에키상 지음 | 하네코토, 카즈타케 하자노 일러스트 | 2021년 2월 출간
청춘의 상상, 시동을 걸어라!